BAD GIRLS

Titre original : *Bad girls never say die*
Ouvrage originellement publié par Roaring Brook Press,
une marque de Holtzbrinck Holdings limited Partnership
120 Broadway, New York, NY 10271

Design de couverture : Kerri Resnick

1, rond-point du Général-Eisenhower, 31101 Toulouse Cedex 9, France
editionsmilan.com

Mise en pages : Petits Papiers
Correction : Claire Debout

Dépôt légal : décembre 2022 • ISBN : 978-2-408-03598-3
Achevé d'imprimer au 1er trimestre 2023 en Espagne par Rodesa

Plus d'informations sur la fabrication de nos livres :
editionsmilan.com/comment-fabriquons-nous-nos-livres

Certifié PEFC
Ce produit est issu de forêts gérées durablement et de sources contrôlées
PEFC
PEFC/14-38-00306
www.pefc-france.org

JENNIFER MATHIEU

BAD GIRLS

Traduit de l'anglais (États-Unis)
par Anath Riveline

milan

Pour toutes les bad girls – *présentes, passées et à venir.*

NOTE DE L'AUTRICE

Plusieurs endroits dans ce roman s'inspirent de lieux réels qui existent ou ont existé dans ma ville natale de Houston, y compris le cimetière de Glenwood, le drive-in de Winkler, le centre commercial Foley, les logements sociaux Clayton Homes, River Oaks, le magasin de disques Jive Hive, le Shamrock Hotel, le Playland Park, etc.

Le sit-in des étudiants de la Texas Southern University au snack-bar du Mading's Drugs s'est déroulé le 5 mars 1960 et compte parmi les nombreuses manifestations d'étudiants de la TSU à Houston contre la ségrégation. Le documentaire de 1998 *The Strange Demise of Jim Crow* est une excellente source d'informations pour en apprendre plus sur cette période de l'histoire de Houston. En anglais, le terme *Negro* était d'usage en 1965 et préféré par les leaders des droits civiques de cette période. Avec l'émergence du Black Power, du milieu à la fin des années 1960, le terme *Black* l'a remplacé.

La Gainesville State School for Girls est bien réelle. Ce pensionnat disciplinaire pour les délinquantes juvéniles du Texas a ouvert ses portes en 1913. Il existe toujours, mais depuis 1988 c'est un établissement correctionnel pour hommes.

Même si j'ai essayé d'offrir l'écrin le plus réaliste possible à ma ville chérie, certains éléments géographiques et noms d'écoles ont été modifiés.

HOUSTON
1964

On est le genre de filles qui rendent nerveuses les mères de famille.

Ne deviens surtout pas comme ça.

On est le genre de filles qui font jaser les profs et fantasmer les garçons, même ceux qui nous ignorent à la cafèt' ou au bal du lycée.

D'ailleurs, on est le genre de filles qu'on n'invite pas au bal du lycée. Ou rarement.

Des filles qui se dessinent des grains de beauté sur le visage avec l'eyeliner qu'elles ont volé, et qui rient trop fort quand on voudrait qu'elles se taisent. Des filles qui se comportent si mal qu'on les envoie parfois dans des endroits créés exprès pour elles.

En général, elles en reviennent pires encore.

À l'école primaire, en me voyant apprendre à lire consciencieusement, dans mes robes d'occasion impeccablement repassées, personne n'aurait imaginé que je deviendrais ce genre de fille. Et pourtant…

Être une « *bad girl* », c'est avoir le cœur brisé encore et encore, et quand je pense à ce qui nous est arrivé l'automne dernier à mes copines et à moi, je sens le mien voler en éclats et je me demande si je trouverai jamais la force d'en rassembler les morceaux.

Mais la vérité, c'est que si je n'étais pas comme ça, je n'aurais jamais rencontré Diane. Et je n'aurais jamais appris qu'avoir des « *bad girls* » comme amies, ça peut être le plus beau des cadeaux.

1

Aller au drive-in, c'était l'idée de Connie. Évidemment, on était toutes d'accord. Après tout, c'est samedi soir et elle vient de rentrer après avoir passé trois mois enfermée au pensionnat disciplinaire de Gainesville. Trois mois pendant lesquels on a fait la fête, séché les cours et regretté son absence. Elle a bien le droit de décider où elle veut vivre sa première nuit de liberté retrouvée. Et de toute façon, quand on est toutes ensemble, c'est toujours Connie qu'on suit.

– Quel pied d'être de retour dans le vrai monde ! lance-t-elle alors qu'on se partage des clopes à côté du snack-bar.

Le gérant au crâne dégarni, avec son tee-shirt marbré de taches de sueur, en sort pour nous dire de dégager. On l'ignore, comme toujours.

– C'est vrai qu'*ici*, c'est carrément top ! ironise Juanita, les yeux rivés sur les parterres de mauvaises herbes et les tas de déchets autour de nous.

Elle glisse une mèche de ses cheveux noirs derrière son oreille et éclate d'un rire retentissant. Connie lui décoche un sourire complice, son rouge à lèvres et ses cheveux blonds scintillant dans la lumière des lampadaires et des phares de voitures. Je jette un coup d'œil à l'écran de cinéma. Je ne sais même pas quel film passe ce soir. Il faudrait sans doute que je me renseigne au cas où ma mère me poserait des questions à mon retour.

– C'était vraiment pire qu'ici, là-bas ?

Comme d'habitude quand je m'adresse à Connie, je n'arrive pas à cacher mon admiration. Un frisson me parcourt le dos. Je resserre ma veste noire sur moi : il fait froid pour un mois d'octobre à Houston.

– T'imagines même pas ! me répond-elle, ravie de pouvoir tout raconter en détail pour la dixième fois. À 9 h 30 pétantes, c'était au lit et extinction des feux ! Et on n'avait quasiment jamais le droit de fumer. Mais comparée à d'autres filles, je peux vous dire que je passais pour un ange.

C'est au tour de Sunny de rire. Plus fort encore que Juanita. Tout en vérifiant son rouge à lèvres dans un petit miroir, elle dit que c'est impossible : après tout, Connie est une vraie légende au lycée d'Eastside. N'y résistant pas, notre leader enchaîne :

– Là-bas, les filles sniffaient du dissolvant pour se défoncer et ne reculaient devant rien pour s'enfuir. Elles se faisaient systématiquement rattraper et placer en isolement. J'allais certainement pas risquer le trou pour une histoire de détergent, conclut-elle, fièrement. Moi, j'ai fait profil bas pour retrouver ma bande plus vite.

Sa bande. Nous. Connie, Sunny, Juanita et moi. Moi, c'est Evie. Je suis la plus jeune du groupe et la seule à être en seconde. Dans ma tête, on est comme les quatre angles d'un carré. Un carré si petit qu'on serait assez proches pour se défendre contre le reste du monde. Les autres sont en première, et Connie aurait dû être en terminale si elle n'avait pas redoublé. Malgré cette différence d'âge, elles m'acceptent. Elles savent qu'elles peuvent compter sur moi, que je tiens mes promesses et que je ne suis pas une balance.

– On va voir qui est dans le coin ? propose Connie.

On la suit à travers le parking où la plupart des types qu'on connaît garent les tas de ferraille qui leur servent de voitures. Connie se glisse à côté de Sunny et on se retrouve toutes les quatre, bras dessus, bras dessous. Sans Connie, on s'est senties moins soudées, Juanita, Sunny et moi. On a continué à traîner ensemble, mais on était comme dans un bateau privé de son capitaine. Enfin, ce n'est pas comme si j'avais déjà été sur un bateau. Ni même dans un endroit où on pourrait en voir.

Mais maintenant Connie est là et elle nous guide d'un pas décidé, ses boucles blondes s'agitant avec une assurance digne d'elle. Tout en marchant, je scrute la foule du samedi soir : les nanas propres sur elles avec leurs petits tricots achetés au centre commercial, les blousons noirs avec leur éternel air renfrogné, et les couples exténués qui, faute de baby-sitter, doivent se coltiner leurs braillards aux visages barbouillés de glace, alors qu'ils auraient préféré sortir en amoureux.

Ceux que je ne supporte vraiment pas quand ils viennent au drive-in de Winkler, ce sont les fils à papa du lycée de River Oaks. Ils pourraient aller dans des endroits beaucoup plus luxueux du centre-ville, ou piquer de la vodka dans le bar de leurs parents pendant que ces derniers visitent l'Europe ou sortent avec leurs amis de la haute, mais non. Ils préfèrent zoner dans notre drive-in, à des kilomètres de leurs belles demeures remplies de domestiques et de décapotables flambant neuves.

C'est comme s'ils voulaient nous rappeler qu'ils sont partout chez eux. Que les filles comme nous, elles sont coincées ici alors qu'eux, ils sont juste de passage. Ou alors ils viennent peut-être chercher la bagarre, sûrs de s'en tirer tranquilles, vu que c'est toujours nous que les flics accusent.

– Les bourges sont de sortie, grommelle Sunny, comme si elle lisait dans mes pensées.

D'un mouvement de tête dédaigneux, elle désigne un groupe de filles de River Oaks, bouteille de coca à la main, qui s'appuient de tout leur poids sur des mecs hyper sportifs. S'ils n'étaient pas là pour les soutenir, elles s'effondreraient sûrement dans une nuée de paillettes dorées. Ils discutent autour de deux Mustang garées côte à côte, l'une noire, l'autre bleu nuit. La classe. Dingue que ça puisse être la première voiture d'un gars de seize ans alors que moi, sans doute que jamais de ma vie je ne mettrai les fesses dans un truc aussi somptueux.

– Pourquoi ils restent pas à leur place, à River Oaks ? demande Connie assez fort pour que tout le monde l'entende.

– Poufiasse ! réplique un des garçons.

Dans la marée de chinos, de polos en coton et de cheveux ras, on arrive à repérer celui qui a parlé. C'est un blond taillé comme un joueur de football, les épaules larges et le torse bombé. Nos yeux se croisent quelques secondes seulement. Il ricane, fier de lui. Un frisson me glace le dos. Sûrement l'air frais d'automne.

– Va crever ! réplique Connie, sans se laisser impressionner.

Il nous fusille du regard et un concert de grognements s'élève de son troupeau de toquards, mais aucun ne bouge. De toute façon, Connie est plus que prête à se battre. Juanita et Sunny éclatent de rire. Moi, j'ai juste envie de déguerpir. Je me demande si j'aurai un jour le cran de Connie Treadway.

On retrouve nos potes habituels dans la rangée de voitures la plus éloignée de l'écran et on s'installe rapidement sur les sièges arrière pour échanger les derniers ragots en fumant et en sirotant du bourbon ou de la bière. Je bois assez pour avoir les joues roses mais sans excès cette fois. Maman et grand-mère seront déjà assez furieuses que je sois sortie, alors mieux vaut que je ne rentre pas éméchée. Juanita et les filles m'ont tellement arrosée pour mon quinzième anniversaire que je ne marchais plus droit. Après ça, j'ai été privée de sortie pendant des siècles.

Sunny part avec Ray Swanson, son petit copain du moment, dans sa voiture qu'il a garée sous les arbres. Franchement, je ne l'aime pas, ce gars. Il a l'air de penser que Sunny est sa propriété. Il la traite un peu comme il le fait avec son blouson en cuir. Mais c'est l'un des plus mignons de la bande qu'on fréquente. Presque aussi beau que Johnny, le frère jumeau de Connie, qui a un corps athlétique, un regard ténébreux et des pommettes hautes qui rendent les filles jalouses. J'ai dit presque. Parfois, au fond de mon lit, j'imagine l'effet que ça doit faire d'embrasser Johnny, mais dire que je ne l'intéresse pas est un euphémisme. À ses yeux, je ne suis qu'une gamine.

Johnny est là ce soir. Je l'ai vu dès qu'on est arrivées. À côté du grillage qui entoure le drive-in, à l'écart de notre groupe il scrute la foule de son air blasé, clope au bec. Sa sœur, c'est tout le contraire. En quelques minutes, elle est au centre de la fête.

– Je suis tellement contente d'être chez moi, répète Connie encore et encore en allant parler à tout le monde.

Bondissante et radieuse, elle insiste sur « chez moi ». Elle va finir complètement ivre, c'est évident, mais ce soir, elle a gagné le droit de se lâcher. Pour Connie, « chez moi » c'est ici avec nous, les jeunes qui font grimacer les flics et rager les profs.

Personne ne s'intéresse au film et j'arrête rapidement de suivre l'intrigue. Juanita glousse avec d'autres filles qu'on connaît. C'est d'elle que je suis la plus proche, mais je me demande parfois si ce n'est pas juste parce qu'on est voisines et qu'elle me voit comme une petite cousine à surveiller. Il y a un an environ, Cheryl, ma grande sœur, a quitté la maison et moi j'ai commencé à sortir. Depuis, Juanita ne m'a jamais dit de ne pas m'incruster. Quand on n'est que toutes les deux, ça va, mais dans le groupe j'ai peur de ne pas être à ma place. J'ai l'impression que je ne fais pas partie de la bande ou qu'elles me considèrent plus comme une espèce de toutou ou de mascotte. Un jour, elles me diront de dégager, c'est sûr. Si je ne suis pas tout le temps sur mes gardes, je vais finir par disparaître sans laisser plus de traces que la fumée d'une cigarette.

– Je vais chercher du pop-corn, dis-je à la cantonade en partant vers la buvette.

– Tu m'en prends, Evie ? crie Connie dans mon dos. Je te rembourse plus tard, promis.

Je souris, absolument pas dupe, et m'enfonce dans la foule. La caresse de l'air frais sur mon visage soulage la chaleur de l'alcool. Avec le retour de Connie parmi nous, les choses reprennent enfin leur cours normal. Je suis heureuse d'être samedi soir, au drive-in avec tous les durs à cuire du quartier.

2

En approchant de la buvette, je fouille dans ma poche pour récupérer l'argent que j'ai gagné en gardant les enfants des voisins.

Mme Rodriguez est la seule maman du quartier qui veut bien m'embaucher, et seulement parce qu'elle ne peut pas se permettre de faire la difficile. On me montre peut-être du doigt pour mes mauvaises fréquentations, mais je suis gentille avec ses gamins. J'aide même Nancy à faire ses devoirs, ce qui est plutôt drôle, vu que je ne fais pas les miens.

Une longue file s'étend devant le stand. Le pop-corn sent super bon et me met l'eau à la bouche, même si je sais que dans ce drive-in, il ne faut pas vraiment s'y fier.

– Tu trouves pas ça dingue qu'elle ose se montrer ici ?

– Complètement dingue, Vickie, oui, t'as raison ! Il y a des gens qui ne comprennent pas quand ils feraient mieux de rester chez eux.

Les voix me tirent de mes réflexions sur le pop-corn. Des voix de filles, médisantes. Mielleuses et sirupeuses, mais dénuées de douceur.

Des voix de riches.

– Elle a une sale tête, si tu veux mon avis.

– Affreuse, renchérit l'autre.

– Faut croire qu'elle se trouve magnifique en rose, la pauvre.

L'espace d'un instant, j'ai cru qu'elles parlaient de moi, mais je ne suis pas habillée en rose. Et soudain, je repère les voix et leur cible. Serrées l'une contre l'autre, sur le côté de la buvette, cannette à la main, deux filles des beaux quartiers transpercent du regard une rouquine pâlotte quelques places devant moi dans la queue. Elle porte une robe rose clair et un cardigan assorti. Les pestes crachent leur venin assez fort pour que tout le monde les entende et comprenne qui elles ont dans le collimateur.

Alors qu'elle tourne la tête dans la direction opposée, je vois que la fille en rose a les lèvres pincées, les yeux baissés. Ses joues plus roses que sa tenue ne trompent pas : elle sait qu'on parle d'elle. Sa réaction semble plaire aux deux autres, qui affichent un rictus satisfait.

J'allume une cigarette en observant la scène. Je ne me serais normalement pas mêlée à une dispute entre poulettes friquées, mais j'ai l'impression de connaître la rouquine. Elle s'appelle Donna ou Diane ou quelque chose du genre, et elle est entrée au lycée d'Eastside il y a quelques semaines seulement. Elle fait un peu tache chez nous. Ses vêtements chics et ses fournitures scolaires toutes neuves la situent plutôt dans la catégorie des filles de River Oaks. Elle a l'air assez snob. À la cafèt', mes potes lui en ont déjà fait voir de toutes les couleurs. Ils la bousculent exprès ou la regardent de travers. C'est ce qu'ils font aux nouveaux qui se croient meilleurs que nous. Même si je ne les ai jamais imités, je ne vais sûrement pas les arrêter.

Maintenant que je vois qu'elle a les larmes aux yeux, je me sens presque coupable. On la maltraite déjà pas mal comme ça.

– Elle devrait avoir honte de se pointer ici, lance la dénommée Vickie. Après ce qu'elle a fait. Ah ! Betty arrive. Elle va pas y croire.

Une brunette avec des joues de hamster les rejoint. Elle jette un regard rapide à la rouquine puis s'empresse d'effacer toute réaction de son visage. Elle semble un instant vouloir lui parler, mais se ravise aussitôt.

– Venez, lance-t-elle enfin. Les garçons nous attendent. Laissons-la.

Sa voix chevrote un peu sur les derniers mots.

Une larme coule sur la joue de la rouquine.

– Je suis bien contente qu'elle ait déménagé dans le pire quartier de la ville, cette traînée, renchérit Vickie. Elle vaut pas mieux que ça.

Quand ma cigarette s'écrase sur son bras, des étincelles volent dans tous les sens. Elle se tourne vers moi en hurlant.

– C'est toi qui as fait ça ! m'accuse-t-elle, les traits déformés par la colère. Tu l'as fait exprès ! C'est quoi ton problème ?

Ses copines sont ahuries.

– Et si vous alliez emmerder quelqu'un d'autre ? Ou bien restez là si vous préférez, le temps que je ramène mes potes. Je suis sûre qu'ils adoreraient faire votre connaissance.

Je ne tressaille pas en leur déversant mon mépris, la bouche en cul-de-poule, comme je me suis entraînée à le faire tout l'été devant mon miroir en même temps que je dessinais un trait d'eyeliner sur mes paupières. Ça n'empêche pas mon cœur de tambouriner dans ma poitrine.

En tout cas, ça suffit pour les faire déguerpir et Donna-Diane-Machine me fait face, dégoulinante de gratitude autant que de larmes. Ça me confirme qu'elle n'est pas de notre quartier. Les jeunes ici préféreraient se tailler les veines que d'afficher une telle faiblesse.

– Merci du fond du cœur, lance-t-elle. Ça me touche beaucoup.

Elle parle comme les gens de la haute, mais son ton est plus doux que celui de Vickie.

– De rien, dis-je en regardant derrière la vitrine de la buvette le gars au visage grêlé qui s'agace d'attendre pour prendre la commande. C'est ton tour.

J'ai de la peine pour elle, mais ce n'est pas le genre de fille que je peux ramener à mes copains.

– Je n'ai plus faim. Mais merci encore.

Elle renifle, s'essuie le visage et s'éloigne dans la foule. J'espère qu'elle rentre chez elle. Si elle n'arrive pas à tenir tête à deux merdeuses, elle n'a vraiment rien à faire seule dans ce drive-in.

J'achète le pop-corn et une cannette, avant de rejoindre les autres. Connie se jette sur son cornet, tout en continuant à raconter son expérience à l'internat. Chaque nouvelle version est enrichie d'une nouvelle anecdote. Au moment où le deuxième film commence, tout le monde est persuadé qu'elle était en fait en prison, qu'elle a provoqué une rébellion et que les résidentes ont enfermé leurs matons dans des placards à balais. Et son récit est ponctué de grandes gorgées de bourbon.

– Il est où mon frère, au fait ? hurle Connie. Il faut qu'il entende ce que j'ai subi pendant qu'il était à la cool ici ! C'est la belle vie pour les mecs. Vous ne vous attirez jamais autant de problèmes que les filles !

– Ouais, ils ont de la chance, confirme Sunny qui est enfin sortie de la voiture de Ray, les cheveux en bataille et son rouge à lèvres étalé sur le visage.

– Les filles aussi ont de la chance parfois, non ? la taquine Ray en lui donnant un petit coup de coude.

Sunny prend un air d'autant plus exaspéré que Dwight Hardaway et Butch Thompson sont hilares. Sérieusement, ces deux-là n'existent que dans le seul but de rire aux plaisanteries débiles de Ray.

– T'es bien silencieuse, Evie, lance ce dernier quand il remarque ma présence. T'es pas très chanceuse, c'est ça ?

Je rougis comme la pauvre Donna-Diane-Machine devant la buvette, regrettant amèrement d'être au centre de l'attention.

– Laisse-la tranquille, Ray, le gronde Sunny en lui donnant une petite tape. Elle n'a que quinze ans.

Ray demande à Sunny de ne pas lui manquer de respect et lui rappelle comment elle était à quinze ans. Nouveaux éclats de rire.

– Bon Dieu, Ray, on a tous compris, dis-je. Ta bite c'est de la dynamite.

Et même si ma répartie fait son petit effet et que tout le monde est hilare, j'espère que Dieu n'est pas en train d'écrire un télégramme à ma grand-mère pour lui dire que je viens de blasphémer. Ils sont vraiment très proches tous les deux.

Je siffle le fond de ma cannette en tirant bruyamment sur ma paille rouge et blanc. Tandis que Connie reprend la vedette, Johnny apparaît de derrière la buvette. Il n'a pas l'air plus enjoué que quand je l'ai vu près du grillage, mais mon cœur s'emballe tout de même. Il a des yeux marron chocolat à croquer et il est si grand que si j'ai un jour la chance de l'embrasser, je devrai me hisser sur la pointe des pieds. Sauf que je n'aurai jamais cette chance, bien sûr.

– Eh, Connie, il est là, ton frère, dis-je.

Quand elle le voit, Connie plisse les yeux et se met à bredouiller. Elle a vraiment beaucoup trop bu. Il va falloir l'arrêter maintenant.

– Mais oui, c'est mon frère, là-bas. Il joue les rabat-joie depuis le début de la soirée. Qu'est-ce qu'il a à bouder comme ça ? C'est moi qu'on a enfermée dans un trou à rats !

Elle rote bruyamment et éclate de rire.

– Eh, frérot ! lance-t-elle en haussant le ton. Viens par ici !

À l'appel de sa sœur, Johnny enfonce ses mains dans ses poches et avance vers nous, une mèche de ses cheveux noirs gominés se balançant au rythme de ses pas. Il est tellement impressionnant !

– Dis, frérot, dis, je t'ai manqué ? bafouille-t-elle tout en tapant le torse de Johnny des deux mains.

– Connie, t'as peut-être assez fêté ton retour pour ce soir, lâche-t-il avant de me regarder.

De petits cernes mauves soulignent ses beaux yeux. Ça m'intrigue. Tout est mystérieux chez Johnny. Il me rappelle un peu George, mon deuxième Beatles préféré.

– Salut, Evie. Elle s'est enfilé combien de litres ? me demande-t-il.

Il connaît mon prénom ? Je reste muette de sidération un instant, mais je finis par me secouer pour répondre.

– Hmmm, pas mal, je dirais.

Ça ne veut pas dire grand-chose, je m'en aperçois tout de suite. Je me demande si je pourrai un jour parler correctement à un garçon.

– Oui, on dirait, en effet. Connie, eh, Connie. Ce serait peut-être une bonne idée qu'on rentre, non ? propose-t-il d'une voix douce.

Connie lui tire la langue et croise les bras. Quelques copains rient.

– Je veux pas rentrer à la maison ! gronde-t-elle en frappant le sol de son pied. Je veux rester ici ! Avec mes potes et toi. Même si toi tu veux partir, parce que t'es trop triste et que tu veux pas que je leur dise pourquoi.

Elle se frotte les yeux avec les poings, comme un enfant qui pleure, et se met à parler comme une gamine de quatre ans.

– Je suis Johnny. Je suis un gros bébé et j'ai un gros chagrin parce que...

– Connie ! l'interrompt-il en lui passant un bras autour des épaules pour l'éloigner. Ça suffit !

Elle se débat et proteste, alors qu'il l'entraîne dans le noir. Je la vois trébucher plusieurs fois, obligeant son frère à la soutenir.

– Bon sang ! s'exclame Ray. C'était quoi, ce cinoche ?

– Qui sait ? réplique Sunny en croisant mon regard.

Avec Johnny et Connie, tout est possible. Ce qui est certain, c'est qu'ils veilleront toujours l'un sur l'autre avec une loyauté féroce. Ils n'ont personne d'autre pour s'occuper d'eux. Leur mère est alcoolique et leur père, une vraie brute. Dans les bons jours. Pas étonnant que Connie ait fugué.

Après le départ des jumeaux, le silence nous enveloppe un moment, mais l'ambiance revient rapidement. J'ai besoin d'aller aux toilettes. J'hésite à demander à Juanita ou Sunny de m'accompagner, mais en fait, j'ai bien envie d'être un peu seule. L'excitation que je ressentais en début de soirée commence à redescendre. Ou je suis peut-être simplement fatiguée d'être constamment sur mes gardes pour ne pas commettre d'impair devant tout le monde. Je m'éloigne sans prévenir les autres et personne ne le remarque.

Alors que mes chaussures crissent sur le gravier et que les voix de ma bande se perdent au loin, il se passe quelque chose d'étrange qui m'arrête net : un frisson me parcourt et mes poils se dressent sur les bras. Une phrase me passe par la tête.

Rentre chez toi, Evie.

Ma mère appellerait ça l'intuition féminine. Comme quand j'avais trois ans, et qu'elle a senti que mon père ne reviendrait pas du magasin où il était descendu faire une course. Comme quand elle a compris que le patron du restau où elle travaillait était marié, contrairement à ce qu'il lui avait juré à maintes reprises.

– Toutes les femmes ont une sorte de sonnette d'alarme intérieure, m'avait-elle expliqué. Et il faut que tu l'écoutes.

J'aime ma mère, mais il lui arrive parfois de raconter n'importe quoi. Si cette intuition féminine existe vraiment, pourquoi diable a-t-elle épousé mon bon à rien de père ? Et pourquoi c'est tellement plus compliqué pour les filles, comme le dit toujours Connie ?

Alors je reprends ma marche, incapable néanmoins de chasser cette sensation désagréable.

3

Les toilettes du drive-in sont dans une sorte de bloc de béton. Loin de tout, elles jouxtent le grillage sinistre qui sert d'entrée officieuse mais pas vraiment secrète pour les spectateurs qui ne veulent pas payer. Peintes en gris sale et entourées de mauvaises herbes, elles vous accueillent par leur odeur, plusieurs mètres avant les portes marquées des signes HOMMES et FEMMES. J'approche en retenant ma respiration. À l'intérieur, deux filles un peu plus jeunes que moi se lavent les mains. Jupes en flanelle, cardigans assortis, ongles propres. Elles me rappellent les filles que je côtoyais avant de comprendre que la vie peut être beaucoup plus amusante avec des filles comme Connie Treadway. Quand les deux minettes me voient, l'une d'elles se fige un instant et toutes deux déguerpissent rapidement.

– Je mords pas, vous savez...

Je m'adresse à mon reflet dans le miroir taché. Connie aurait sans doute voulu leur flanquer la frousse, mais ce n'est pas mon truc.

Je ne me sens toujours pas très bien. Peut-être à cause de ces deux filles. Ou alors à cause des plaisanteries de Ray qui m'ont vexée. Ou peut-être parce que je ne me trouve pas à la hauteur pour un gars comme Johnny Treadway. En tout cas, je suis contente que les toilettes soient vides. Je m'attarde quelques instants pour lire les graffitis. Des cœurs peints au rouge à lèvres avec des initiales à l'intérieur, à côté de gribouillages gentillets et de messages au stylo, du genre *le principal Hawkins peut aller se faire mettre*.

Quand je pousse la porte pour sortir, un type de River Oaks en pantalon kaki et chemise madras m'attend. Adossé au grillage, il me lorgne de son regard suffisant, un sourire carnassier aux lèvres.

Une violente nausée me foudroie. Je repense à l'avertissement de ma mère mais c'est trop tard. L'expression de ce type ne me dit rien qui vaille. Et soudain j'ai une certitude : lui échapper ne sera pas facile. Affolée, je me rappelle où je l'ai vu : c'est lui qui a insulté Connie à peine une heure plus tôt.

– Salut toi, me lance la caricature du quarterback.

Il prend une grande gorgée de bière, puis fracasse la bouteille sur le grillage.

– Je te reconnais, tu m'as dit d'aller crever. *Poufiasse.*

Enragé, il me bloque le chemin.

– Je ne t'ai jamais adressé la parole, dis-je, espérant mettre dans ma voix un mélange de fermeté et d'ennui. Tu dois confondre. Ça s'embrouille dans ta tête, on dirait. Qu'est-ce que tu veux au juste ?

Ma défense est minable, mais la panique monte en moi. On ne se ressemble pas du tout, Connie et moi. Il doit être complètement soûl.

– Ce que je veux ? lâche-t-il en passant sa langue sur ses lèvres.

Il a les joues marbrées de rouge, et des cheveux blonds coupés si ras que je pourrais m'entailler la main en la passant sur sa tête.

– Pas sûr que ça te plaise.

Il explose de rire. Un ignoble rire gras.

Bon sang.

L'angoisse monte d'un cran. Juste derrière ce sale type, il y a la buvette et, plus loin, le parking et l'écran géant où sont diffusés les images d'une blonde en bikini à pois jaunes en train de danser. Des éclats de rire et des exclamations nous parviennent. Je pourrais compter les phares. Les voitures ne sont pas si loin, en fait, mais c'est comme si je les voyais à travers un voile ou un brouillard.

Il rit de nouveau, plus bas cette fois. Il a l'air content de lui.

Ce que veulent les gars bourrés comme lui ? Je ne le sais que trop bien. Toutes les filles le savent. La réponse à cette question s'infiltre très tôt dans nos cerveaux.

Je suis paralysée de peur.

– Quelqu'un va venir, dis-je en déglutissant avec peine. Tu ferais mieux de me laisser passer.

– Je sais, mais t'inquiète pas, commence-t-il en savourant chaque mot. J'en ai pas pour longtemps.

Tout se passe très vite. Le voilà derrière moi, ses mains sur mon corps, une sur mon sein, l'autre, calleuse et dure, sur ma bouche pour étouffer mon cri. Il me traîne jusqu'à la lisière du terrain, plus loin encore que les toilettes, dans un fourré de buissons et d'arbres. J'entends mes pieds frotter sur le gravier et je comprends que mon corps se débat, même si mon cerveau est totalement figé. Je regarde, au-delà du grillage, les entrepôts et une usine de mise en bouteilles. De gros bâtiments en métal vides et paisibles sous le clair de lune.

Personne ne m'entendrait crier si j'y arrivais.

Boum ! Je me retrouve brutalement par terre. La douleur me traverse quand mon crâne rencontre les graviers. Je ne vois plus qu'une lumière blanche. Une nouvelle vague de nausée monte dans ma gorge tandis qu'il me plaque au sol, un genou sur ma poitrine. Même si je parviens à peine à respirer, je sens son haleine imprégnée de bière. Il glousse en défaisant sa ceinture.

C'est vraiment en train de m'arriver.

Les mots tournent dans ma tête. Les yeux fermés, je tente de me dégager, de le repousser, mais c'est comme essayer d'arrêter une tempête. Impossible. Ça l'excite encore plus de me voir résister.

– T'avais qu'à pas être mignonne, grogne-t-il.

Quand il soulève son genou, je peux enfin respirer, mais aussitôt il attrape mes épaules pour me plaquer de nouveau au sol.

Cette fois c'est une ombre noire qui tourbillonne devant mes yeux.

Je vais m'évanouir. Heureusement.

– Qu'est-ce que tu lui fais ? s'exclame quelqu'un alors que je suis sur le point de perdre connaissance.

Je n'entends pas la réponse. Je sombre.

4

On me secoue doucement.

– Réveille-toi. S'il te plaît, réveille-toi.

Je réussis à ouvrir les yeux, mais tout est flou. Devant moi, je distingue à peine une silhouette accroupie. J'ai affreusement mal à la tête et instinctivement ma main se pose à la source de la douleur, sur ma nuque. Quand je la retire, mes doigts sont trempés d'une substance visqueuse et chaude.

– Oh, mon Dieu, tu saignes, s'alarme la silhouette. Tiens, assieds-toi et prends mon gilet. Appuie dessus.

Avec son aide, j'obéis.

– C'est bien, m'encourage la fille d'une voix légèrement chevrotante. Continue à appuyer, d'accord ? Tu comprends ce que je dis ?

Je cligne des yeux ostensiblement une fois, puis deux. Ça me permet enfin de voir qui est agenouillé devant moi.

Je dois être en train de rêver. C'est la rouquine que j'ai défendue plus tôt dans la soirée. Elle me tient la tête comme si j'étais un bébé.

– Je pense que tu devrais te lever, maintenant. D'accord, Evie ? C'est bien Evie, ton prénom ?

Je réussis à hocher la tête.

– Moi, c'est Diane.

Pas Donna. Diane.

Éclairées par les lampadaires qui bordent le terrain, ses lèvres rose foncé contrastent avec son teint de porcelaine. M'aider à me relever lui demande un effort qui la fait grimacer autant que moi. Je remarque alors sur sa robe une grosse éclaboussure rouge pareille à une explosion de feu d'artifice. Mon esprit embrouillé tente de deviner ce dont il pourrait s'agir, même s'il refuse l'évidence.

– Ça va ? me demande-t-elle.

Et maintenant, je le vois. Je suis penchée en avant et je sens un hurlement monter dans ma gorge irritée.

– Tais-toi, murmure-t-elle assez fermement pour que le cri reste coincé. Ne fais pas un bruit, continue-t-elle, un bras autour de ma taille et l'autre main sur mon épaule. Écoute-moi. Ne regarde plus.

C'est impossible. Mes yeux sont attirés par le corps au sol, dont la tête est tournée vers le grillage. J'examine son pantalon couvert de poussière et la grosse tache couleur rouille sur le côté de son buste. Je comprends aussitôt que c'est du sang frais. Heureusement que je ne peux pas voir son visage.

Diane a du sang sur la main droite, jusqu'à l'avant-bras. Son sang à lui.

– Tu l'as... ?

Diane acquiesce d'un mouvement de tête hésitant, ses yeux verts grands ouverts, comme si elle n'arrivait pas non plus à y croire. Elle prend une profonde inspiration, puis expire en frissonnant.

– Est-ce qu'il est... mort ?

Elle hoche de nouveau la tête, plus faiblement encore.

– Je l'ai poignardé, avoue-t-elle, les paupières closes. Ça s'est passé si vite. Mais je ne sais pas ce qui te serait arrivé si je n'étais pas intervenue.

Ah non, elle ne sait pas ?

Je jette un coup d'œil aux mauvaises herbes et au gravier derrière le bâtiment des toilettes.

– Personne ne t'a vue ?

– Non.

Dans ses yeux se reflète une vive terreur.

Des voix retentissent alors de l'autre côté des toilettes. Pour l'instant, elles sont assez éloignées, mais elles se rapprochent. Il faut qu'on déguerpisse en vitesse.

– Sous le grillage, dis-je, m'efforçant d'ignorer l'angoisse qui menace de me clouer sur place. Vite !

Elle blêmit et secoue la tête. C'est à mon tour de prendre les choses en main. C'est moi l'amie de Connie Treadway, c'est moi qui comprends l'attitude à adopter quand les flics te tombent dessus, c'est moi qui sais quand il faut se battre et quand il faut filer.

Et là, il faut clairement filer.

Les voix se rapprochent encore. Je ne perds pas de temps à les compter ou les identifier. Je prends Diane par la main et je la pousse vers le grillage, là où les gars de mon groupe ont creusé un trou à force de passer en dessous. On est à quelques pas du corps. *Le corps.* Le corps qui, quelques minutes plus tôt, me plaquait au sol en me menaçant. Ce n'est pas le moment d'analyser mes sentiments. Il faut qu'on décampe, c'est tout ce qui compte.

Quand je m'allonge sur le sol, la douleur dans ma tête reprend de plus belle, mais je tente de l'ignorer. Le cardigan trempé de sang de Diane toujours dans la main, je roule sous le grillage, laissant le métal m'égratigner le dos et le bras. Mon cœur bat la chamade.

– Dépêche-toi, dis-je tout bas sur un ton pressant, quand j'arrive du côté de l'usine de mise en bouteilles.

Affolée, Diane m'imite. Maladroite et bien trop coincée pour ce genre d'exercice, elle réussit tout de même à me rejoindre. Elle se redresse, haletante.

– Et maintenant ? murmure-t-elle, la tête tournée vers le drive-in.

– Maintenant, on court comme des dératées.

Je prends à nouveau sa main. Elle est poisseuse de sang. Je la presse pour nous donner du courage à toutes les deux. Et rapidement, je n'entends plus que nos pas sur le béton et nos souffles désespérés, tandis que nous nous enfuyons sans savoir où.

5

Après deux bonnes minutes de course effrénée sur Telephone Road, Diane s'arrête et tente de reprendre sa respiration. Je l'attire loin de l'axe principal vers une petite rue calme bordée de maisons, pas très loin de notre quartier, et on se cache à l'abri d'un chêne. Des rires préenregistrés s'échappent d'une télévision par une fenêtre ouverte, ce qui me rend encore plus nerveuse. Je trouve quand même la force de parler.

– Ça va ?

J'ai encore mal à la tête de ce que m'a fait l'autre monstre. Je n'en reviens toujours pas de tout ce qui vient de se passer.

Et soudain, Diane tombe à genoux et pose sa main couverte de sang sur sa bouche pour étouffer un cri silencieux.

– Quoi ? dis-je tout bas. Qu'est-ce que tu as ?

Je m'accroupis à côté d'elle. Malgré la fraîcheur, de la sueur perle sur son front.

– Le couteau, articule-t-elle avec peine en baissant lentement la main. J'ai laissé le couteau.

Ses traits sont déformés par l'angoisse. Mon cœur s'arrête brusquement de battre. Comment ai-je été assez bête pour ne pas vérifier qu'elle l'avait ? J'étais censée prendre les choses en main.

– On peut pas y retourner, dis-je, une boule dans la gorge. Ils l'ont sûrement déjà trouvé.

Diane se relève brusquement et court jusqu'à la maison la plus proche. Je l'entends vider le contenu de son estomac. Je ne bouge pas, je ne la juge pas. Franchement, moi aussi j'ai envie de vomir.

Mais il faut qu'on bouge.

– Diane ? dis-je sans hausser la voix pour ne pas alerter les voisins.

– Oui ?

Pas *ouais*, mais *oui*. Même dans la détresse, elle est plus classe que la plupart des filles que je connais.

– On doit repartir.

– J'habite tout près d'ici, lance-t-elle en réapparaissant.

Elle s'essuie délicatement le coin de la bouche du bout des doigts.

– Il n'y aura personne, promis. On devrait y être en sécurité, non ?

En une fraction de seconde, j'imagine ce que Cheryl, ma grande sœur, dirait de tout ça, même si elle serait sûrement trop stupéfaite pour parler. Et je pense à ma mère et ma grand-mère, dans notre salon, devant la télé. La proposition de Diane d'aller chez elle est la meilleure option. Aucune alternative ne me vient à l'esprit. On arrive donc sur Coyle Street, pas très loin du lycée, devant une petite maison en brique avec une terrasse encombrée de vieilles plantes en pots et de cartons couverts de taches de graisse. Un chat famélique nous feule dessus avant de partir se cacher dans le noir.

C'est chez Diane, *ça* ?

On fait le tour pour entrer par la cuisine. De la vaisselle sale s'accumule dans l'évier et sur le plan de travail noyé sous les lettres et les bouteilles de vin vides.

– Désolée pour le bazar, s'excuse-t-elle d'une voix douce.

Elle s'arrête et me regarde dans les yeux.

– Plus la peine qu'on parle tout bas, n'est-ce pas ?

– Tu es sûre qu'on est seules ici ?

Je regarde par-dessus mon épaule, inquiète qu'un flic débarque pour nous arrêter toutes les deux. Je pose son cardigan plein de sang sur le plan de travail.

– Sûre et certaine.

Elle se dirige vers l'évier et frotte frénétiquement ses mains avec du savon.

– J'habite avec ma tante, mais elle n'est pratiquement jamais là.

Elle s'essuie avec le torchon accroché négligemment sur la porte de la gazinière.

Et elle éclate en sanglots.

– Je le connaissais, confesse-t-elle en se cachant le visage dans les mains.

J'arrive à peine à distinguer ce qu'elle dit.

– Je connais son nom ! Mon Dieu, je pensais simplement l'effrayer ! Je n'avais pas l'intention de le tuer !

Elle réalise tout juste ce qu'elle a fait. Pour moi, c'est encore flou.

– Tu le connais d'où ?

Je fais un pas vers elle, mais je n'ose pas la toucher. J'aurais tellement voulu que mes copines soient là. Surtout Connie. Elle aurait su quoi faire. Ou au moins, elle aurait donné l'illusion de savoir.

Diane ne répond pas. Elle sanglote dans ses mains et, de temps en temps, elle s'interrompt pour reprendre sa respiration.

– Et si on s'asseyait pour boire un verre ou s'en griller une ?

Ma voix est hésitante, mais Diane accepte. Alors je l'attrape par le poignet pour l'attirer gentiment jusqu'à la petite table en Formica dans un coin de la cuisine. Au milieu d'un fatras impressionnant, un cendrier sale déborde de mégots. Sans cesser de pleurer, elle s'assoit. Je lui sers un verre d'eau et en prends un pour moi aussi. C'est en buvant que je me rends compte de ma soif. Je finis par m'asseoir à mon tour.

Je lui tends mon paquet de Salem.

– Je ne fume pas, répond-elle en reniflant. Mais vu les circonstances…

Elle tire une cigarette délicatement, comme une lady.

Au bout d'un long moment, elle se met à parler d'une voix douce et charmante. Le genre de voix qui endort si on n'y prend pas garde. Son milieu transpire dans chacun de ses mots, comme les filles qui se moquaient d'elle tout à l'heure. Mais comment Diane pourrait-elle être riche et vivre dans un tel taudis ? Qu'est-ce qu'elle fabrique de ce côté de la ville ? Et comment se fait-il qu'une fille comme elle sauve la vie d'une fille comme moi ?

– Il s'appelle… Preston. Il s'appelait Preston Fowler, se reprend-elle en grimaçant. On était au lycée de River Oaks ensemble. Et avant ça, au collège et en primaire. Nos mères sont parfois partenaires au bridge dans le même club.

Elle renifle de nouveau et s'essuie la joue avec la manche de sa robe.

– Je me disais bien que t'étais pas d'ici. Enfin, que je t'avais jamais vue au lycée.

– Je suis arrivée cette année…

Je regrette de ne pas avoir de mouchoir à donner à Diane pour qu'elle sèche ses larmes et ne badigeonne pas ses vêtements de morve. En réalité, avec tout le sang qui est déjà sur sa robe, ça n'a aucune importance. Je vais devoir m'assurer qu'elle la détruise en même temps que son cardigan, d'ailleurs. Il ne faut laisser aucune preuve, d'autant que Diane a déjà oublié le couteau sur le lieu du crime…

Il ne faut pas qu'on garde la moindre trace de sang sur nous.

Le sang de Preston Fowler.

Un frisson me traverse le dos.

– Diane, tu sais… tu m'as sauvé la vie.

Malgré le verre d'eau que je viens d'avaler, j'ai la bouche sèche et je me revois tout à coup derrière les toilettes. Ses mains sur moi. Le gravier sous mon corps. Je ferme les yeux. Ma tête me fait atrocement mal.

Pourquoi ne me suis-je pas débattue davantage ? Pourquoi n'ai-je pas réussi à m'enfuir ? Je suis censée être une dure, non ? Mon estomac se tord et je serre les paupières encore plus fort.

– Evie, ça va ? demande Diane, me sortant de mes pensées.

J'arrive enfin à ouvrir les yeux et à enterrer les images au fond de mon esprit en me promettant de ne jamais plus y toucher. Je suis en sécurité. Il ne m'a rien fait. Et c'est grâce à cette fille à papa.

– Je vais bien. Tu as été super courageuse, tu sais ?

– Sans doute, réplique Diane en soupirant. Mais ce gars… Preston. Il était vivant et maintenant… il est mort. À cause de moi.

Elle prend une bouffée tremblante de sa cigarette.

– Non, à cause de *lui*. C'est lui qui a décidé de m'agresser. Toi, tu as protégé quelqu'un.

Je ne parle pas de moi. Sûrement parce que c'est plus facile de faire comme si je n'y étais pas.

– L'alcool ne lui a jamais réussi. Ça le rendait méchant. Vraiment méchant.

Elle baisse les yeux.

– Je suis désolée pour ce qu'il a essayé de te faire, Evie.

Je secoue la tête, ce qui ravive la douleur qui s'était calmée.

– N'en parlons plus. Et comment tu connais mon nom, au fait ?

– On a anglais ensemble.

Je n'avais même pas remarqué qu'on avait un cours en commun. Il est vrai que je sèche l'anglais au moins une fois par semaine et qu'on ne s'est jamais adressé la parole avant ce soir.

– T'es plus âgée que moi, non ? Tu devrais pas être en première ?

– Si, mais j'ai redoublé. C'est une des raisons pour lesquelles j'ai emménagé chez ma tante. Pour rattraper le retard.

– Pourquoi tu pouvais pas le faire à River Oaks ?

– C'est compliqué.

Son regard se vide et elle ne parle plus pendant un moment. Elle se lève enfin, écrase sa cigarette dans le cendrier et vient se placer derrière moi.

– Laisse-moi examiner ton crâne.

Elle se transforme en parfaite scout. Ses doigts écartent habilement mes cheveux. Je me crispe, repoussant les souvenirs de l'agression. Quand Diane tire sur une mèche poisseuse, je pousse un petit cri.

– Désolée.

– C'est rien. Alors, c'est comment ?

– Pas si grave. Ça ne saigne plus, et ça devrait guérir tout seul.

– Tu as de l'aspirine ?

– Bien sûr. Désolée de ne pas t'en avoir proposé plus tôt.

Quelles bonnes manières !

Elle s'empresse de quitter la pièce pour aller en chercher dans la salle de bains. À distance, j'aborde un sujet qu'elle doit redouter.

– On doit réfléchir à ce qu'on fait maintenant, dis-je, haussant la voix pour qu'elle m'entende.

Pas de réaction. Elle revient toujours sans un mot et me tend deux cachets et un verre d'eau dans le plus grand des silences. J'avale les comprimés.

– Ce que je veux dire, c'est que si les flics commencent à poser des questions, on doit se mettre d'accord sur ce qu'on leur répond, tu crois pas ?

J'adopte un ton assuré et autoritaire, alors que je n'ai aucune idée de la marche à suivre. Ma seule certitude, c'est que je suis supposée maîtriser ce genre de situation mieux que Diane. J'aurais déjà dû éviter de me retrouver dans ce pétrin, alors maintenant, c'est à moi de nous en sortir.

– Tu as raison, confirme Diane de sa voix douce. Je n'arrête pas de penser au couteau.

– Ça peut les faire remonter jusqu'à toi ?

Longue pause. Diane inspire et expire profondément.

– Je ne crois pas, murmure-t-elle.

Elle se rassoit puis ajoute d'une voix ferme :

– Et je ne te dirai pas où je l'ai eu.

Son regard est déterminé.

– Je n'avais pas l'intention de te le demander.

Je lève les deux mains pour lui montrer que je n'insisterai pas. C'est une facette de Diane que je découvre. Elle peut se montrer dure. Peut-être que ça ne devrait pas m'étonner. Après tout, elle est couverte de sang.

– On doit se laver à fond et jeter nos vêtements sales, dis-je. Ou les planquer en attendant de les brûler.

De nouveau je pense à ce que Connie, Juanita ou Sunny feraient à ma place. Mais même pour elles, ce serait un territoire inconnu.

– Ma tante rentrera très tard ou pas du tout, explique Diane. Je peux te prêter des vêtements.

On file dans sa chambre, tout au bout du couloir : une oasis dans cette minuscule maison bordélique. Un couvre-lit en chenille rose s'étale sur un lit double. Au centre de l'oreiller, trône un petit ours en peluche marron très élégant avec sa cravate noire. Sur une table de toilette dans un coin, de minuscules bouteilles en verre et des tubes de rouge à lèvres sont soigneusement rangés comme des soldats dans une armée de beauté. Dans son flacon bleu en forme de larme, *Soir de Paris*, le parfum de Bourjois, sort du lot. L'unique décoration au mur est un petit tableau de marguerites juste au-dessus du lit de Diane. Pas de photo, pas de tourne-disque, pas de pile du magazine *Seventeen*, ni de poster de Bobby Rydell ou des Beatles punaisés sur le papier peint.

Ça fait presque peur.

Diane fouille dans l'armoire et en sort une jupe bleu ciel et un pull qui a dû coûter plus cher que ce que ma mère gagne en une semaine en nettoyant les chambres au Shamrock Hotel.

– Je suis un peu plus grande que toi, mais ça devrait t'aller.

Par plus grande, elle veut dire mieux roulée, mais elle est trop polie pour le dire. J'imagine comment Connie la décrirait avec quelques verres dans le nez et l'humeur belliqueuse. Mais Diane ne mérite pas ça. Je vais me changer dans la salle de bains en pensant aux filles devant la buvette. Est-ce qu'elles étaient jalouses du physique avantageux de Diane ? Non, elles évoquaient un truc qu'elle avait fait. Un truc tellement grave qu'elle ne devrait plus se montrer en public. Je me demande ce qu'elles diraient si elles savaient ce qu'elle a fait pour moi tout à l'heure.

Quand je sors de la salle de bains, Diane, dans un peignoir vert menthe, tient un sac en papier à la main.

– Tu peux mettre tes vêtements là-dedans. Je vais les cacher dans mon armoire en attendant qu'on décide quoi en faire.

– N'oublie pas ton gilet dans la cuisine.

Elle hoche la tête.

Je me débarrasse de mes vêtements, achetés dans un troc. En m'examinant dans le miroir, je ne peux m'empêcher de sourire.

– Tu es jolie comme ça, me complimente Diane. Vraiment jolie.

– Merci.

Je flotte dans ses vêtements, mais quand même, je m'y sens bien. Diane a un regard admiratif.

– Tu peux les garder. J'ai des tonnes de vêtements.

Des tonnes de vêtements. Elle le dit si naturellement.

Je récupère mes cigarettes sur la table de la cuisine et Diane m'accompagne à la porte de derrière.

– Écoute, reste chez toi demain, dis-je en faisant mine de savoir de quoi je parle, autant pour Diane que pour moi. Ne va nulle part. Il faut que je réfléchisse à ce qui serait le plus sûr pour nous deux.

Ce que je passe sous silence, c'est que j'ai besoin des conseils des autres.

Diane a de nouveau les larmes aux yeux, mais se ressaisit vite et inspire profondément.

– Et lundi ? demande-t-elle. Je vais au lycée ?

– Fais tout comme d'habitude. Rejoins-nous, mes amies et moi, à la cafèt', et on verra, OK ?

Je n'arrive pas trop à imaginer une fille à papa dans notre groupe, mais je laisse ça pour plus tard.

– Ou alors, on se voit en anglais, propose-t-elle avec l'ombre d'un sourire. On a cours avant le déjeuner.

Je vois où elle veut en venir et lui adresse un regard entendu.

– D'accord, en anglais. Je viendrai, promis.

Et soudain, à ma grande surprise, je prends ses mains dans les miennes et les serre fermement. Elles sont très douces. Le genre de mains qui n'ont jamais travaillé, dirait ma mère. Mais elles ont fait autre chose, ce soir. Elles m'ont sauvé la vie.

– Bonne nuit, Evie, lance-t-elle derrière moi. Merci d'être passée.

Merci d'être passée. Bon sang, on dirait qu'on vient de terminer une soirée de révisions. Le crâne un peu moins douloureux, je m'enfonce dans la pénombre pour rentrer chez moi.

6

Il est plus de minuit quand j'arrive chez moi, mais j'aperçois de la lumière par les fenêtres du salon. Bon sang ! Comment vais-je expliquer ces vêtements ?

Heureusement, ma mère s'est endormie sur le canapé, le *Post* étalé sur les genoux. Ma grand-mère est déjà couchée. Je file droit vers ma chambre, mais il suffit que le parquet craque sous mes pieds pour que ma chance s'envole.

– Ma chérie ? appelle ma mère. C'est toi ?

Le temps qu'elle se redresse, je me suis faufilée dans ma chambre. Je retire vivement les habits de Diane.

– Oui, maman, j'arrive dans une minute, dis-je, une fois en chemise de nuit.

– Il est tard, Evelyn.

Elle et ma grand-mère sont les seules à utiliser mon prénom entier.

Elle parle avec une voix grave et triste, teintée d'une pointe de frustration.

Je n'arrête pas de lui briser le cœur, j'en suis bien consciente. Si seulement je savais comment faire autrement.

Je retourne dans le salon. Ma mère s'est assise. Elle bâille. Elle attrape ses lunettes pour les mettre sur son nez et dégage de son visage pâle quelques mèches brunes. Ses lunettes la vieillissent, mais tout la vieillit et surtout son travail harassant. Je m'installe à côté d'elle sur le canapé.

– Tu étais où ?

– Au drive-in de Winkler, dis-je en remontant les genoux sous mon menton.

– Avec Juanita, j'imagine ?

– Oui, on est rentrées ensemble.

Mince, si ça se trouve, Juanita est déjà chez elle et ma mère l'a entendue rentrer. Je croise les doigts mais ma mère se contente de soupirer en lissant ses cheveux en arrière des deux mains.

– J'aimerais tellement que tu te trouves d'autres fréquentations…

Ses mots cachent une tout autre vérité : elle regrette que je sois le genre de filles que les autres mères du quartier détestent. Elle voudrait que je sois différente, meilleure. Elle ne l'avouera jamais. Le dire tout haut rendrait la réalité plus vraie encore.

Je me tortille un peu d'impatience. Ma mère me rabâche tout le temps le même discours. Ça me tape sur les nerfs et me fait terriblement culpabiliser.

– Maman, Juanita est mon amie, tu le sais, non ?

Pas besoin d'ajouter que dès que ma mère sera rendormie, je filerai chez elle pour lui raconter ce qui s'est passé ce soir. Il faut que j'anticipe la suite des évènements.

– D'accord, on en reparle plus tard, conclut-elle, même si ça n'arrivera sûrement pas. Au fait, tu peux aller à l'église avec grand-mère demain ? Elle sera contente d'avoir de la compagnie et moi, je travaille.

L'idée de jouer les petites filles modèles après tout ce qui s'est passé dans la soirée est au-dessus de mes forces. Ma mère doit le lire sur mon visage, car le sien prend un air blessé.

Trop c'est trop. Elle me tue avec son regard.

– Bon, d'accord.

J'aurais donné cher pour rester tranquille à la maison, mais demain, je ferai cet effort.

– Merci, Evelyn, lâche-t-elle d'un ton las. Tu sais, il y a de gentils garçons à l'église. Tu penses sans doute qu'ils ne sont pas ton genre, mais ce sont vraiment des gars bien. Ils feraient de parfaits petits amis.

Je préfère garder le silence tout en l'observant se lever péniblement du canapé. Elle est tellement fatiguée en permanence que la moindre action lui demande une énergie considérable. Je l'imagine s'épuiser à laver les toilettes et changer les draps de tous ces types friqués… C'est tellement injuste.

Avoir une fille comme moi, ce n'est pas juste non plus. Je le sais bien. Pourquoi est-ce que je n'arrive pas à être comme Ginger Blankenship, l'étudiante modèle qui vit en bas de la rue et qui cherche à obtenir une bourse d'entrée à l'université, pour le grand bonheur de ses parents ? Ou comme Nancy Collins, la chouchoute de l'équipe de football et reine du bal d'hiver ? Ou au moins comme ma sœur Cheryl, qui a fait ce qu'il fallait en se mariant avec un gentil voisin, un garçon convenable qui, en entrant dans l'armée, lui a offert un avenir sûr et confortable ?

Parce que Ginger Blankenship n'a jamais passé une nuit au clair de lune sur la plage de Galveston juste pour le plaisir, ni éprouvé l'euphorie d'une soirée arrosée. Et parce que Nancy Collins n'a jamais senti la caresse du vent sur son visage, à bord d'une voiture lancée à pleine vitesse, ni l'adrénaline qui monte en nous quand on chaparde sans se faire attraper.

Et parce que, coincée dans la base militaire de Fort Hood à Killeen, ma sœur m'écrit de longues lettres sur sa solitude accablante.

La vie, c'est plus que ça. Et c'est avec Juanita, Sunny et Connie que je pourrai le découvrir. Même si je ne sais pas ce qui m'attend.

– Je vais me coucher, lance ma mère sur un ton résigné.

Elle ne me demande pas si je vais la suivre. Il lui suffit que je sois à la maison et que j'aie promis d'aller à l'église. Elle se contente de ce qu'elle a déjà.

Quand je l'entends ronfler à travers sa porte, j'enfile rapidement mes chaussures et mon peignoir pour traverser la pelouse qui sépare ma maison de celle de Juanita. Je gratte à la fenêtre de sa chambre trois fois, m'interromps et recommence trois fois. C'est notre signal.

Deux minutes plus tard, la porte d'entrée s'ouvre.

– Merci mon Dieu ! s'exclame-t-elle en m'enlaçant maladroitement. Je t'attendais. T'étais où ? On était morts d'inquiétude ! Tu sais pas ce qui s'est passé ce soir ?

Elle recule pour m'inspecter minutieusement. Elle paraît vraiment inquiète.

– T'as pas l'air au top.

– Juanita, on peut aller s'asseoir ? dis-je d'un ton las.

À voix basse, sur les marches derrière sa maison, bercée par l'obscurité de la nuit, les aboiements des chiens et les klaxons, je lui raconte tout, la laissant ponctuer mon récit de quelques jurons.

– J'y crois pas ! lâche-t-elle, le regard perdu sur la minable arrière-cour jonchée des jouets à moitié cassés de ses nièces, que sa mère garde dans la journée.

– Et pourtant, c'est la vérité.

Et enfin, j'éclate en sanglots.

Juanita, Sunny, Connie et moi, on fait très attention à ne pas pleurer devant n'importe qui. En partie parce qu'on est supposées être des dures mais aussi parce que si on s'écoutait, on pleurerait beaucoup plus. Connie pourrait pleurer non-stop sur ses conditions de vie, Sunny sur son vicelard de beau-père, et Juanita sur ceux qui font toutes sortes de remarques sur sa famille et elle. Alors on doit s'assurer qu'on ne gâche pas nos larmes pour rien.

Mais ce soir, j'ai une bonne raison pour me lâcher.

Juanita me laisse faire.

– Vas-y, Evie, tu as le droit de pleurer, me console-t-elle en me caressant le dos pendant une ou deux bonnes minutes.

Elle ne me promet pas que tout se passera bien et j'apprécie son honnêteté. Comment pourrait-elle savoir ce qui m'attend ?

Quand je réussis enfin à me calmer, c'est au tour de Juanita de parler. Elle m'explique que peu après ma disparition, des gars sont revenus des toilettes en hurlant qu'ils avaient trouvé un corps. La police est arrivée, sirènes et gyrophares en folie, et la plupart de nos potes ont décampé direct. Mieux vaut ne pas rester dans les parages quand les poulets débarquent : des bagarres éclatent régulièrement au drive-in et c'est toujours notre groupe qu'on montre du doigt.

– Personne n'a rien dit ? On n'a pas parlé d'un suspect ? Personne ne nous a vues détaler ?

– Non, répond Juanita en secouant la tête. Mais t'aurais vu dans quel état étaient les nanas de River Oaks ! Enfin, on s'en fout d'elles. Elles auraient pas dû être là de toute façon. Et ce gars, il mérite son sort après ce qu'il a essayé de te faire.

Je repense à Diane qui connaissait Preston Fowler depuis la primaire. J'essaie de l'imaginer petit garçon, mais ça ne colle pas avec le monstre qui m'a attaquée. Je ferme les yeux. Je n'en peux plus de penser.

– Écoute, c'est quand même une fille de River Oaks qui m'a sauvée.

– C'est vrai. Mais elle est à Eastside maintenant. Tu sais pourquoi ?

– Non. Elle vit dans une sorte de porcherie avec sa tante. Elle cache quelque chose, mais je ne sais pas quoi.

Je fronce les sourcils en repensant à la chambre parfaitement rangée de Diane.

– En tout cas, après ce soir, elle a un truc de plus à cacher, réplique Juanita. Attends, rassure-moi, elle va pas se rendre à la police tout de même ?

L'idée m'a traversé l'esprit. Vu l'état dans lequel je suis, j'imagine à peine comment elle doit se sentir, elle, avec ses bonnes manières et les vêtements ensanglantés dans son armoire. Ça risque de faire un peu trop à supporter. Mais une fille riche comme elle, les flics pourraient la croire si elle invoque la légitime défense. Peu importe qu'elle vive du mauvais côté de la ville.

Juanita est d'accord avec moi : on doit la faire entrer dans notre groupe au lycée, lundi.

– On en apprendra un peu plus sur elle. Pour voir si on peut lui faire confiance.

Je suis toujours impressionnée par le sang-froid de Juanita. Avec elle, il n'y a aucun problème qu'un plan bien réfléchi ne puisse résoudre. Ma situation ne semble pas l'inquiéter plus que si l'une de nous s'était sauvée de chez elle au milieu de la nuit ou qu'elle avait volé un paquet de clopes. Ou si elle-même devait remettre à sa place un gars qui lui aurait manqué de respect.

Mais là c'est différent, elle le sait et moi aussi.

– Je dois emmener ma grand-mère à la messe demain, dis-je, résignée. J'ai promis à ma mère. Ça me fait flipper. Je voulais rester à la maison, au cas où.

Juanita m'entoure les épaules de son bras et me serre contre elle. Ensuite, elle monte le ton d'une octave ou deux. Adorable.

– Une petite prière à Dieu et tout ira bien !

Elle m'adresse un clin d'œil. On aime autant l'église l'une que l'autre.

– Écoute, je ne crois pas que les flics te soupçonnent. Pourquoi ils penseraient à toi ? On se retrouve au parc demain, quand t'auras fini de jouer les saintes. Avec Sunny et Connie. On leur raconte et on voit ce qu'on fait.

J'approche les genoux de ma poitrine. La nuit est de plus en plus froide. Juanita se retient de bâiller.

– Allez, va te coucher, dis-je.

– Je reste ici avec toi, aussi longtemps qu'il faudra.

Je pose la tête sur son épaule. Même si je suis vraiment touchée, moi aussi, je suis épuisée. Vidée.

– On rentre, dis-je dans un murmure.

– C'est toi qui décides. Mais demain, au parc à 11 heures. Tu emmènes grand-mère à la messe et je préviens les autres. OK ?

– OK.

On reste assises un moment encore, assez longtemps pour que la chance que j'ai d'avoir des amies pareilles s'imprègne en moi.

7

Le titre s'affiche sur la une du *Post*. En caractères gras, les journalistes annoncent « UN JEUNE DE RIVER OAKS POIGNARDÉ SAMEDI SOIR », et en dessous, en plus petit, ils expliquent que la victime n'est pas juste un jeune de River Oaks, mais Preston Fowler, fils de Lamar Fowler. Ce dernier est un ancien conseiller municipal qui a fait fortune dans le pétrole et a des contacts dans les milieux les mieux placés.

– Bon sang ! s'exclame Connie. Elle a choisi le bon gars à assassiner, ta Diane !

– Eh Connie ! la gronde Juanita en m'entourant les épaules de son bras. T'es obligée de dire « assassiner » ?

On est assises sur un banc du parc, Juanita à ma droite, Connie à ma gauche et Sunny de l'autre côté, pliée en deux pour voir le journal sur les genoux de Connie.

– Tu veux que j'appelle ça comment ?

– Est-ce qu'on dit « assassiner » quand c'est pour défendre quelqu'un ? demande Sunny. C'est de la légitime défense, non ?

– Oui, mais elle se défendait pas elle-même, petite futée, réplique notre leader en approchant le journal de son visage.

Ses lèvres bougent pendant qu'elle lit.

– D'accord, mais franchement ça change rien, insiste Sunny, agacée.

– Donc… dis-je, osant enfin en placer une, mon regard rivé sur deux mômes qui jouent sur les équipements rouillés à quelques dizaines de mètres de nous. On fait quoi maintenant ?

Connie repose le journal sur ses jambes et allume une cigarette. En fait, on attend toutes qu'elle rende son jugement. Même Sunny, qui vient de lui chiper son journal pour se venger de son commentaire.

– On ne fait rien, annonce Connie en haussant les épaules. Evie n'y est pour rien du tout. Elle était juste au mauvais endroit au mauvais moment, quand ce connard a décidé de passer à l'action. C'est Diane qui est dans le pétrin. Ce que j'en dis, moi, c'est qu'Evie a intérêt à se la boucler. Imaginez si les flics apprenaient qu'elle était là quand il s'est fait tuer. Ils pourraient tout lui mettre sur le dos. C'est toujours les filles comme nous qui se font coincer par les poulets, pas les friquées.

Je revois Diane me donner ses vêtements propres et me prendre les mains. Je pense à sa chambre nickel, à ses yeux tristes.

– Mais Connie… dis-je, sentant tout de suite que ma voix est chevrotante.

La parole de Connie a toujours été sacrée, et maintenant qu'elle est revenue de l'internat, c'est plus vrai que jamais.

– Je vous ai expliqué comment ça s'est passé. Diane m'a probablement sauvé la vie. Ou en tout cas, elle m'a évité le pire. Ça compte, quand même.

Je prends une profonde inspiration avant de continuer.

– Écoute, je suis pas fière qu'une fille à papa m'ait mieux défendue que je ne l'ai fait moi-même. Et je dis pas qu'on doit devenir ses meilleures potes. Mais on lui doit quand même quelque chose. Au moins de se faire du souci pour elle.

Je ne dis jamais plus d'une phrase ou deux à Connie et jamais je n'ose la contredire. C'est comme si je regardais quelqu'un d'autre parler, un personnage dans un feuilleton télé ou un dessin animé. Quelqu'un qui aurait le courage de s'opposer à elle. Mais c'est bien moi. Et je suis contente d'avoir toujours le bras de Juanita autour de mes épaules.

Les yeux au ciel, Connie pousse un soupir et se lève. Elle a toujours eu du mal à rester en place.

– Evie, tu te souviens de ce qui s'est passé quand on est allées faire du shopping à Foley ? demande-t-elle en passant d'un pied sur l'autre.

Je hausse les épaules. Connie sait que je m'en souviens. C'était au printemps dernier, peu de temps avant qu'elle soit envoyée à Gainesville. On s'était dit que ce serait sympa de prendre le bus pour aller voir de jolies robes. Le genre de fringues en taffetas rose et velours vert qu'on ne pourrait jamais s'offrir et qu'on n'arriverait pas non plus à voler. Alors qu'on pouffait dans la cabine d'essayage, des filles de la haute nous ont signalées au responsable du magasin et on s'est fait jeter dehors. Une semaine plus tard, Connie nous a convaincues d'y retourner pour nous venger en piquant des rouges à lèvres.

– Ces gens-là, ils s'en foutent de nous, alors pourquoi on se ferait du souci pour eux ? demande-t-elle d'une voix ferme. Moi je dis qu'on bouge pas. Diane peut se permettre un avocat prestigieux, je parie.

Connie s'interrompt et nous dévisage attentivement.

– Et c'est pas tout. Je ne l'aime pas, conclut-elle, prononçant sa sentence finale.

– Mais Connie, tu ne la connais même pas !

Mon cœur s'emballe un peu, le feu me monte aux joues. Je ne veux pas céder.

Connie me fixe, ouvre la bouche pour dire quelque chose, mais se ravise aussitôt.

– Je connais ce genre de filles. J'ai pas besoin de la connaître, *elle*.

Elle s'étire de tout son long, prête à changer de sujet.

Juanita bouge à côté de moi. Je sens qu'elle est mal à l'aise, mais elle se tait. Sunny se mordille la lèvre inférieure, les yeux toujours rivés sur le journal.

C'est Connie la boss. Elle a le dernier mot. Toujours.

Je repense aux mains de ce Preston sur moi. Au bruit de mes pieds sur le gravier. Tout me revient en un flash. Je suis prise de nausée.

– Connie, dis-je, d'une voix que je tente de maîtriser. On doit aider Diane. C'est obligé.

C'est tout nouveau pour moi, cette rébellion. Mais je ne peux pas m'arrêter.

– Je vais l'aider quoi que tu en dises.

Juanita se crispe. Connie hausse les sourcils puis elle les fronce, confuse.

– Ah oui ? lâche-t-elle au bout d'un long moment.

Elle croise les bras et continue de me fusiller du regard. Elle tape le sol avec son pied gauche. *Pam-pam-pam-pam.*

Je me rapproche de Juanita, mais sans détourner les yeux.

– Oui.

Elle expire bruyamment, décroise les bras et penche la tête en arrière sous le ciel bleu de Houston. Les cris des petits garçons nous parviennent. Quand enfin, elle tourne son visage vers moi, un petit rictus déforme ses lèvres rouges.

– Bon, d'accord.

Je pousse un soupir de soulagement.

– Mais voici comment on va faire. On est gentilles avec cette fille demain, ça me va. Elle s'assoit avec nous à la cafèt'. On parle. Mais si les flics s'intéressent à elle, on se casse et Evie ne dit pas un mot.

Je hoche la tête, pressée de tout accepter. Moi non plus, je ne veux pas avoir des démêlés avec la police. Il ne faut pas que je me fasse attraper, et Diane non plus. C'est impossible.

J'ai besoin d'y croire.

***

Lundi matin, maman m'a réveillée et souhaité une bonne journée avant de partir travailler. J'ai bredouillé un « toi aussi » dans mon oreiller, déprimée de ne pas pouvoir dormir au moins une heure de plus.

– Bonjour Evelyn, me salue ma grand-mère quand j'entre dans la cuisine.

Elle boit son café, avec plein de lait et de sucre comme toujours. À côté de sa tasse, son livre de prières à la reliure usée qui ne la quitte jamais. Tous les matins, elle se lève, enfile une robe fraîchement repassée, coiffe avec soin ses cheveux gris et pendant que son café coule dans la machine, elle en lit quelques pages en demandant grâce à Dieu.

Depuis un an, je suis sûre qu'elle lui demande aussi de me remettre sur le droit chemin.

– Bonjour, dis-je en lui adressant mon plus beau sourire.

Elle m'examine attentivement et soupire.

– Je ne peux même pas voir tes beaux yeux avec toute cette crasse autour.

– Grand-mère, ce n'est pas de la crasse, c'est du maquillage, dis-je en me tournant pour me préparer des toasts.

Elle soupire de nouveau et j'ai l'impression de l'entendre froncer les sourcils.

Quand j'étais petite, elle est venue s'installer avec nous, après le départ de mon père. Avec Cheryl, on a passé des heures à préparer des pâtisseries et à se blottir contre elle sur le canapé pour lire des contes de fées. On chantait, toutes les trois, des comptines à tue-tête en prenant toutes sortes de voix jusqu'à ce que je m'écroule de rire. C'était ma grand-mère chérie. Et maintenant, c'est devenu mon juge et mon jury.

– Beaucoup de filles en mettent, tu sais ? dis-je en lui faisant face.

Je n'ai pas envie qu'elle soit en colère contre moi. Je veux la rendre fière. Mais comme ma mère, elle pense qu'à mon âge, une fille doit être présentable. Qu'elle doit trouver un garçon bien comme il faut. Un type qui restera avec elle. Elles pensent qu'à mon âge, une fille doit rentrer à la maison directement après les cours, ne pas sortir le samedi, aller à la messe le dimanche, qu'elle ne doit pas mettre du maquillage, fumer, avoir des copains. Rien de rien.

Surtout ne jamais s'amuser.

Elle prend un air exaspéré et hausse les épaules. Ça veut tout dire.

C'est le moment que choisit Juanita pour frapper à la porte et crier mon nom depuis la terrasse. Ma grand-mère se méfie de tous les Mexicains, mais elle déteste particulièrement la famille Barajas, parce que c'est dans une église catholique qu'ils vont, et que M. et Mme Barajas se chamaillent tout le temps, la fenêtre ouverte. Ce que ma grand-mère perçoit comme du bruit et des querelles m'a toujours paru comme de l'amour, et même si ça me fait mal au cœur de l'admettre, la maison de Juanita me semble beaucoup plus chaleureuse que la mienne depuis quelque temps. Mais grand-mère reproche à Juanita d'avoir une mauvaise influence sur moi. Et je l'ai entendue dire à ma mère que je serais toujours sa gentille petite-fille si je ne m'étais pas mise à la fréquenter.

– Je dois aller au lycée, dis-je en lui embrassant la joue et en emportant mes toasts avec moi.

– Passe une bonne journée, réussit-elle à me souhaiter.

– Toi aussi.

Avec Juanita, on retrouve Connie et Sunny devant Eastside. Tout le monde s'agglutine sur la pelouse devant le grand bâtiment en brique. En groupe, ils discutent du week-end. Autant de Blancs que de Mexicains tuent le temps en attendant la sonnerie. Les premiers de la classe travaillent leurs cours sur les marches. Quelques gros bras jouent au ballon en s'insultant et en se moquant de leurs passes.

Quelques jolies filles de l'orchestre sont réunies sous le grand chêne autour duquel on traîne en général. Elles jouent à chaque match, pendant la mi-temps. Cheveux parfaits, silhouettes de rêve, elles sont les plus populaires d'Eastside. Et ça fait qu'elles se prennent carrément au sérieux, même si elles se baladent dans les mêmes couloirs que nous. Le responsable de l'orchestre est connu pour leur interdire absolument tout, du vernis noir au chewing-gum. Un jour, Connie a demandé à l'une d'elles qui la toisait dans les toilettes si elle avait le droit de faire des trucs à son petit ami sans permission. Elle est partie en larmes sous le rire tonitruant de Connie. La fille l'a aussi pas mal insultée avant de partir, mais il en faut plus pour impressionner Connie.

Alors maintenant, la voilà qui marche d'un bon pas vers elles.

– Eh, les filles, c'est notre arbre et vous le savez très bien.

Une des musiciennes fait mine de contempler un cafard, mais elle ne s'avise pas de répondre à Connie Treadway. Elles filent directement et les regards entendus qu'elles échangent semblent dire : « Comment on peut en arriver là ? »

Je me demande si un des groupes parle de ce qui s'est passé au drive-in et d'une certaine façon de moi.

– Vous avez vu les infos ce matin ? demande Sunny comme si elle lisait dans mes pensées. Ma mère et mon beau-père n'achètent pas le journal.

Elle fait exprès de ne pas mentionner l'affaire qui nous concerne, comme si parler tout haut de Preston Fowler ferait immédiatement venir les flics.

Mais aucune de nous n'a lu les gros titres.

– Evie ! Eh, Evie ! s'élève alors une voix de fille, de l'autre côté de la pelouse.

– Oh, mon Dieu ! grommelle Connie et on se tourne toutes les trois vers Diane qui s'approche de nous à petites foulées.

Elle traverse la pelouse en agitant joyeusement la main. Ses cheveux s'agitent à chacun de ses pas. Elle porte une robe vert citron et un cardigan chocolat. On dirait un mannequin pour un magazine de mode.

– Voilà miss America… continue Connie.

Je préfère ne pas réagir. À la place j'observe les yeux clairs, le teint rose et les dents blanches de Diane. Je la revois tamponner mon crâne ensanglanté avec un mouchoir et fumer une cigarette dans sa cuisine en bazar. J'ai beau savoir que c'est arrivé, je ne parviens pas à me dire que c'est vrai.

Et je l'imagine poignarder Preston Fowler jusqu'à ce qu'il s'écroule mort.

Je ferme les paupières pour me concentrer sur le présent et, quand j'ouvre les yeux, Diane est devant moi, un peu essoufflée.

– Hello, nous salue-t-elle en m'adressant un sourire qui me met mal à l'aise.

Elle fait des efforts, là, ou elle est toujours comme ça ?

– Tu m'as dit qu'on pourrait se parler en cours ou à la cafèt', mais je vous ai vues et…

Elle s'interrompt et examine les filles autour de moi. Mes meilleures amies.

J'ai l'impression qu'elle comprend soudain quel genre de fille je suis. Et quel genre de filles je fréquente.

Des filles infréquentables. Des rebelles.

Connie décoche à Diane un regard las, pas vraiment méchant, mais presque, et détourne les yeux pour se ronger le pouce. Sunny l'inspecte de la tête aux pieds, sans vraiment cacher sa jalousie. Je compte sur Juanita pour se montrer gentille.

– Salut, moi c'est Juanita, se présente-t-elle en effet, mais sur un ton hésitant.

– Diane, réplique-t-elle trop fort, avec un sourire si immense qu'on voit ses gencives.

Je sens sa nervosité. Elle déglutit avec peine et m'interroge du regard, pas très sûre d'être à sa place.

– Salut, dis-je, soudain timide et gênée.

Sunny se présente à son tour tandis que Connie reste muette et fermée. J'ai une dette envers Diane, c'est malheureux, mais on n'y peut plus rien. Et Connie Treadway m'en veut pour ça.

La sonnerie retentit, nous invitant à entrer en cours. Diane nous suit, alors qu'on se dirige vers les portes. Elle essaie de me rattraper et ça m'agace.

– On se voit en anglais ? demande-t-elle tout bas, comme si elle voulait garder un secret sans y arriver.

– Oui. Oui, bien sûr, dis-je.

Quand je repense à quel point je me suis battue pour Diane hier… j'espérais vraiment que cette première rencontre ne serait pas trop embarrassante.

Connie et Sunny s'éloignent sans nous dire au revoir, et Juanita, Diane et moi, on avance dans le couloir principal, en évitant les gros balourds qui s'agitent autour de nous, allant jusqu'à se cogner dans les casiers. Les profs frappent dans leurs mains pour nous presser.

– Je dois monter, annonce Diane.

– OK, dis-je en levant la main bêtement pour la saluer. À tout à l'heure, en anglais.

Diane hoche la tête, plus souriante que jamais, et disparaît dans l'escalier, ses cheveux roux se balançant dans son dos.

– Alors, elle va manger avec nous ? demande Juanita en haussant un sourcil parfaitement dessiné.

– Je pense, oui.

J'étais plus sûre de moi au parc. Quelque chose chez Diane me rend nerveuse. Je sais que je lui suis redevable, mais jusqu'où ? L'idée de Connie et Diane, côte à côte à la cafèt', me paraît soudain absurde. Ce serait comme demander à une nonne et un criminel de partager un sandwich.

– J'ai hâte de voir ça.

Moi aussi, en fait.

La sonnerie retentit pour annoncer le début du cours, mais on reste sur place, dérangeant les lycéens qui n'ont aucune envie d'arriver en retard. Une fois le couloir vide, on se remet en marche. On n'échange pas un mot, trop occupées à se demander comment va se passer le déjeuner.

8

De tous mes cours, l'anglais est celui que je sèche le moins. Sûrement parce que pour une prof, miss Odeen est vraiment géniale. Elle est jeune et canon, avec ses cheveux blonds et son sourire radieux. Et il suffit de l'écouter parler des écrivains célèbres qu'on étudie pour comprendre qu'elle est sacrément intelligente. Le jour de la rentrée, elle nous a confié que c'était sa première année d'enseignement : ça explique pourquoi elle aime encore les adolescents.

– Evie Barnes ! me salue-t-elle quand j'entre dans sa classe avant même que la sonnerie ait retenti. Contente de vous voir.

– Bonjour, miss Odeen, dis-je en rougissant un peu.

Au deuxième rang, Diane me fait de grands signes et désigne la place libre à côté d'elle. Elle semble aussi enthousiaste que miss Odeen.

– Salut, me lance-t-elle. Comment ça va ?

– Hello, dis-je en m'asseyant à côté d'elle.

Je ne me suis pas installée aussi près du bureau du prof depuis la cinquième. J'ai l'impression que tous les élèves me transpercent le dos de leurs regards. Ils doivent se demander ce qui me prend de parler avec Diane. Je n'ai pas vraiment de potes dans ce cours, mais tous ici comprennent les codes sociaux. Et les filles comme moi n'adressent pas la parole aux filles sapées comme Diane.

– Je suis contente d'avoir rencontré tes amies, déclare-t-elle, rayonnante.

Elle affiche le même sourire dentifrice que devant le lycée ce matin. Trop enthousiaste, presque hystérique. Comme si, sans lui, son visage se décomposerait. C'est angoissant.

J'ai dit à Connie que je serais là pour Diane. Que je ne la laisserais pas tomber. Mais c'était plus facile à dire au parc, loin des règles et des regards d'Eastside.

– Super, dis-je, les yeux rivés sur le devant de la classe, impatiente que le cours commence. Moi aussi.

– Et je peux déjeuner avec vous, n'est-ce pas ?

Bon sang ! Je le lui ai promis. Samedi soir, ça me paraissait une bonne idée. Même Connie a accepté. Mais maintenant, au lycée, face au jugement des autres, ça me semble totalement débile.

– Ben oui, bien sûr, dis-je tout simplement, sans vraiment articuler.

Miss Odeen nous demande de prendre de quoi écrire pour un exercice. Je n'ai aucun matériel, alors Diane me glisse une feuille et un crayon parfaitement taillé. Elle sent le savon et les fleurs. Ça doit être le parfum que j'ai vu chez elle. Un garçon à côté de moi se moque de ma nouvelle amie en gloussant. Mal à l'aise, je remercie Diane tout bas.

– De rien, répond-elle gaiement.

– J'aimerais vous lire un passage d'un discours, commence miss Odeen, à mon grand soulagement. Et ensuite récolter vos impressions. Qui a déjà entendu parler de Fannie Lou Hamer ?

Elle fait toujours ça : elle se doute bien qu'on ne connaît absolument pas les personnalités et les notions qu'elle compte aborder, mais elle nous demande quand même. Pour être polie, j'imagine. Comme la fois où elle nous a parlé de Jerrie Mock, une aviatrice et la première femme à réussir un tour du monde aérien. Elle nous a ensuite fait écrire une sorte de carnet de voyage comme si on était Jerrie Mock après son retour à Columbus dans l'Ohio. Certains garçons ont refusé en prétextant qu'ils ne pouvaient pas se mettre dans la tête d'une fille, mais ils ont changé d'avis quand miss Odeen les a menacés de les recaler.

Personne ne lui répond. Assise sur son bureau, les chevilles croisées, elle est à la fois chic et cool. Je suis sûre que ma mère et ma grand-mère se demanderaient pourquoi elle n'a pas encore trouvé de mari. Quelque chose dans son allure me laisse à penser que ce n'est pas sa priorité.

– Fannie Lou Hamer est une Noire originaire du Mississippi qui s'est battue pour ses droits.

Je change de position sur ma chaise et observe mes camarades. Ils grimacent et ronchonnent. Apparemment, ils n'apprécient pas que miss Odeen aborde le sujet des droits civiques. Comme la plupart des lycées de Houston, Eastside est réservé aux Blancs et aux Hispaniques. Les Noirs dans cette partie de la ville vont au lycée Jack Yates. Juanita m'a expliqué qu'à un moment, il a été décidé que les Mexicains seraient considérés comme des Blancs, ce qui ne lui plaît pas particulièrement. Les flics la regardent de travers et les élèves d'ici lui balancent des horreurs, mais je sais qu'elle sera toujours fière d'être mexicaine.

Dans le nord du pays, les établissements scolaires sont pour tout le monde, et c'est comme ça que ça devrait être, selon moi. Je doute que Houston change à ce point, même s'il y a quelques années, la ville a autorisé la mixité des bus, des restaus et des cinémas. Ça me paraît dément qu'un groupe d'adultes blancs décident qui a le droit de faire quoi, quand et où. Je me penche pour me concentrer sur ce que dit miss Odeen.

– Au mois d'août dernier, Mme Hamer s'est exprimée à la convention nationale démocrate dans le New Jersey, continue-t-elle. Une fois que vous aurez entendu son discours, vous écrirez vos réactions.

Tandis que miss Odeen commence sa lecture, je jette un coup d'œil à Diane. Assise le dos bien droit, elle écoute attentivement.

Fannie Lou Hamer raconte qu'il est impossible pour elle de voter dans le Mississippi à cause de la couleur de sa peau, et que ceux qui essaient sont arrêtés et frappés. Son témoignage me sidère, tout comme l'enfer qu'elle a traversé.

– Je m'interroge sur les États-Unis, cite miss Odeen d'une voix plus assurée encore. Est-ce bien le pays de la liberté, le refuge des courageux ?...

Le discours terminé, miss Odeen prend une profonde inspiration.

– Ces mots m'ont laissé une très forte impression. Et je suis sûre que pour vous, c'est pareil. Dans votre rédaction, expliquez ce que vous avez ressenti et les réflexions que ce discours suscite chez vous.

Je me penche sur ma feuille.

Fannie Lou Hamer est très courageuse. Plus que moi, en tout cas. Je m'arrête d'écrire, me ronge l'ongle du pouce, cherche mes mots. *Fannie Lou Hamer semble intrépide, mais elle a dû avoir très peur. Et malgré sa peur, elle a su s'affirmer.*

Diane griffonne tranquillement en fredonnant. Pendant ce temps, miss Odeen passe dans les rangs pour vérifier notre travail. À ça aussi, on voit qu'elle est nouvelle. Les profs plus âgés se contentent de nous hurler dessus depuis leur bureau.

Quelques élèves sur le côté n'ont rien écrit. Sur leur visage s'affiche une expression de pur dégoût. Miss Odeen s'approche d'eux pour les encourager à commencer, mais sans succès. Il ne va sûrement pas falloir longtemps avant que des parents se plaignent d'elle.

Vers la fin du cours, miss Odeen ramasse nos copies pour les corriger et, jusqu'à la sonnerie, on revoit avec elle notre liste de vocabulaire. Diane toussote alors pour attirer mon attention.

Sur le papier devant elle, elle a écrit avec soin : *J'ai tellement peur.*

Je croise son regard. Elle a les larmes aux yeux, même si elle s'efforce toujours de sourire. Je me radoucis, attendrie par cette fille. Je m'en veux de mon attitude de tout à l'heure. Et en guise de réponse, je dessine sur mes lèvres *moi aussi.*

Elle hoche la tête, cligne des yeux, et deux larmes coulent sur ses joues roses. Elle les sèche avec les doigts et se remet à écouter miss Odeen.

9

Diane se ressaisit et range le papier sur lequel elle a écrit son message. Quand la sonnerie retentit, je m'attends à ce qu'elle me colle et me parle encore du déjeuner, mais elle rassemble ses affaires et se dirige directement vers la porte.

– Je dois y aller. Mais on se voit à la cafèt'. Promis.

Comme si de rien n'était, elle file dans le couloir et disparaît dans la marée de queues-de-cheval et de cheveux ras.

J'ai encore un cours avant la pause de midi, mais je ne vais pas y aller. Je me sens trop nerveuse et l'échange avec Diane a encore empiré mon état. C'est insupportable. Si seulement je pouvais d'un clignement d'yeux revenir au drive-in, juste avant d'aller aux toilettes. Si seulement je pouvais me mettre en garde de ne pas y aller seule.

De mauvaise humeur, je pars derrière le gymnase où on se retrouve toujours pour fumer. Sunny est là, attifée du jogging rouge qu'on déteste tous. Il serre trop à la taille et nous donne une silhouette de boîte de conserve. Enfin, ce n'est pas vrai pour tout le monde. Sunny réussit l'exploit de rester toujours aussi canon. Adossée au mur, elle tire sur sa cigarette.

– Hello, lance-t-elle.

– Hello.

Toutes les deux, on n'a jamais grand-chose à se dire. Dans le groupe, je suis plus proche de Juanita, et Sunny de Connie. Même effronterie, même culot, mais Sunny se préoccupe beaucoup plus de son physique. Et de nous trois, c'est elle qui a le moins peur de Connie, même quand cette dernière la traite de débile. Ce qui ne veut pas dire qu'elle oserait contrarier notre meneuse.

Je ne lui raconte pas ce qui vient de se passer avec Diane en anglais. Ce n'est pas le moment, et je n'en ai pas envie. Je n'arrive pas à cerner Diane, je ne veux pas lui parler de ses larmes et de la facilité avec laquelle elle les verse. Moi, si je me laissais aller à mes émotions, je ne pourrai plus m'en protéger. Et c'est ce qui pourrait m'arriver de pire.

Avec Juanita, j'aurais sûrement parlé, on aurait cherché ensemble un sens à tout ça. Peut-être. Mais Sunny n'est pas Juanita. Alors on se contente de fumer en silence, jusqu'à ce qu'elle prenne enfin la parole, le regard fixé sur le terrain de foot vide et la piste de course autour.

– Tu sais, c'était carrément courageux, ce que t'as fait au parc, hier.

Elle parle de mon attitude face à Connie. Je hausse les épaules.

– Je trouvais que c'était important.

Sunny dirige lentement ses yeux bleus vers moi. Même sous son mascara et son eyeliner, ils pétillent.

– T'as un truc, toi, Evie. Je suis pas sûre que t'en as conscience.

Pardon ? Qu'est-ce que j'ai de plus que Sunny, Connie ou Juanita ? Elles sont plus âgées, ont plus d'expérience. Moi, je les suis, c'est tout.

– De quoi tu parles ?

– Il y a pas beaucoup de filles à Eastside qui oseraient tenir tête à Connie Treadway. J'adore Connie, tu le sais, mais tu avais raison de vouloir soutenir Diane. Même si elle ressemble à miss America. Moi... je pense pas que je l'aurais fait. Toi, t'as osé.

Je rougis. Heureusement, la sonnerie de la cantine retentit et me dispense de répondre. On écrase nos cigarettes sur le mur du gymnase.

– Eh, pourquoi t'as mis ton jogging si t'avais l'intention de sécher ?

Sunny inspecte sa tenue, stupéfaite, avant de lâcher un juron.

– J'avais oublié que je l'avais mis ! confesse-t-elle, exaspérée.

J'éclate de rire. Sunny est hyper tête en l'air, mais ça ne l'empêche pas d'être intelligente à sa façon.

– Je t'accompagne au vestiaire et je t'attends le temps que tu te changes ?

– Non, pas grave, répond Sunny. Faut surtout que je me dépêche de trouver Ray avant le déjeuner. Il sèche sûrement les cours avec Dwight et Butch. Je risque de pas vous rejoindre à la cafèt'.

Elle grimace alors qu'on avance vers les vestiaires.

– Tu le connais, retrouve-moi ici, retrouve-moi là. Parfois, j'en ai marre de ses ordres.

– Tu le lui as déjà dit ?

Avec Juanita, ça nous arrive d'évoquer la façon dont Ray traite Sunny, mais on ne lui en a jamais parlé.

– Non, répond-elle en haussant les épaules. Mais je devrais. Franchement, je ne comprends pas toujours l'intérêt d'avoir un petit ami.

Ça me fait penser à ma mère et ma grand-mère qui sont tellement pressées que je me trouve un garçon bien sous tous rapports, comme Cheryl. Certainement pas un gars comme Ray Swanson. *Choisis un homme qui restera toujours avec toi,* me répète ma mère. *Même s'il n'est ni beau ni intelligent. Choisis un homme qui restera.* Surtout pas un homme comme mon père, donc.

Sans Sunny, je me dirige vers la cafèt' pour retrouver Diane. Souvent, on ne déjeune même pas là. Les garçons y vont encore plus rarement que nous. Soit on traîne sur le parking, soit on va s'acheter des cannettes et des bonbons à l'épicerie du coin et M. Samperi finit par nous crier dessus parce qu'il n'aime pas qu'on reste trop longtemps devant sa boutique. Mais aujourd'hui, Connie, Juanita et moi, on s'installe à une de nos tables, dans le coin le plus éloigné des surveillants. Avec mon gilet, je réserve pour Diane la place à côté de moi.

– Alors ? lâche Connie en posant bruyamment son plateau sur la table.

Elle fronce le nez avec dégoût en examinant ce qui ressemble à un ragoût de thon, avant de poser les yeux sur mon gilet.

– Diane a des droits sur ce siège ?

– Je le lui garde, dis-je en déballant mon déjeuner et en commençant par le dessert.

J'ai demandé à ma grand-mère d'arrêter, mais elle tient absolument à me le préparer. Elle met toujours des cookies aux pépites de chocolat. Parfois les manger me donne l'impression d'être une petite fille, ce qui me fait plaisir et me rend triste à la fois. Je scrute l'entrée de la cafèt', guettant Diane.

Connie pousse un soupir, se penche en arrière, s'agite un peu.

– Je vais le redire, pour être sûre que vous m'avez toutes bien entendue : Je. Ne. L'aime. Pas.

Mal à l'aise, je me concentre sur la foule de lycéens qui arrivent pour manger, faisant mine de ne pas l'avoir entendue. Et enfin, je repère Diane. À l'entrée de la cafèt', elle nous cherche dans la marée des ados qui crient et se bousculent. Le temps de me demander si je lui fais signe ou non, elle nous voit et nous salue avec enthousiasme.

– Bon Dieu, on dirait une pom-pom girl, s'agace Connie en levant les yeux au ciel.

Elle a raison malheureusement, mais je me tais.

– Hello, assieds-toi là, dis-je à Diane en reprenant mon gilet.

– Bonjour, lance-t-elle en lissant soigneusement sa jupe sous ses fesses.

Un sourire forcé aux lèvres, elle nous regarde l'une après l'autre.

– Bonjour, répond enfin Juanita.

Elle croque dans sa pomme. Je lui adresse un signe de tête reconnaissant pour avoir tenté de détendre l'atmosphère. Elle me répond d'un petit sourire, mais se tourne rapidement vers Connie et Diane, curieuse de voir ce qui va se passer.

Diane pose son petit sachet en papier de pique-nique devant elle. Elle en sort délicatement un sandwich emballé dans du papier alu, une orange et un thermos. Elle lisse avec soin le sachet en papier pour s'en servir d'assiette et, une fois qu'elle est prête à attaquer son déjeuner, elle lève les yeux vers nous.

Le silence pèse des tonnes.

– Je t'ai pas dit mon nom ce matin, finit par déclarer Connie. Moi, c'est Connie. Connie Treadway.

Une expression étrange traverse le visage de Diane, comme si elle venait tout juste de comprendre quelque chose. Je me demande si Juanita aussi l'a vu. Je ne sais pas quoi en penser, mais c'est sûrement un indice. De quoi, je n'en sais rien.

– Enchantée, Connie, réplique Diane, la tête baissée sur son sandwich.

Ses joues s'empourprent, mais très brièvement.

– Evie nous a raconté ce que tu as fait pour elle, continue Connie sans méchanceté.

Diane se crispe. Elle déplie l'aluminium et le lisse également avant de le poser sur le sachet en papier. Sa chambre à coucher jaillit soudain dans mon esprit. Les angles parfaits, l'espace optimisé. Un cocon tranquille totalement impersonnel.

Elle prend la parole après une longue pause.

– Ce que j'ai fait pour Evie… commence-t-elle en prenant son sandwich pour le reposer aussitôt.

Elle finit par mettre les mains sous la table, sur ses genoux. Elle lève les yeux sur nous. Sur Connie surtout.

– Je… j'étais obligée. Je savais ce que Preston allait lui faire. Je n'avais pas le choix.

Diane et Connie se dévisagent sans sourciller. Je me rends compte que je retiens ma respiration.

C'est Connie qui cède la première. Elle hoche la tête et détourne les yeux. Elle ne le reconnaîtra peut-être pas de gaieté de cœur, mais Diane vient de gagner son respect. L'a-t-elle seulement remarqué ?

Connie avale un morceau puis repousse son plateau.

– Et tu penses pas que les flics se doutent de quelque chose ? Evie dit que t'as laissé ton couteau sur place. C'était pas très malin.

– Je sais, acquiesce Diane sur un ton adouci. C'était idiot. J'ai paniqué.

– J'aurais paniqué aussi, intervient Juanita, et je lui en suis très reconnaissante.

– Et tu l'as eu où, ce couteau ? demande Connie.

Les traits de Diane se déforment. Comme quand on a évoqué le sujet, samedi soir.

– Je ne peux pas le dire, répond-elle d'une voix tremblante, mais déterminée.

– D'accord. C'est ton droit. Mais tu dois nous jurer que si les flics débarquent, tu la fermes. On n'a vraiment pas besoin qu'ils nous pensent impliquées là-dedans, ou plutôt Evie. Ils ne la croiront jamais et tu le sais.

– Je… je sais, bredouille Diane. J'ai… j'ai vraiment peur. Et… j'ai besoin… d'amies. Je ne connais pratiquement personne. Je suis toute seule ici.

Elle a une façon de tout déballer, sans se soucier de qui elle a devant elle. Je ne me vois pas du tout me livrer comme elle. Et pas parce que je ne fais pas confiance à mes amies, mais j'ai peur de trop en dire, de trop m'exposer. Peur que Connie et les autres me voient comme un bébé, une mollassonne trouillarde qui n'a rien à faire avec elles.

Mais Diane n'a pas l'air de s'inquiéter de ce qu'on peut penser d'elle.

Juanita ouvre de grands yeux, visiblement intriguée. Je vois bien à son regard qu'elle est désolée pour Diane, qu'elle veut l'aider. Et moi aussi mais je ne sais pas du tout comment gérer une fille comme ça, qui déballe son cœur au beau milieu de la cafèt'.

Le silence s'installe, mais étonnamment, c'est Connie qui le brise la première.

– Écoute, ça me plaît pas, tout ça. Et c'est rien de le dire. Mais si quelqu'un vient te chercher des noises, tu nous le dis. On s'occupera de lui. Et si la police s'en mêle, tu dois nous promettre que tu balanceras rien, c'est compris ? Tu n'ouvres pas la bouche. Et nous non plus.

Diane hoche la tête, reconnaissante, avant de me décocher un petit sourire. Elle mord dans son sandwich.

– Merci Connie, dit-elle au bout d'un moment.

Connie ne répond pas. Elle se ronge l'ongle du pouce et scrute la cafèt', aussi agitée que d'habitude.

– Bon, j'y vais, lance-t-elle en se levant brusquement. Je vais retrouver Sunny.

– Elle avait rendez-vous avec Ray, dis-je. C'est pour ça qu'elle n'est pas venue.

– Faudrait rappeler à ce crétin qu'elle est pas sa chose, s'agace Connie.

– Bonne chance, rétorque Juanita.

On termine notre déjeuner sans prononcer un mot. L'ambiance est pesante, mais peut-être un peu moins tendue sans Connie. Au bout d'un moment, Juanita sourit à Diane.

– J'aime bien ta robe, la complimente-t-elle.

– Oh, c'était un cadeau de mes grands-parents, répond Diane en passant une main sur la jupe. Et moi, j'adore ton maquillage.

– Vraiment ? s'étonne Juanita, flattée. Je le fais en cinq minutes chrono.

– Impressionnant ! réplique Diane, sincère. Moi, rien que pour le retirer, ça me prendrait plus de temps.

– Mais non.

Diane lui adresse un sourire radieux. À mon grand soulagement, le déjeuner n'a pas été le désastre attendu. Diane et Juanita continuent à parler, s'interrogeant à présent sur leur Beatles préféré. Pour Juanita, c'est George à cause de ses yeux expressifs et Diane semble être du même avis.

Quand on a terminé de manger, je propose aux filles de sortir sur la pelouse de devant. Connie et Sunny fument avec Ray et Johnny à côté de notre chêne.

– Je ne pense pas avoir fait très bonne impression, lâche Diane, gênée, en regardant Connie.

– Laisse tomber, la rassure Juanita. Tout va bien. Vraiment.

Les mots qu'elles viennent d'échanger lui ont peut-être donné du courage, parce que Diane examine nos quatre amis au pied de l'arbre et se détend tout à coup.

– OK… d'accord.

C'est Johnny qui nous voit approcher en premier. Il a toujours cet air mystérieux et incroyablement séduisant avec ses yeux sombres et ses cheveux noirs gominés. Connie les aurait de la même couleur si elle ne se les décolorait pas. J'entends la voix de ma grand-mère dans ma tête. *Quelle saleté elle est allée se mettre sur la tête ?* Si Connie savait ce qu'elle pense d'elle, elle éclaterait de rire. La couleur de mes cheveux ne me préoccupe pas beaucoup, mais il faut être une sacrée dure pour se moquer à ce point des critiques des grand-mères.

– Salut, lance Johnny.

Même s'il s'adresse à nous trois, il n'a d'yeux que pour Diane. Je vois bien qu'elle lui plaît. Il admire ses courbes dans sa jolie robe vert citron. Diane doit avoir l'habitude de ce genre d'attention masculine. Moi, ça ne risque pas de m'arriver de si tôt.

– C'est Diane, dis-je, au comble de la nervosité, alors que Johnny ne me prête même pas attention. Elle est nouvelle.

– Bonjour Diane, la salue-t-il de sa voix douce. Moi, c'est Johnny. Je suis le frère de Connie.

Sans lâcher Diane des yeux, il fait un petit signe de tête vers sa sœur, qui observe la scène de près, avant de tirer sur sa cigarette. Elle a beau s'appuyer sur le chêne dans une posture qui se veut cool, je la connais. Tel un chat sauvage, elle est prête à bondir. Enlacés, Ray et Sunny arrêtent un moment de s'embrasser pour regarder ce qui se passe autour d'eux.

Diane hoche la tête et coince une mèche auburn derrière son oreille.

– Bonjour Johnny. Enchantée.

Elle approche son thermos de sa poitrine et bat des cils. Une fois, puis deux. Je n'aurais jamais pensé qu'on pouvait être aussi belle quand on bat des cils. Johnny semble subjugué.

– Alors, vous avez entendu parler de ce qui est arrivé au drive-in samedi soir ? demande Ray, sans se rendre compte du courant qui passe entre Johnny et Diane. Les flics ont chopé personne pour l'instant.

– Ils ont aucun indice, renchérit Connie en jetant son mégot par terre sans l'écraser. Mais ils ne vont pas tarder à débarquer dans le quartier pour nous accuser. C'est ce qu'ils font toujours.

– Ouais, mais là c'est différent, rétorque Ray. Qu'on se supporte pas avec les gars de River Oaks, c'est pas nouveau, mais là, il s'agit d'un meurtre.

Diane agrippe son thermos et se mord la lèvre inférieure.

– Je crois pas que ce soit quelqu'un qu'on connaît, affirme Sunny un peu trop fort.

– Qu'est-ce que t'en sais, mademoiselle la détective ? se moque Ray en éclatant de rire.

– Plus que tu ne crois, lance Sunny, vexée, en lui donnant un coup de coude.

– Monte pas sur tes grands chevaux, la gronde Ray. T'es trop mignonne pour ça.

Juanita et moi, on échange un regard mais on ne dit rien. La sonnerie retentit alors pour la reprise des cours et Diane est la seule à réagir.

– C'est l'heure ! annonce-t-elle en jetant un petit coup d'œil à Johnny qui la contemple toujours.

– L'heure de quoi ? demande Ray.

Il faudrait vraiment qu'on lui dise qu'il n'est pas aussi drôle qu'il le croit.

– À plus tard alors, conclut Diane en tournant les talons. J'étais contente... de vous rencontrer.

Dernier regard à Johnny et elle traverse la pelouse au pas de course.

– Arrête de baver, Johnny, lance Ray.

Connie s'écarte enfin du chêne et s'approche de Ray.

– Ce serait tellement bien que tu la fermes plus souvent, lâche-t-elle en articulant chaque mot.

Et sans attendre qu'il réponde ou qu'on la suive, elle part vers l'entrée du lycée. Sunny cache avec difficulté son sourire, tandis que Ray insulte Connie tout bas.

– Evie, t'as envie d'aller en cours, toi ? demande Juanita.

Non, mais de fuir Ray et ses remarques débiles, carrément.

– Ouais, j'y vais.

– Pareil.

Elle se tourne vers Sunny.

– Tu viens ?

– OK, répond-elle sur un ton de défi en balançant ses cheveux par-dessus son épaule et en se dégageant des bras de Ray, sans attendre sa permission pour une fois.

Encore contrarié par les paroles de Connie, Ray ne proteste pas.

Alors qu'on avance toutes les trois sur la pelouse, Sunny nous dit sur le ton de la confidence :

– Elle a du répondant, Connie. Je suis contente de l'avoir de mon côté.

– Moi aussi, dis-je, priant tout bas pour qu'elle soit aussi de celui de Diane.

10

Quand je rentre chez moi, ma grand-mère écosse des petits pois sur le plan de travail.

– Bonjour Evelyn, me salue-t-elle en regardant par-dessus son épaule, sans s'interrompre.

Au milieu du courrier, je repère une enveloppe blanche sur laquelle mon nom est écrit de la main de Cheryl. Je file m'isoler pour la lire.

– Une jeune fille polie répondrait à sa grand-mère !

– Bonjour ! dis-je en fermant ma porte.

Avant, je partageais cette chambre avec Cheryl. Deux lits simples : le sien à côté du placard et le mien sous la fenêtre, parce que Cheryl tombait plus souvent malade pendant les courts hivers de Houston. Une vieille commode achetée au troc du coin, avec le tiroir du haut qui s'enfonce. Deux tables de chevet qui ont fait leur temps. La mienne croûle sous les magazines, les paquets de chewing-gums, ainsi que ma collection de billes de primaire, ma poupée en chiffon, mon maquillage et un verre d'eau vide que j'oublie tout le temps de rapporter à la cuisine, malgré les réprimandes de ma grand-mère. Entre nos deux lits, un tapis coloré recouvre le parquet, et sur le mur, au-dessus de mon oreiller, j'ai punaisé en vrac des photos découpées dans les magazines. La meilleure est celle de Ringo Starr, mon Beatles préféré. Tout le monde aime Paul, moi c'est Ringo. Je ne sais pas pourquoi, c'est comme ça. Et j'aime bien ne pas avoir les mêmes goûts que tout le monde.

Le côté de Cheryl est si vide… même son dessus-de-lit est parti avec elle, laissant à nu son matelas. J'essaie de me la représenter en face de moi, en train de découper des poupées en papier, ou des années plus tard, assise en tailleur, le front plissé de concentration, fredonnant tranquillement.

Elle me manque tellement. Je ne m'habitue pas à son absence. Du haut de ses dix-neuf ans, Cheryl a quatre ans de plus que moi, mais c'est la première personne à avoir arrêté de me traiter comme une enfant. Elle n'est plus là et ça me déchire le cœur. Je ne sais pas quoi faire de cette douleur.

Je tire la lettre de son enveloppe et m'allonge sur le ventre, pressée de la lire. Depuis un an, c'est notre principal moyen de communication. Elle appelle de temps en temps le dimanche soir, parce que c'est le moment où les appels longue distance coûtent un peu moins cher, mais on ne peut parler que quelques minutes et jamais seules.

Hello ma sœur préférée, commence-t-elle, et je souris. Je suis son unique sœur… *Comment vas-tu ? Moi ça va, disons. Je sais que ça va t'agacer que je te le rappelle, mais s'il te plaît CACHE CETTE LETTRE UNE FOIS QUE TU L'AURAS LUE, parce que si elles la voient ouverte dans la chambre au milieu de ton fatras, maman et grand-mère ne se gêneront pas pour l'ouvrir. Bref, tout va bien. J'ai fait la connaissance de ma voisine sur la base. Elle s'appelle Mary et elle est plutôt jolie. À vingt ans, elle vient d'avoir son premier bébé, alors c'est assez dur pour moi. Je sais que tu comprends pourquoi. Dennis espère qu'on pourra bientôt réessayer. Je sais que c'est ce qu'il veut. On verra. J'imagine que ça m'occupera. Je vais chez Mary, l'aider à plier du linge ou regarder la télé. Ça me fait passer le temps. Je devrais peut-être me trouver un loisir. Reprendre le dessin, par exemple. Ça me paraît tellement inutile. Le bébé de Mary s'appelle Charles, mais ils l'appellent Charlie Junior. Il régurgite tout le temps, c'est dingue.*

Cheryl écrit ensuite un paragraphe ou deux sur un pays appelé Vietnam où Dennis risque d'être envoyé. Je ne comprends pas tout ce qu'elle dit et j'ai l'impression qu'elle non plus. J'ai entendu parler du Vietnam à la télévision. Les États-Unis envisagent d'y envoyer des troupes, mais je n'en sais pas vraiment plus. Ça me fait peur. À la fin de la lettre, Cheryl ajoute : *Écris-moi vite et n'oublie pas : JE T'AIME, CHERYL, TA SŒUR PRÉFÉRÉE.*

Je retourne au début pour la relire. Dans toutes ses lettres, Cheryl me paraît perdue, seule. Elle ne s'en plaint pas clairement, mais je le sens.

Je roule sur le dos et tourne la tête vers le lit vide et les carrés blancs où se trouvaient ses posters de Dion et Frankie Avalon, ainsi que ses dessins de fleurs et d'oiseaux. J'imagine qu'une femme mariée n'accroche pas aux murs de sa chambre la photo d'un chanteur ou d'un acteur, mais j'espère au moins qu'elle a gardé les dessins. Ce serait tellement bien qu'elle se remette à en faire. J'aimerais tant être avec elle pour entendre le grattement apaisant de ses crayons sur le papier. Même si en bonne épouse, elle doit avant tout tenir son intérieur, j'espère vraiment qu'elle trouvera le temps de recommencer.

Comme souvent, je repense à cette nuit d'été, il y a plus d'un an maintenant, quand elle est entrée dans mon lit en sanglotant tellement fort qu'elle en avait le hoquet. Elle s'était attiré des ennuis, comme auraient dit les voisins. Elle était tombée enceinte. C'était arrivé au bal des terminales. Elle ne pouvait plus ignorer l'évidence, quelques semaines seulement après avoir passé ses examens de fin de lycée. Elle allait avoir un bébé.

– T'es sûre ? ai-je murmuré en lui caressant le dos pour la calmer.

Elle n'avait pu qu'acquiescer en silence. Dans ma tête, la panique se mêlait à la fierté qu'elle m'ait avoué son terrible secret.

– Tu penses que Dennis fera ce qu'il faut ? ai-je demandé.

C'était un garçon discret avec des taches rouges sur le menton, qui lisait les BD *Archie* et tondait notre pelouse pour gagner de l'argent de poche. Il avait l'air assez gentil. Mais Cheryl allait devoir l'épouser. Si elle avait de la chance.

– Je lui ai dit aujourd'hui, a-t-elle réussi à articuler entre deux hoquets, en trempant ma chemise de nuit blanche en coton. Il a dit qu'il m'épouserait. Il s'est engagé dans l'armée juste après les examens. Je vais pouvoir partir le rejoindre sur sa base militaire.

Je l'ai serrée très fort dans mes bras.

– Quel soulagement !

Mais non ! Ça voulait dire qu'elle partirait. Qu'elle me quitterait. Comment accepter une chose pareille ? C'était trop douloureux, mais je n'avais pas le choix. Ce qui m'a surtout frappée, c'est comment la vie de Cheryl a été tracée pour elle sans qu'elle décide de quoi que ce soit. Tout ça à cause de cinq minutes sur la banquette arrière de la Mercury Monterey du père de Dennis, une nuit de bal.

Peu de temps après, le couple a échangé ses vœux dans l'arrière-cour, avec nos familles. Cheryl portait une robe blanche que grand-mère avait cousue rapidement. Et les jeunes mariés ont déménagé.

– Ne sois pas stupide, Evelyn, avait répondu ma mère quand je lui avais demandé si Cheryl reviendrait un jour vivre à Houston.

J'avais posé la question un soir après le dîner, alors qu'on regardait *Bonanza* et qu'elle rapiéçait son uniforme du Shamrock Hotel.

– Ta sœur a Dennis maintenant, et c'est au mari de décider où la famille s'installe. C'est un bon garçon, ça se voit. Il a fait ce qu'il fallait en l'épousant, après tout. Et c'est toujours bien de se marier avec un militaire. Ce sont des hommes stables. J'espère que tu auras la même chance qu'elle.

Et avec ses petits ciseaux, elle avait coupé son fil et mis fin à notre conversation.

Ce qu'elle attendait de moi était très clair, mais ce n'était sûrement pas la vie que je voulais, et ça, c'était plus clair encore.

L'angoisse m'avait alors saisie à la gorge. Il fallait que je trouve un moyen de contrôler mon avenir. Une idée m'est alors passée par la tête : depuis longtemps, je voulais me rapprocher des filles que j'avais repérées dans le parc et les couloirs du lycée. Jusque-là, je n'avais pas eu le courage de les aborder, mais je savais qu'elles se moquaient bien des conventions.

J'avais même l'impression qu'elles attendaient plutôt la première occasion pour les enfreindre.

Le lendemain, je suis allée parler à Juanita Barajas qui fumait sur sa terrasse arrière en surveillant sa nièce. Juanita et ses amies m'avaient toujours impressionnée par leur assurance et leur force. Jamais je ne l'avais confié à personne. Sûrement pas à mes anciennes amies, des filles intelligentes avec des vies bien rangées, qui n'avaient que mépris pour Connie, Juanita et Sunny et les traitaient de dévergondées.

Mais ces filles-là dégageaient quelque chose et je voulais leur ressembler.

Cet après-midi-là, j'ai simplement demandé à Juanita comment elle s'y prenait pour que son trait d'eyeliner lui donne un air si déterminé. Je voulais qu'elle m'apprenne à faire comme elle, pour que moi aussi j'aie ce regard rebelle.

En tirant longuement sur sa cigarette, elle m'a examinée.

– C'est facile, a-t-elle dit en soufflant la fumée. Mais je crois pas que ça plairait à ta mère et à ta grand-mère.

J'ai haussé les épaules, beaucoup plus nonchalante que je ne l'étais en réalité.

– J'en ai rien à faire.

Ce qui n'était pas entièrement faux. J'ai quand même croisé les doigts dans mon dos, pour me faire pardonner ce demi-mensonge. C'est une habitude que j'ai rapidement perdue en les côtoyant. Sans chercher à savoir si c'était vrai, Juanita est entrée chez elle pour me maquiller.

***

Avec ma grand-mère, on a mangé en silence les petits pois qu'elle avait écossés, du riz et un pain de viande, en attendant que ma mère rentre du travail. Alors que je débarrasse la table, j'entends la porte d'entrée s'ouvrir, suivi du claquement de ses semelles sur le parquet. Dans quelques secondes, je sais pertinemment que le vieux canapé grincera sous son poids quand elle s'écroulera dedans pour se masser les pieds.

– Marjorie, tu veux ton dîner maintenant ou je te le mets de côté ? demande ma grand-mère en rassemblant les restes sur une même assiette.

– Je mangerai plus tard, maman, merci.

– Hello, dis-je en entrant dans le salon. Ça va ?

Ma mère lève la tête et me sourit. Elle tapote sur le canapé pour que je m'assoie à côté d'elle. Je sais qu'elle se fait du souci pour moi, qu'elle m'aime, et une partie de moi a toujours envie de lui faire plaisir. De la rendre fière. Alors il m'arrive de rechercher la proximité qu'on a connue, quand Cheryl et moi étions toutes petites.

Mais ce n'est pas simple aujourd'hui.

Je me blottis contre elle, les pieds repliés sous moi, et je vois qu'elle a le *Houston Chronicle* devant elle, sur la table basse.

– Je suis fatiguée, ma puce, répond-elle avec mon surnom de petite fille.

C'est rare qu'elle m'appelle comme ça, désormais. Elle a arrêté quand j'ai commencé à fréquenter Juanita, Sunny et Connie et à changer de look. Qu'elle l'emploie maintenant me réchauffe le cœur et m'agace en même temps. Est-ce normal de ressentir ces deux émotions à la fois ?

Je me rappelle quand, avec Cheryl, on venait lui faire un câlin après ses longues journées, sans se soucier qu'elle sente l'eau de Javel et les transports en commun. Elle est plus rembourrée que dans mon souvenir. Je ne me suis pas pelotonnée contre elle depuis si longtemps...

– Longue journée ?

– Oui, comme toujours, répond-elle en tournant la tête dans un sens puis dans l'autre pour faire craquer ses cervicales. Mais j'ai survécu.

Grand-mère nous rejoint et allume la télévision avant de s'asseoir dans le fauteuil.

– *J'ai un secret* commence bientôt.

Grand-mère adore les jeux télévisés.

– D'accord, lâche ma mère, la tête appuyée en arrière, les yeux fermés.

En soupirant, je pose mon menton sur mes genoux. Et tout à coup, je me projette quinze ans plus tard, toujours dans la même maison, ma mère à la place de ma grand-mère qui me demande si elle me met mon dîner de côté. L'image me donne la chair de poule et presque aussitôt des scrupules.

– Cheryl a écrit à Evelyn, annonce ma grand-mère, sans quitter des yeux l'écran. La lettre est arrivée aujourd'hui.

Ça me met en rogne mais je fais en sorte qu'elles ne le voient pas. Les paupières de ma mère s'ouvrent aussitôt et elle m'interroge de ses beaux yeux bleus. Il a fallu que j'hérite des yeux marron de mon bon à rien de père.

– Elle va bien ? demande-t-elle d'une voix impatiente.

– Elle a rencontré une voisine. Une fille de son âge. Elle s'appelle Mary. Ça lui fait plaisir, j'ai l'impression.

Me rappelant que Cheryl veut que je cache sa lettre, je ne parle ni de sa solitude ni du bébé de Mary ni du Vietnam. Ma mère prend une profonde inspiration et se mordille le pouce, avant de reposer rapidement la main sur ses genoux. Grand-mère la gronde toujours quand elle fait ça.

– Je suis contente. C'est vraiment une bonne chose qu'elle ait épousé Dennis.

Petite pause.

– Je sais que c'est cher, mais on pourra peut-être l'appeler dimanche soir, pour entendre sa voix quelques minutes.

La dernière fois que ma mère lui a parlé au téléphone, elle a un peu pleuré après avoir raccroché. Elle a dit que c'étaient des larmes de joie, de savoir Cheryl en sécurité. Mais je sais qu'elle serait plus rassurée si elle pouvait la voir et l'enlacer.

– Ce serait sympa, oui, dis-je, retenant ce que j'ai sur le cœur et l'inquiétude que la lettre de Cheryl m'a causée.

Et si je lui expliquais à quel point la vie de Cheryl me terrifie, alors que c'est le seul avenir qu'elle envisage pour moi ?

Impossible. Mieux vaut me taire.

Soudain, ma mère se redresse.

– Evelyn, tu as entendu parler de ça ?

Elle me tend le *Chronicle*.

– Ce meurtre au drive-in de Winkler, samedi soir ? Tu y étais, non ?

Elle déplie le journal sur une photo de Preston Fowler. J'ai une boule dans la gorge en voyant ce gosse de riche et son rictus arrogant. Je détourne les yeux avant de les fermer un moment.

– Evelyn, ça ne va pas ? demande ma mère en posant une main sur mon épaule.

Mes paupières s'ouvrent lentement et je plante mon regard à l'angle de l'écran de télévision, cherchant à éviter le gros titre du journal.

– Si, si, ça va. Et oui, je suis au courant, mais j'étais déjà partie avant l'arrivée des flics… de la police, pardon.

Tout en hochant la tête, ma mère replie le journal puis le lance sur la table basse.

– Tant mieux. Même si je déteste que tu traînes là-bas avec tes nouveaux amis, franchement. D'ailleurs, je me demande si tu regardais vraiment le film…

La tête de Preston Fowler apparaît dans mon esprit. Une vague d'angoisse m'envahit. J'ai envie de bouger, de sortir de la maison et de courir dans la nuit, pour fuir l'image de cette ordure.

– Je dois finir mes devoirs, dis-je après un moment de flottement.

Ma mère et ma grand-mère me regardent, intriguées. Les devoirs ne sont plus ma priorité depuis longtemps déjà.

– Parfait, lance ma mère sans conviction, alors que je m'éloigne en serrant les poings, enfonçant les ongles dans mes paumes.

J'ai l'impression que ma langue a doublé de volume dans ma bouche.

Tout doucement, je referme la porte de ma chambre. J'éteins la lumière et j'enfouis mon visage dans mes mains pour disparaître dans les ténèbres.

Respire, Evie, respire. Tout va bien. Il ne t'a rien fait. Ce monstre ne t'a rien fait. Tu es ici, maintenant, dans ta chambre. Tu es en sécurité.

Je pense à Cheryl et sa présence imaginaire me réconforte. Je pense à Sunny, Connie et Juanita, à leurs yeux pétillants, leur courage et leurs éclats de rire. Je pense au cran qu'il a fallu à Diane. Je me représente même miss Odeen, toujours si sûre d'elle. J'aurais tant aimé qu'une d'elles soit avec moi, à cet instant, dans ma chambre où je me sens prise au piège et seule. Honteuse et nauséeuse. Elle me prendrait dans ses bras, me caresserait le dos et murmurerait à mon oreille : « Evie, tout va bien. Tu ne risques plus rien. Ce n'était pas ta faute. Tu n'as rien fait de mal. »

Et dans mon imagination, je la crois.

11

Miss Odeen me tend ma rédaction sur Fannie Lou Hamer, alors que je sors de son cours le lendemain. Elle a commenté de sa belle écriture en haut de ma copie : *Excellentes remarques ! Je suis d'accord !*

– Très bon travail, Evie, me félicite-t-elle en souriant, ses cheveux blonds parfaitement coiffés, son rouge à lèvres rose joliment appliqué. Je suis contente de voir que tu fais des efforts. Continue comme ça !

– Merci, miss Odeen, dis-je en rougissant.

Quand ce sont les autres profs qui parlent de mes efforts comme si c'était un miracle, je me sens complètement nulle. Mais de la bouche de miss Odeen, ça me donne envie de travailler encore plus dur.

– Elle est vraiment sympa, tu ne trouves pas ? demande Diane alors qu'on se faufile dans le couloir, nos épaules pratiquement collées l'une à l'autre.

Elle sent bon *Un soir à Paris.* Il coûte combien, ce parfum ?

– Oui, c'est la plus cool ici. Elle est nouvelle donc elle ne nous déteste pas encore.

– C'est pas comme notre prof de maths, M. Morris. Je ne le supporte pas.

– Oh, c'est le pire, dis-je en grimaçant. Il s'en prend systématiquement à Juanita, quoi qu'elle fasse. Elle le hait, et franchement, ça se comprend. Il est horrible.

– Il est méchant avec tous les Mexicains, confirme Diane. Il a accusé Julia Delgado de tricher parce qu'elle a eu la meilleure note au dernier devoir.

Il me dégoûte. Et ce n'est qu'une petite partie de ce que Juanita doit endurer à Eastside. Comme la veille, je ressens le besoin de m'enfuir, et ça ne me lâche pas.

– Viens, on sèche.

– Pardon ? demande Diane en ouvrant de grands yeux.

Je hausse les épaules, l'effet des compliments de miss Odeen déjà dissipé.

– Ça te dit pas de faire l'impasse sur le cours de M. Morris, cet après-midi ?

Je ne lui avoue pas que je veux m'échapper du lycée, car je m'y ennuie tellement que la voix de Preston Fowler s'infiltre trop facilement dans ma tête.

J'en ai pas pour longtemps.

Diane hésite encore, alors qu'on descend l'escalier pour sortir du bâtiment et rejoindre les élèves qui se déversent sur la pelouse pour déjeuner. Je la prends par la main pour l'entraîner vers Telephone Road.

– Allez, viens, dis-je, pressée de décamper. Je parie que tu n'as jamais séché. Pas une seule fois. Je me trompe ?

Elle fait non de la tête. Comment cette fille si sage a-t-elle pu poignarder un garçon pour me protéger ? Je n'en reviens toujours pas.

– Juste une fois. Juste aujourd'hui.

Je ne sais pas pourquoi c'est si important pour moi de quitter le lycée à cet instant avec Diane. Peut-être est-ce libérateur d'être avec celle qui a partagé mon expérience cauchemardesque. Qui sait ce qui aurait pu m'arriver sans elle ? Cela dit, je regrette au fond de moi de ne pas avoir su me défendre toute seule.

– Bon, abdique Diane sans beaucoup protester. D'accord, je te suis.

Toujours main dans la main, on se prépare à quitter le périmètre du campus par une sortie que peu d'adultes surveillent, quand soudain, j'aperçois Johnny Treadway, tout seul, sur le côté du bâtiment.

– Hello, appelle-t-il en nous faisant un signe de la tête.

Je croise son regard et sens la main de Diane serrer la mienne plus fort.

– Bonjour, répond-elle, un sourire timide s'affichant sur son visage.

– Salut Johnny, dis-je en continuant d'avancer. Si tu vois Connie et les autres, préviens-les qu'on prend un peu de vacances, d'accord ?

Pas mal comme réplique ! Mais il ne m'écoute pas : ses yeux sont rivés sur Diane, comme la veille, après le déjeuner.

– OK, je transmettrai, répond-il au bout d'un moment.

Diane non plus n'arrive pas à détacher son regard de lui. Jusqu'à ce qu'on arrive à l'arrêt de bus le plus proche, sa tête est tournée par-dessus son épaule. Et quand on monte enfin, il est clair qu'elle est toujours perdue dans ses pensées. Bien sûr, je la comprends. Même si je n'imaginais pas qu'une fille comme Diane pourrait s'intéresser à un gars comme lui.

Quand le bus démarre, des relents de pot d'échappement me prennent à la gorge, mais je suis heureuse de sentir le cahot des roues qui nous emporte loin du lycée, de ses couloirs bondés, de ses conversations compliquées à la cafétéria et de ses profs qui ne sont pas miss Odeen et qui me dévisagent avec leurs faux airs inquiets.

Au début du trajet, Diane fredonne, songeuse. D'abord, une chanson des Beatles que je reconnais, puis une autre qui ne m'est pas familière. C'est la première fois que je la vois aussi détendue.

– J'arrive pas à croire qu'on a séché les cours ! finit-elle par s'exclamer en se tournant vers moi, avec un froncement de sourcils exagéré. Tu as une mauvaise influence sur moi, Evie.

Un sourire illumine alors son visage, révélant ses dents parfaites. Elle m'adresse un clin d'œil.

– Coupable, dis-je en lui souriant en retour.

Je jette un coup d'œil à travers la vitre couverte de traces de doigts.

– Ce bus s'arrête au centre-ville. Tu veux qu'on aille où ?

Elle se redresse, enthousiaste.

– Chez Jive Hive ! S'il te plaît ! Tu connais ? C'est sur McKinney et Main Street.

– Le magasin de disques ? Ouais, je connais.

J'y suis déjà allée avec Connie et les autres, et une fois on s'est fait jeter dehors parce qu'on y passait trop de temps sans rien acheter. Mais pourquoi pas ?

– J'adore ce magasin. Je suis super fan de musique.

J'avais remarqué : Diane chantonne tout le temps. Alors pourquoi n'ai-je vu aucun disque dans sa petite chambre triste ? Sans raison, je m'interdis de le lui demander et regarde défiler le paysage.

Quand le bus entre en ville, on traverse Sakowitz et Foley et on arrive devant le théâtre sur Main Street. L'année dernière, la décision de le rendre mixte a soulevé un véritable tollé. Les Blancs n'ont pas du tout apprécié. Et la même année, les étudiants de l'université du Texas réservée aux Noirs ont manifesté pour pouvoir enfin manger dans les mêmes restaurants que les Blancs. Je me rappelle aussi comment Fannie Lou Hamer décrit ce qu'elle a vécu quand elle a essayé de voter. On dirait que parfois, certaines choses évoluent pour le mieux et d'autres pas du tout.

Dans ce tourbillon d'idées, je demande à Diane ce qu'elle a pensé du devoir de miss Odeen sur Fannie Lou Hamer.

– C'était chouette qu'elle nous parle de cette femme incroyable et de tout ce qu'elle a traversé, répond-elle. Je me suis sentie bête de ne jamais avoir entendu parler d'elle. Par contre, tout le monde n'a pas apprécié le cours, c'était clair.

– Oui, j'ai remarqué, dis-je en bougeant sur mon siège. Diane, tu ne trouves pas ça bizarre qu'on n'aille pas au lycée avec les Noirs, comme dans le Nord ? Tu trouves ça normal ?

Diane réfléchit un instant avant de répondre.

– Non, c'est pas normal. Mais je connais des adultes qui sont farouchement contre. Mes parents par exemple. Ils disent des trucs terribles quand ils regardent les infos...

Je ne m'attendais pas à ce qu'elle prenne ses parents pour exemple. Mais c'est juste parce qu'elle a baissé sa garde et n'a pas fait attention à ce qu'elle disait.

– Je ne pense pas que ma mère s'y opposerait. Enfin, j'espère.

Quand, en juillet, le président Johnson a signé le Civil Rights Act, elle était fière que la loi soit validée par un Texan. Mais ma grand-mère n'a rien dit du tout.

– Mes parents sont pleins de haine, murmure Diane, les lèvres pincées et les yeux soudain voilés d'inquiétude.

– Désolée d'avoir soulevé le sujet...

– Ce n'est pas toi le problème, Evie, proteste Diane en tirant sur la corde pour indiquer au chauffeur qu'on descend au prochain arrêt. Ça fait déjà quelque temps que je pense ça d'eux.

À sa façon de le dire, je ne la crois pas vraiment, mais je préfère ne pas insister. Je la suis simplement dans les rues, évitant les hommes d'affaires pressés et les vendeuses qui papotent en fumant pendant leur pause déjeuner. Quand on arrive devant Jive Hive, Diane a retrouvé sa bonne humeur. Au moment d'ouvrir la porte, elle s'interrompt et me touche doucement le bras.

– Désolée, je ne voulais pas être si agressive dans le bus. Mais ça m'arrive quand je pense à eux.

Elle fait un signe de tête vers la boutique.

– Bref, on est arrivées et c'est tant mieux.

Elle m'adresse un sourire rayonnant, auquel je réponds aussitôt. Mais en entrant dans le magasin, je ne peux pas m'empêcher de me demander ce qu'elle cache.

12

Alors qu'on fouille dans les bacs, il devient évident qu'elle s'y connaît mieux que moi en musique. Bien sûr, en février j'ai regardé l'émission d'Ed Sullivan sur les Beatles – c'est d'ailleurs là que j'ai décidé que Ringo était mon préféré. Tout le monde avait déjà choisi John ou Paul ou George, alors c'était pour moi un moyen de me démarquer. Et bien sûr, je connais toutes les paroles de « *I want to hold your hand* », comme tous les habitants de cette planète, mais Diane c'est autre chose. Elle demande au binoclard au comptoir les nouvelles sorties, et explore les quarante-cinq tours avec un sérieux exemplaire, examinant avec soin les photos de Mary Wells, Roy Orbison, et Martha & the Vandellas.

– Oh ! s'écrie-t-elle en sortant une pochette. Irma Thomas !

– C'est qui ?

– Une chanteuse de soul de La Nouvelle-Orléans, répond-elle sur un ton nostalgique. J'adorais l'écouter.

Elle tourne le disque dans ses mains, fascinée. Je ne peux plus me retenir.

– Diane, si tu aimes tellement la musique, pourquoi tu n'as pas un seul disque dans ta chambre ?

Elle déglutit avec peine et ne dit rien. J'ai peur d'avoir gaffé.

– Evie, je peux te faire confiance ? demande-t-elle après un moment.

Elle regarde par-dessus son épaule, même s'il n'y a personne dans la boutique, hormis le gars au comptoir. Elle fait quelques pas vers moi. Je sens de nouveau son parfum.

– Est-ce que je peux *vraiment* te faire confiance ?

Mon cœur s'emballe. Je vais enfin découvrir la vérité sur cette fille venue des beaux quartiers qui a eu le courage de me sauver la vie. Je lui dois beaucoup. Ma parole et mon amitié sont tout ce que j'ai à lui offrir, et je comprends soudain que c'est certainement ce dont elle a le plus besoin.

– Oui, Diane, bien sûr.

Le disque d'Irma Thomas dans une main, elle m'entraîne vers une cabine d'écoute au fond de la boutique. Le binoclard nous invite à entrer d'un hochement de tête. Dans le petit espace insonorisé, Diane lance délicatement la musique.

– Cette chanson s'appelle « *Ruler of my heart* », m'explique-t-elle sérieusement. Écoute comme sa voix est divine.

On s'assoit sur la petite banquette en vinyle rouge craquelé, épaule contre épaule. Par la vitre, je vois les rangées de disques dans les bacs.

La voix riche d'Irma Thomas nous enveloppe. Le piano monte en puissance tout comme le désir de la chanteuse de revoir son amoureux. J'en ai des frissons.

– J'adore, dis-je, sincère.

– J'ai dansé avec Johnny Treadway sur cette chanson. C'était dans ma chambre, quand j'habitais à River Oaks avec ma famille.

Je retiens mon souffle.

Johnny Treadway. Le frère jumeau de Connie. Johnny avec ses yeux blessés, sa vie de famille pourrie. Johnny que jamais je n'intéresserai. Johnny, le plus beau voyou du quartier.

Johnny et Diane ?

C'est comme essayer d'imaginer les plages de Galveston couvertes de neige, ou ma mère à la place de la reine Elizabeth, avec une couronne sur la tête.

– Quoi ? dis-je avec difficulté.

– Evie, il me tenait tout contre lui. Je n'ai jamais connu de sensation plus douce.

Elle a les larmes aux yeux, mais sourit en même temps. Elle rit presque, même. Un peu comme quand on a fait une nuit blanche et qu'on ne peut pas s'empêcher de pouffer pour rien. Ma mère parle d'ivresse du manque de sommeil.

– Bon sang, ça fait du bien d'en parler à quelqu'un. Je suis tellement contente de te le dire à toi, Evie.

Je repense à aujourd'hui et à hier, aux regards que Diane et Johnny ont échangés. À sa façon à lui de la dévorer des yeux, et aux joues rosies de Diane. Et pourtant, ils ont fait semblant de ne pas se connaître.

Le disque se termine. Diane remet l'aiguille au début.

– Tu te demandes comment c'est possible, hein ?

Elle renifle et sort un mouchoir de la poche de sa jupe pour se tamponner les yeux.

– Entre autres, dis-je.

Je suis sciée. Inquiète aussi. Et un peu jalouse, je dois bien l'avouer.

– Je vais tout te raconter, mais promets-moi de tout garder pour toi. Pour l'instant, en tout cas. S'il te plaît ? Les autres sont sympas, mais je viens à peine de les rencontrer.

Elle semble sincèrement intéressée par ces nouvelles amitiés et ça me bouleverse. Elle est tellement seule. Ça me suffit pour lui donner une nouvelle fois ma parole. Je dessine même une croix sur mon cœur pour insister.

– On s'est rencontrés pendant l'été, l'année dernière, commence-t-elle en serrant son mouchoir dans sa main. Ici. Dans cette boutique. On adore tous les deux la musique.

C'est vrai, je le sais. Il a beau être un délinquant, il travaille depuis quelques années chez Texaco dans notre quartier. Connie dit qu'il dépense tout son argent dans la gomina, les cigarettes et les disques. Le reste, il le vole.

– J'étais là, un samedi de juin, avec des copines, continue Diane.

Je me penche pour ne pas perdre un seul mot.

– À cette époque, je sortais avec un garçon. Un ami de Preston Fowler, en fait.

Elle se mord la lèvre et détourne le regard en prononçant ce nom. J'ai la chair de poule en l'entendant.

J'en ai pas pour longtemps.

Je secoue la tête pour chasser la voix de ma tête et Diane me frôle le genou.

– Oh, excuse-moi, Evie.

– Pas grave. Continue.

Elle renifle, remet le disque.

– Je savais que Johnny n'habitait pas dans mon quartier, explique-t-elle, souriant comme si un souvenir venait de lui traverser l'esprit.

– Et il devait savoir que tu n'habitais pas dans le nôtre.

Elle hoche la tête et enchaîne. Elle égrène les détails : Johnny qui semble apprécier son choix d'un disque de King Curtis ; son regard à travers la vitre de la cabine quand elle part l'écouter.

– C'était cette cabine, précise-t-elle. J'étais assise ici quand je l'ai vu me regarder. Et je savais qu'on venait de deux mondes complètement différents, mais...

Elle rougit.

– Il m'a tout de suite plu.

Je souris, sur le point de confirmer que Johnny est sensationnel. Mais je m'en abstiens.

Diane continue de parler juste assez fort pour couvrir la musique. Elle me raconte comment Johnny l'a abordée dans un coin du magasin pour lui proposer de jouer à un jeu avec lui.

– Un jeu ?

– Oui, répond-elle, enthousiaste. Il a dit que si je lui donnais mon numéro de téléphone et qu'il réussissait à s'en souvenir, je devrais accepter de sortir avec lui.

Un sourire rapide s'affiche sur mon visage, et je me demande ce que j'aurais ressenti si un gars comme Johnny Treadway m'avait draguée de cette façon. Évidemment, quand on est aussi jolie et élégante que Diane, ça doit arriver tout le temps.

– Donc, je le lui ai donné et tu devines le reste.

En effet, mais heureusement Diane n'en reste pas là, satisfaisant ma curiosité. Elle sortait de chez elle en douce pour le retrouver. Elle mentait à ses parents. Elle se rendait au drive-in avec ses amies, puis prétendait, une fois sur place, qu'elle se sentait mal et devait rentrer chez elle. Elle en profitait alors pour rejoindre Johnny dans notre quartier. Ils allaient à la fête foraine pour s'embrasser au sommet de la grande roue du Playland Park. Ou bien ils s'introduisaient sur le chantier du nouveau stade à l'ouest de la ville. Ils poussaient parfois jusqu'à Galveston, où ils profitaient de la nuit pour rêver, pieds nus sur le sable humide, à ce qui se trouvait de l'autre côté des vagues.

Je réalise soudain que je n'ai pas bougé depuis que Diane a commencé à parler. J'ai l'impression d'être dans un film hollywoodien, comme *Ils n'ont que vingt ans* que j'ai vu quand j'étais plus jeune. Une histoire d'amour torride entre deux ados, Molly et Johnny, qui tombent amoureux alors qu'ils ne devraient pas, et qui vont jusqu'à se sauver pour se marier en cachette. Ma mère et ma grand-mère nous avaient emmenées, Cheryl et moi, voir ce film en guise de cadeau. Ma grand-mère a passé toute la séance à nous cacher les yeux pendant les scènes de baisers. Nous, on tentait de regarder entre ses doigts, l'oreille tendue pour ne rien perdre des soupirs prometteurs et des pleurs des amants contrariés.

– On dirait un film, dis-je tout haut.

– Ah ça ! J'avais l'impression d'être l'héroïne d'une passionnante histoire d'amour, c'est sûr.

Les larmes coulent sur ses joues sans interruption et elle s'accroche à son mouchoir. Et je revois Diane qui me secoue délicatement pour que je reprenne connaissance, le soir du meurtre, sa robe rose tachée de sang. Je la revois ensuite me tendre des habits propres dans la maison de sa tante.

Tu peux les garder. J'ai des tonnes de vêtements.

Ses sanglots couvrent désormais la musique. Je l'enlace. Comme quand j'ai tenu Cheryl dans mes bras, le soir où elle m'a annoncé sa grossesse. Les pleurs de Diane ressemblent à ceux de Cheryl. Désespérés et déchirants. Terriblement violents.

– Diane, tout va bien, dis-je tout bas en lui caressant le dos.

J'aurais aimé trouver les mots.

Après quelques hoquets, elle finit par se calmer et s'éloigner légèrement.

– Merci Evie.

Elle ferme les paupières et respire profondément.

– Je parie que tu te demandes comment j'ai atterri dans ton lycée, avec Johnny, hein ?

– Ouais, on peut le dire. Et pourquoi tu as fait comme si tu ne le connaissais pas.

Percevant l'ouverture pour poser une autre question, je tente ma chance.

– Et Connie ? Elle sait ?

Je comprends tout à coup l'attitude de Connie au parc et ses regards méfiants et insistants.

Diane hoche la tête sans rien dire.

– Je pense, oui, finit-elle par répondre. Enfin, je ne sais pas ce qu'elle sait exactement, mais Johnny lui a parlé de moi et il lui a fait jurer de ne rien dire. On était tous les deux bien conscients que mes parents n'accepteraient jamais notre relation. Tout ce qui compte pour eux, ce sont les apparences. Ils organisent mon mariage depuis que je suis en primaire.

– Tu es sérieuse ?

– Ils cherchent le meilleur parti pour moi, tu vois ? Un garçon dont les parents fréquentent le même club qu'eux et dont le père fait affaire avec le mien et dont la mère joue au bridge avec la mienne…

Elle s'interrompt, une expression amère sur le visage.

– Ça me répugne. Mes parents ne croient pas au grand amour… même si c'est ce que je vis avec Johnny. Ils croient aux unions d'intérêt.

Je pense à ma mère qui veut nous marier, Cheryl et moi, à des garçons qui ne nous quitteront pas. Ce n'est pas si différent de ce que Diane décrit.

– Tu as dû garder ta relation avec Johnny secrète ?

– Oh oui, répond-elle en hochant la tête avec vigueur. On se voyait toujours en cachette. Seulement…

Elle prend une profonde respiration. « *Ruler of my heart* » se termine et elle ne se lève plus pour remettre l'aiguille sur le disque, cette fois. Blotties l'une contre l'autre sur la petite banquette, il ne nous reste pour toute musique que notre respiration et les reniflements de Diane.

– Un samedi soir, quelques mois après notre rencontre, mes parents étaient à une soirée de charité, et ma petite sœur chez une copine. J'ai invité Johnny à la maison. Il était déjà venu… même dans ma chambre.

Ses joues s'empourprent et elle baisse les yeux vers son mouchoir sur ses genoux. Je ne trouve pas le courage de lui demander ce que je veux vraiment savoir. Les filles et moi, on ne parle jamais de ça. Même pas Connie, alors qu'elle ne se gêne pas pour dire des gros mots. Mais le feu sur le visage de Diane répond à ma question, et l'idée d'être amoureuse et allongée dans les bras d'un garçon comme Johnny Treadway me procure une sensation délicieuse.

– Bref, en tout cas, ce soir-là, mes parents sont rentrés plus tôt que prévu, continue-t-elle en évitant mon regard. Ils l'ont mis à la porte. Mon père a menacé de le tuer. Il l'a vraiment dit. Et ils m'ont traitée de catin.

Pardon ? Même Cheryl ne s'est pas fait insulter par ma mère quand elle lui a avoué s'être attiré des ennuis.

– Une catin ? dis-je tout bas.

Je ne sais pas pourquoi, mais dans ma bouche, le mot me paraît encore plus sale que tout ce que Connie et les autres disent régulièrement.

– Vraiment ?

Diane hoche la tête, sur le point de fondre à nouveau en larmes.

– Ils m'ont accusée d'être une dévergondée et Johnny un bon à rien. Selon eux, je voulais détruire la réputation de notre famille et les couvrir de honte devant leurs amis. Je te l'ai dit, tout ce qui leur importe, c'est ce que pensent les autres.

Elle triture le mouchoir et le déchire de frustration.

– Après les vacances de Noël, ils m'ont chassée de la maison.

Elle détourne le regard et je vois clairement qu'une pensée traverse son esprit.

– Ils t'ont envoyée où ?

Je regrette aussitôt ma question, craignant qu'elle ait l'impression de subir un interrogatoire.

Diane blêmit. L'expression sur son visage me donne froid dans le dos.

Elle secoue la tête.

– Je ne peux pas… je ne veux pas en parler, déclare-t-elle d'un ton ferme.

– D'accord, je comprends. Tu n'es pas obligée.

Je ne sais pas quoi dire de plus. Je meurs d'envie de connaître la suite de son histoire, mais à l'évidence, elle est trop difficile à dévoiler.

– Je suis revenue en juillet, mais… reprend-elle, et je vois qu'elle choisit ses mots avec soin. Mais mes parents ont trouvé que je n'avais pas été assez punie. Ils ont décidé que je devais prendre un nouveau départ. Qu'il valait mieux que j'emménage chez ma tante Shirley. Elle a toujours été… la paria de la famille. C'est la demi-sœur de mon père. Une femme alcoolique et acariâtre. Elle reçoit des rentes de la famille et je ne l'avais rencontrée qu'une ou deux fois avant de venir habiter chez elle. Elle m'héberge uniquement parce que mes parents lui versent un loyer.

Je me rappelle l'affreuse maison crasseuse, les bouteilles de vin vides sur le plan de travail et le minuscule refuge de Diane. Une autre pièce du puzzle a trouvé sa place, même si l'ensemble est encore flou.

Diane s'essuie les yeux.

– Et tu sais quoi ? demande-t-elle en colère. Quand je suis rentrée, mes parents avaient vidé ma chambre. Ils avaient pris ma platine, mes magazines et tous les disques. Mes disques ! Tous ceux que j'écoutais avec Johnny. Tous ! Ils ont dit qu'ils avaient une mauvaise influence sur moi.

Elle les énumère en comptant sur ses doigts et les larmes se remettent à couler.

– The Cascades, et The Chiffons, et Stevie Wonder, et Mary Wells, et Dusty Springfield, et Lesley Gore, et tous les autres, lance-t-elle comme si elle parlait de vieux amis. Je sais, ça peut paraître stupide, mais ils étaient vraiment importants pour moi, ces disques. J'ai pleuré et j'ai supplié Patty, ma petite sœur, de me dire ce qu'ils en avaient fait, mais elle me fuyait comme la peste. Elle a toujours été l'enfant modèle, si tu vois ce que je veux dire.

Je ne peux m'empêcher de penser à Cheryl. Qui de nous deux est la petite fille parfaite ? Laquelle est la mauvaise ? Diane est juste tombée amoureuse. Est-ce si grave que ça ?

– Et quand mes parents m'ont envoyée chez ma tante, ils ne se sont même pas rendu compte qu'elle vivait dans le quartier de Johnny ! Ils n'ont même pas cherché à connaître son nom. Ils l'ont juste jeté dehors et je ne l'ai revu que lorsque j'ai commencé à aller en cours à Eastside. Avant de partir, j'ai essayé de me confier à mes anciennes amies, mais elles ne voulaient plus me parler.

– Attends, Diane, c'étaient les filles qui se moquaient de toi au drive-in ? Je veux dire : avant...

Je ne finis pas ma phrase. Ce n'est pas nécessaire.

– Oui, c'étaient mes amies. Ou plutôt, mes anciennes amies. J'avais parlé de Johnny à Betty, ma meilleure amie. Elle y était ce soir-là. Apparemment, elle n'a pas réussi à se taire. Et je suis sûre que sa mère, ce poison, a répandu la rumeur.

Elles disaient que Diane devrait avoir honte de se montrer en public ! Simplement parce qu'elle était amoureuse d'un garçon de notre quartier ? J'ai envie de les tuer.

– Alors pourquoi vous vous comportez aussi bizarrement au lycée ? Vous n'êtes pas heureux de vous retrouver ? Dans le même bahut ?

Diane détourne les yeux, pose une main sur le mur de la cabine et appuie la tête dessus, comme si cette conversation l'avait épuisée.

– Ça devrait être le cas, hein ? Seulement… je n'ai jamais pu dire au revoir à Johnny. Et il pense que je l'ai abandonné. J'ai disparu du jour au lendemain, sans donner de nouvelles pendant des mois. C'est pour ça que Connie ne m'aime pas, je crois. Et depuis, quand on tente de se reparler, Johnny et moi… ce n'est plus pareil. Comme samedi soir, au drive-in. On a eu une grosse dispute. Avant que tu me défendes dans la file.

Je me souviens de l'air boudeur de Johnny. Et de Connie complètement ivre qui menaçait de tout balancer. Maintenant, je comprends tout.

– Tu ne lui as pas dit que c'était la faute de tes parents ?

– Si. Et il veut qu'on se remette ensemble. Mais… oh, Evie, je ne sais pas comment t'expliquer… C'est compliqué.

Je crois que je n'ai pas idée à quel point c'est compliqué en effet. Diane me paraît plus âgée encore que Cheryl.

Diane inspire profondément.

– Evie, il faut que j'arrête. Je n'ai jamais parlé de tout ça à personne. Pas comme ça, en tout cas.

Je lui serre la main.

– Je comprends. Viens, on reste assises, sans rien dire.

Elle sourit tristement et relance la musique. On se tait en attendant qu'Irma Thomas recommence à chanter de sa voix blessée.

13

À la fin de la chanson, Diane reprend le disque et le glisse délicatement dans sa pochette. Au cours des vingt dernières minutes, j'ai l'impression qu'on a vécu toute une existence ensemble. Je ne vois plus du tout Diane de la même façon.

– Tu peux pas te l'acheter ? dis-je, prenant soudain conscience du silence. Je sais que tu n'as pas de platine, mais juste pour l'avoir.

– Ça me ferait trop mal de ne pas pouvoir l'écouter, réplique-t-elle dans un soupir avant de se lever. Allez, viens, on y va.

Je me lève à mon tour et, hésitante, je pose une main sur son dos. C'est dingue comme une seule conversation peut tout changer. Diane n'est plus la fille à papa qui m'a sauvé la vie. Est-ce que je dois la considérer comme mon amie ? Il y a trois jours, on ne se connaissait pas et, avec son allure, elle n'avait aucune chance de le devenir. Mais maintenant ? J'ai le cœur serré pour elle, comme je l'aurais eu pour Juanita, Connie ou Sunny.

Une fois dans la rue, on se dirige vers l'arrêt de bus. Son visage est rouge et bouffi d'avoir tant pleuré. Je l'imagine dans la cuisine sale et encombrée de sa tante qu'elle connaît à peine et qui ne se soucie absolument pas d'elle. Et une idée étrange traverse mon esprit.

– Diane, quand on sera de retour, les cours seront pratiquement terminés, dis-je avant de changer d'avis. Tu veux venir chez moi ? On pourrait dîner ensemble ?

Diane se tourne vers moi, étonnée et ravie.

– Oh ! Tu veux… C'est super gentil, Evie. Mais je ne veux pas te déranger… même si je dois avouer que je n'ai pas trop envie de rentrer chez ma tante.

Elle ne dit pas « rentrer chez moi ».

– Non, pas de problème. Ça va être sympa. Par contre, il y aura ma mère et ma grand-mère.

– Et ton père ?

– Je le connais pas. Il est parti quand j'étais toute petite.

– Oh, je suis désolée.

– C'est pas grave.

Même si certains jours, ça me paraît être la fin du monde. Principalement quand ma mère dépeint mon avenir.

Après un trajet en bus silencieux, on longe Munger Street jusqu'à une petite maison verte, dont les volets blancs ont besoin d'un petit rafraîchissement depuis des années déjà. Quand j'invite Diane à entrer dans la cuisine, où ma grand-mère prépare le repas, comme tous les jours, j'ai les mains affreusement moites.

– Bonjour, lance grand-mère sans arrêter ce qu'elle fait.

Quand elle se tourne enfin, elle sursaute. Je n'amène jamais personne à la maison.

– Bonjour, je m'appelle Diane.

Elle tend la main, prenant ma grand-mère par surprise. Mais je vois qu'elle est contente de rencontrer une de mes amies. Elle s'essuie les mains sur son tablier pour saluer Diane.

– Bonjour, je suis la grand-mère d'Evelyn. Helen Davis.

Diane semble déconcertée en entendant mon prénom complet, mais lui sourit tout de même.

– Enchantée, madame Davis.

– Est-ce que Diane peut rester dîner ? dis-je.

Je sais d'avance que ma grand-mère dira oui : elle espère que cette jolie rousse aux yeux clairs déteindra sur moi. Si elle savait qu'elle est secrètement sortie avec Johnny Treadway, elle me demanderait d'inviter plutôt Juanita.

– Oui, bien sûr.

– On va dans ma chambre.

Je conduis Diane dans le couloir. Juanita n'est venue qu'une ou deux fois, et Connie et Sunny, jamais. Elles ne sont pas vraiment les bienvenues.

Dès que je ferme la porte, Diane examine l'endroit.

– Waouh, t'es bordélique, Evie.

Ce n'est pas un jugement, juste une observation. Elle affiche un petit sourire.

– Je sais, dis-je en retirant de mon lit un tas de vêtements sales, que je mets par terre pour que Diane puisse s'asseoir. Ma grand-mère et ma mère détestent ça.

Je ne sais pas pourquoi, mais ça ne me fait rien que Diane voie ma chambre dans son état habituel.

– Elles t'appellent toujours Evelyn ? demande Diane en retirant ses chaussures pour s'installer confortablement sur mon lit.

– Oui, elles trouvent ça plus joli qu'Evie.

Je m'apprête à m'asseoir sur le lit de Cheryl.

– Oh, viens à côté de moi, propose Diane en se poussant.

Elle déplace mon oreiller pour s'appuyer contre le mur. Ça me fait sourire.

– Tu n'as pas de bureau ? s'étonne-t-elle.

– Tu sais bien que je ne fais pas mes devoirs, dis-je pour plaisanter.

En réalité, on n'a pas de quoi se payer des meubles : on a déjà du mal à régler les factures…

Je retire mes chaussures et monte sur le lit. J'ouvre la fenêtre pour laisser entrer un peu d'air frais.

Diane caresse de la main une photo de Ringo Starr que j'ai punaisée sur le mur.

– Ringo est mignon, je dis pas, mais c'est George mon préféré, déclare-t-elle en passant un doigt sous le menton du chanteur. Je sais que tout le monde adore Paul, mais George, il est extra.

Elle soupire.

– Ses beaux yeux rêveurs me rappellent ceux de Johnny.

– Je trouve pas vraiment que Ringo est le plus mignon, mais j'aime bien que ce soit le batteur. C'est le plus cool des instruments, je trouve.

– Tu joues d'un instrument, toi ?

– Seulement la flûte, en primaire. Et toi ?

– Quand j'étais petite, je prenais des leçons de piano avec une certaine Mme Taylor, qui sentait les choux de Bruxelles, répond Diane en plissant le nez. Selon mes parents, une jeune fille de bonne famille doit jouer du piano. Mais je n'ai pas vraiment l'oreille musicale, même si j'aurais tout donné pour chanter comme Irma Thomas ou Dusty Springfield.

– Pour ma grand-mère, je fais tout ce qu'une jeune fille de bonne famille devrait éviter, dis-je en haussant les épaules.

Les yeux de Diane se posent sur le lit de Cheryl.

– Qui dort ici ?

– Ma sœur. Cheryl. Elle a terminé le lycée l'année dernière et est partie vivre sur la base militaire de Fort Hood avec son mari.

J'ai le sentiment que notre discussion dans la cabine de musique me donne le droit de continuer.

– Elle a été obligée de se marier, dis-je en baissant les yeux.

Diane se tait un moment. Elle regarde le matelas de Cheryl et sa table de chevet vide sur laquelle il ne reste plus que des auréoles de verres d'eau.

– Elle a eu un garçon ou une fille ? demande Diane tout bas, en regardant ses mains.

– Elle a perdu le bébé, mais elle est restée mariée.

Ça me fait tellement de bien de confier ça à Diane.

– Oh, Evie… je suis tellement désolée. C'est terrible.

– C'était vraiment triste. Et elle ne connaissait pas tellement Dennis quand elle l'a épousé. Ils ne sortaient pas ensemble depuis longtemps. Il est sympa, vraiment, mais…

Je ne sais pas comment décrire les lettres et les appels de Cheryl, sa solitude évidente. J'ai envie de lui parler de la colère que j'ai ressentie quand Cheryl a perdu le bébé. Elle avait une raison de quitter Dennis, une raison de revenir à la maison. Mais j'ai eu beau la supplier, elle ne l'a pas fait. C'était comme si elle avait été piégée dans un jeu qu'elle n'avait aucune chance de gagner. Me dire que ce serait bientôt mon tour me terrifiait.

– Ta mère ne s'est pas fâchée contre elle ? demande Diane, son regard curieux et prudent à la fois. Enfin, sans indiscrétion…

– Non, pas de problème.

Je ne parle pas souvent de Cheryl. J'adore Connie, Juanita et Sunny – elles feraient tout pour moi et jamais elles ne me lâcheraient – mais parfois, j'ai l'impression qu'on est trop occupées à faire les quatre cents coups pour s'arrêter un moment et parler sincèrement. Peut-être parce que faire les quatre cents coups, ça nous aide à ne pas trop réfléchir à pourquoi on court comme ça, à ce qui nous fait trop mal. Ou peut-être parce que j'ai peur d'être virée de la bande si je me livre trop. À Connie surtout.

– Ma mère n'était pas enchantée.

Et je repense aux soupirs de déception et aux petits déjeuners baignés de larmes.

– Mais elle n'est pas devenue dingue non plus. En fait, depuis que notre père nous a quittées, ma mère s'est mis en tête qu'on devait absolument se marier avec des gars stables et sérieux, Cheryl et moi. Elle pense que le seul avenir possible pour une fille de ce quartier, c'est de trouver un homme bien qui gagne correctement sa vie. Pour elle, c'est ce que Cheryl a réussi à faire.

Je m'interromps un instant et décide de ne pas me censurer sous prétexte que le père de Diane est riche comme Crésus.

– Ma mère subvient à nos besoins en faisant des ménages à l'hôtel Shamrock. On touche aussi un peu d'argent de la retraite de mon grand-père. Il est mort quand j'étais bébé.

Diane hoche la tête. Que ma mère soit femme de ménage n'a pas l'air de la surprendre ou de la déranger. Elle a l'air de réfléchir à ce que je viens de lui dire, son doigt dessinant les contours des fleurs bleues sur mon couvre-lit délavé.

– Je comprends, lâche-t-elle. Je pense que mes parents m'ont envoyée à Eastside pour que je ne les embarrasse pas devant leurs amis riches du club, et après le lycée, ils m'enverront dans une université loin d'ici. Et ils espèrent que, plus tard, toute cette histoire sera oubliée pour pouvoir me marier avec un jeune homme respectable qui sera sûrement plus intéressé par l'argent de mon père que par moi.

Elle se tait et appuie de toutes ses forces sur une des fleurs.

Je romps le silence.

– Je ne sais pas du tout ce que je deviendrai si j'arrive à finir le lycée.

– Pourquoi « si » ?

– Je suis pas très bonne élève...

Je me sens un peu honteuse. En fait, si, je sais ce qui m'attend. Peut-être un diplôme de fin d'études. Peut-être un boulot dans une usine, ou à l'hôtel avec ma mère. Et si je respecte sa volonté, me marier avec un type que je n'aime pas plus que ça et lui faire des enfants, qui iront au lycée d'Eastside. Et le week-end, assise sur la terrasse avec Connie, Sunny et Juanita, on se répétera les mêmes histoires jusqu'à ce qu'on finisse par oublier ce qui est arrivé à qui et quand. On se souviendra juste vaguement que quelque chose est arrivé.

– Tu peux quand même avoir ton diplôme. J'en suis sûre. Et après, qui sait ?

– Ouais, je vais partir m'installer en Californie comme les starlettes. Je vais faire fortune et je me ferai construire une piscine avec un dauphin en mosaïque, dis-je sur un ton snob.

– Obligée, la piscine, ironise-t-elle.

– Attends, c'est pas ce qu'ont tous les gens riches ?

Le rire de Diane emplit l'espace qui me paraît beaucoup moins vide tout à coup.

Et rapidement, la conversation devient si naturelle qu'elle finit mes phrases et que je commence les siennes. Diane se détend, elle laisse retomber ses épaules, relâche son élocution. Et moi, c'est la première fois depuis le départ de Cheryl que je suis aussi à l'aise pour papoter de tout et de rien, qui plus est dans ma chambre. C'est sympa.

– Ça te fait quoi de traîner avec une fille à papa comme moi ?

– Comment tu sais qu'on vous appelle comme ça ? Filles à papa. Ou merdeuses friquées.

– Je vis sur la planète Terre, réplique-t-elle en souriant. Même si j'ai passé la plus grande partie de ma vie à River Oaks.

La porte d'entrée s'ouvre. Ma mère balance ses chaussures et va parler avec ma grand-mère qui la prévient sûrement de la présence de Diane. Après un léger *toc*, la porte de ma chambre s'ouvre à son tour. Diane bondit sur ses pieds et glisse une mèche de cheveux derrière ses oreilles.

– Bonjour madame Barnes. Je suis Diane Farris.

Incroyable, la vitesse avec laquelle elle retrouve ses manières mondaines.

– Bonjour, répond ma mère sur un ton plus doux qu'à son habitude. Evelyn, ma chérie, tu pourrais ranger un peu quand même quand tu as une invitée.

Elle dévisage Diane, se demandant sûrement comment une gamine pareille peut me fréquenter.

– Ça ne dérange pas Diane, dis-je. Vraiment.

– Je peux l'aider à mettre un peu d'ordre si vous voulez.

Ma mère n'en revient pas.

– Si seulement tu pouvais avoir une bonne influence sur ma fille, lâche-t-elle sur le ton de la plaisanterie. Je vais me débarbouiller avant le dîner.

Après son départ, on échange un regard complice.

– Tu as impressionné ma mère, tu as remarqué ?

– C'est mon but dans la vie, réplique-t-elle, les mains sur les hanches. Et je suis sérieuse, je peux t'aider à mettre de l'ordre ici.

Sûrement pas.

– Peut-être la prochaine fois, dis-je en descendant du lit, un grand sourire aux lèvres.

***

Pour le dîner, on a des côtes de porc et des haricots beurre. Ma mère et ma grand-mère ne sont pas très à l'aise face à Diane qui affiche de nouveau ses manières d'aristocrate. Elle s'invente une vie, leur raconte qu'elle a emménagé dans notre quartier pour aider une « vieille tante malade » et leur explique combien elle est heureuse d'étudier au lycée d'Eastside. Ma mère et ma grand-mère semblent subjuguées par sa capacité à remplir les silences avec des questions et des compliments sur les côtes de porc. Ma grand-mère explique alors comment elle les prépare et en profite pour se désoler que je ne m'intéresse pas davantage à la cuisine.

– Moi aussi, je devrais apprendre à cuisiner, madame Davis, confesse Diane entre deux bouchées, ce qui ravit ma grand-mère.

À la fin du repas, Diane insiste pour débarrasser et laver la vaisselle. Je reste avec elle pour l'aider et, rapidement, je prends le relais, parce qu'à l'évidence, elle n'a pas lavé beaucoup d'assiettes dans sa vie.

Quand on a terminé, ma mère et ma grand-mère allument la télévision dans le salon. Diane comprend qu'il est l'heure pour elle de rentrer.

– Enchantée de vous avoir rencontrées, lance-t-elle en souriant.

– Tu es la bienvenue quand tu veux, Diane, réplique ma mère.

– Merci beaucoup.

Je m'attends presque à ce qu'elle fasse une révérence.

Je l'accompagne sur la terrasse et ferme la porte derrière moi.

– Bon sang, Diane ! Maintenant elles vont me reprocher de pas avoir d'aussi bonnes manières que toi.

Diane pousse un soupir embarrassé.

– Je ne peux pas m'en empêcher. En présence d'adultes, je suis comme un bon toutou bien dressé, surtout à la première rencontre.

Elle claque des doigts avant d'imiter une voix suraiguë. Celle de sa mère, j'imagine.

– Diane, ma chérie, entre s'il te plaît et dis bonjour à monsieur et madame Cullen. Maintenant pavane-toi et ouvre la bouche pour montrer tes belles dents blanches.

J'éclate de rire. Diane est vraiment plus drôle qu'elle n'en a l'air. C'est sans doute une des raisons pour lesquelles Johnny Treadway est tombé amoureux d'elle. Et c'est sûr que ça plairait à Connie et aux autres filles, si seulement elles lui donnaient l'occasion de leur montrer qu'elle en est capable.

– Bon, faut que j'y aille, Evie.

On n'a pas oublié notre conversation dans la cabine de Jive Hive, même si on n'en parle plus. Diane m'enlace simplement.

– Merci d'être mon amie, murmure-t-elle à mon oreille.

– Merci à toi, dis-je, et je reste sur la terrasse à la regarder s'éloigner pendant un moment.

Quand je rentre chez moi, ma mère et ma grand-mère regardent *The Andy Griffith Show*.

– Quelle adorable jeune demoiselle, commente ma grand-mère, décrochant un instant son regard du poste. Invite-la plus souvent.

– Oui, quand tu veux, renchérit ma mère.

Elle prend un air songeur.

– Même si je dois dire qu'elle me rappelle les dames de la haute qui descendent au Shamrock. Elle parle comme une...

Elle cherche ses mots.

– Comme quelqu'un qui a beaucoup d'argent, finit-elle simplement.

Je hausse les épaules. Avec un peu de chance, si je ne réagis pas, elle va lâcher le sujet.

– Tu l'as connue comment, exactement ? demande-t-elle malheureusement, alors que je me suis déjà tournée pour partir dans ma chambre.

Je reste entre le salon et le couloir et évite de croiser son regard.

– Au lycée. On a anglais ensemble.

Ma mère ne dit rien, visiblement perplexe. Elle doit se demander quelle raison a bien pu me pousser à parler à une fille comme Diane Farris. À mon grand soulagement, elle n'insiste pas.

– Je vais dans ma chambre.

– Reviens si tu veux voir *The Joey Bishop Show* avec nous ! m'invite ma grand-mère.

Enfin seule, je me glisse dans mon lit, avec mes pensées pour unique compagnie.

Si Cheryl était ici, je lui raconterais peut-être comment on s'est vraiment rencontrées, Diane et moi. Et si Cheryl était ici, je lui parlerais de Preston Fowler, de ses grosses mains et de ses menaces vicieuses. Je lui expliquerais comment son ignoble visage, bouffi d'arrogance, s'est imprimé dans mon esprit et ne me lâche plus depuis samedi soir.

Je frissonne. J'aimerais tout dire à ma mère, mais comment pourrait-elle comprendre ? Que penserait-elle d'une fille qui se laisse coincer par un garçon derrière des toilettes ?

Ma poitrine se serre et une boule gonfle dans ma gorge au point de me faire mal. Diane a passé une bonne partie de la journée à pleurer, maintenant c'est mon tour. Mais je n'ai aucune épaule sur laquelle me poser. J'enfouis mon visage dans mon oreiller, me retenant de hurler pour ne pas inquiéter ma mère et ma grand-mère. Je laisse les larmes se déverser et tremper mes draps. Quelle importance. Je pleure jusqu'à ce que je sois trop fatiguée pour pleurer et je finis par m'endormir tout habillée.

14

Le mercredi matin, Juanita et moi faisons la route ensemble jusqu'au lycée et je n'arrive pas à me sortir de la tête ce que j'ai appris sur Diane. Bien entendu, je garde tout pour moi. Même si Juanita savait que je lui cachais un secret, elle ne me ferait pas cracher le morceau. La loyauté, c'est fondamental pour nous.

– Ça fait encore la une du *Post* ce matin, annonce Juanita en serrant ses affaires de cours contre sa poitrine. Je n'ai pas lu l'article mais j'ai vu les photos.

– J'aimerais tellement que ce ne soit jamais arrivé, dis-je en réprimant un frisson.

– Je n'aurais pas dû t'en parler.

– C'est pas grave. Les flics vont pas lâcher l'affaire de sitôt. Le père du gars est trop influent dans cette ville.

Je repense à Diane et essaie de faire correspondre l'adorable jeune fille drôle, sensible et blessée que j'ai appris à connaître hier avec la personne capable de poignarder quelqu'un.

– Elle voulait pas le tuer, tu sais. Elle voulait juste l'effrayer pour me protéger. C'était de la légitime défense.

Juanita coince une boucle de cheveux noirs derrière son oreille, révélant son eyeliner parfaitement appliqué. Le même trait noir qui m'a attirée à elle il y a un peu plus d'un an, dans l'espoir de changer de vie. Je me souviens encore du moment où Juanita a terminé de me maquiller sur les marches de sa terrasse. Elle a ouvert son miroir de poche pour que je m'examine. Une fille avec des yeux pareils prend des risques, franchit les limites.

– Évidemment qu'elle voulait pas le tuer, acquiesce Juanita. Mais c'est un drôle de hasard qu'ils soient tous les deux de River Oaks. D'ailleurs, tu sais comment elle a atterri ici ?

Je raconte le bobard de Diane sur sa vieille tante malade. Juanita n'a pas l'air de me croire, mais elle ne dit rien.

– Au moins, si la police découvre la vérité, ce que je n'espère pas, elle aura plus de chances de les convaincre que ce n'était pas intentionnel.

Je hoche la tête. Je refuse l'idée qu'elle puisse se faire arrêter à cause de moi. Simplement parce que j'ai été assez bête pour aller seule aux toilettes.

– Ça va, Evie ? demande Juanita, contrariée par ce qu'elle lit sur mon visage. C'est de la folie depuis samedi. Tu veux qu'on parle ?

Je n'arrive pas à saisir l'occasion qu'elle m'offre.

– Non, ne t'inquiète pas. Ça va.

Et j'espère qu'en le disant tout haut ça deviendra vrai.

Je crois que Juanita s'apprête à insister, mais c'est trop tard, on est déjà trop près du lycée. Connie et Sunny sont sous notre chêne. Comme souvent, Connie fume une Salem et Sunny vérifie son maquillage.

– Hello, nous salue Connie. Ça roule ?

On hausse les épaules en guise de réponse. Je tente d'éviter son regard, maintenant que je suis au courant de la relation entre Diane et Johnny. Est-ce que j'en sais plus que Connie ?

– La routine, répond Juanita en scrutant la pelouse. Diane arrive, regardez.

Connie pousse un soupir d'agacement, mais ne dit rien de méchant. Me retrouver entre mes anciennes amies et ma nouvelle amie provoque chez moi un tiraillement difficilement soutenable. J'ai envie d'être bien avec tout le monde. J'ai envie que Connie et les autres me respectent, veuillent traîner avec moi et me considèrent comme l'une des leurs. Et je veux en même temps que Diane se sente à l'aise parmi nous.

– Bonjour, lance Diane chaleureusement.

Peut-être un peu trop, même. Connie se crispe, mais n'ouvre toujours pas la bouche. Juanita, Sunny et moi, lui répondons.

– J'ai adoré dîner chez toi hier, Evie, déclare Diane, un sourire radieux aux lèvres.

Connie lâche un ricanement et je me demande immédiatement si elles vont être jalouses. Après tout, Juanita est la seule que j'ai invitée chez moi, et même pas pour le dîner. Consciente de sa gaffe, Diane baisse les yeux vers le sol.

Je déglutis péniblement, l'image de Diane en larmes dans la cabine d'écoute envahissant mon esprit. Je nous revois dans ma chambre, à parler de Cheryl, de musique, de tout et de rien.

– C'était hyper sympa, dis-je, sincère.

Je sais qu'il faut du cran pour le dire devant Connie. Mais même si mon cœur bat la chamade, je le dois à Diane.

Personne ne réagit, sauf Connie qui s'allume une autre clope. Diane lève la tête et me sourit.

À cet instant, notre silence embarrassé est brisé par la voix d'un garçon qui crie le nom de Connie à plusieurs mètres de nous. On se retourne. C'est Ray Swanson qui fonce vers nous, avec ses potes Dwight et Butch.

– Ils ont arrêté Johnny ! s'exclame-t-il en s'arrêtant devant nous, haletants. Les flics. Au moins cinq voitures. Je crois que c'est en rapport avec le meurtre ! Le meurtre du gosse de riches. Viens !

Et la suite s'enchaîne si rapidement que je peine à suivre. Sans prendre le temps de réfléchir, on se met tous à courir en ignorant les profs et les autres élèves qui nous disent de ralentir et de faire attention.

Nos semelles claquent sur le trottoir. Personne ne parle. On est tous à bout de souffle, mais on ne s'arrête pas. Ray Swanson jure tout bas.

Paniquée, plus pâle qu'un linge, Diane court à côté de moi.

Arrivés au coin de Diez et Dumble, pas loin de là où habitent Connie et Johnny, on se mêle à la foule, composée en partie de potes à nous, en jeans délavés et blousons noirs. Plusieurs voitures de police nous bloquent le passage.

Menotté, Johnny est penché sur un des véhicules, devant nous. Ses longs cheveux noirs d'ordinaire gominés et peignés en arrière lui tombent sur le visage, mais je perçois toujours le même mépris dans son regard. Ses yeux froids ne fixent rien en particulier. Sa bouche est pincée en une ligne fine. Un des policiers écrit dans un carnet. Deux autres discutent à côté.

– Il doit être complètement idiot s'il a cru pouvoir tuer un Fowler dans cette ville et s'en tirer à bon compte, plaisante l'un d'eux.

Après un moment, Connie explose.

– Bordel ! crie-t-elle en s'élançant vers les flics, le visage écarlate.

Heureusement, Ray l'attrape à temps et lui entoure la taille de ses deux bras. Elle se débat avec tant de hargne qu'un de ses mocassins est propulsé dans les airs.

Je suis tellement concentrée sur la scène que j'en oublie Diane.

– Johnny ! hurle-t-elle.

Sa voix retentit avec une telle puissance que même Connie s'arrête pour la regarder. Quand Johnny lève les yeux vers Diane, quelque chose semble se fissurer en lui.

Il ouvre la bouche mais aucun son ne sort. Il ne répond ni à Diane ni à Connie. Il n'a pas le temps. Déjà les flics le poussent à l'arrière de leur voiture. Malgré son regard triste, il reste fasciné par Diane.

Diane m'agrippe le bras. Ses mains sont froides et fermes. Je sens qu'elle s'effondre et m'entraîne avec elle. Secouée par de violents sanglots, presque en apnée, elle ne fait pratiquement aucun bruit. Juanita et Sunny la dévisagent, interloquées. Les garçons sont trop occupés à insulter les flics pour remarquer quoi que ce soit.

Le plus grand et balaise des officiers s'approche alors de nous et nous ordonne de décamper. Ray, Butch et d'autres gars font les fiers, façon coqs de basse-cour, mais on sait tous que ça ne sert à rien. Les policiers nous toisent et dégagent le passage pour que la voiture démarre. Malgré les protestations qui s'élèvent, tout le monde finit par s'éparpiller. Au milieu du chaos général, je vois Connie foncer sur Diane. Elle lui attrape le bras si fort que ça doit faire mal et la menace tout bas. Je suis assez proche d'elle pour l'entendre.

– Écoute-moi, sale petite bourgeoise, pas question que mon frère termine en prison à cause de ce que t'as fait, tu comprends ?

Malgré son état de désespoir, Diane parvient à réagir. Sa voix est un mélange de douceur et de fermeté, teinté d'une tristesse évidente.

– Oh, Connie, lâche-t-elle, sans se soucier de révéler son secret devant les autres filles. Si tu savais combien je l'aime…

***

Après la déclaration publique de Diane, Connie a hoché froidement la tête et j'ai cru voir sur son visage un voile de soulagement. Toutes les cartes sont enfin sur la table. Juanita et Sunny restent tétanisées.

– Emmène-la où tu sais, m'ordonne alors Connie. Soyez discrètes. J'arrive très bientôt avec les autres.

Je m'exécute aussitôt et entraîne une Diane encore en larmes sur Wesley Street. Je vérifie régulièrement que personne ne nous suit. On croise juste une femme en train d'étendre du linge dans son arrière-cour et quelques chats errants. Personne ne fait attention à nous.

Nos potes ne sont certainement pas retournés au lycée, mais je doute qu'on nous note absents aujourd'hui, après l'arrestation de Johnny Treadway. À l'administration, ils vont juste ronchonner et échanger des regards entendus, l'air de dire qu'on ne mérite pas le temps qu'on nous consacre, nous les délinquants d'Eastside.

Je guide Diane, comme si elle était une petite fille perdue. Et en marchant tout me revient. Les yeux torturés de Johnny, les violentes protestations de Connie, le cri déchirant de Diane. Ses sanglots.

– C'est ici, dis-je quand on arrive enfin.

C'est Connie qui a découvert cette maison vide au bout de Monroe, à côté de Telephone Road, à quelques pas de chez elle. Elle a trouvé ce refuge une nuit où elle s'était échappée des disputes sans fin de ses parents, ou des gifles de sa mère ou des moqueries de son père sur son physique. Et c'est devenu notre cachette. Le fait que je n'aie pas pensé à y amener Diane après le drive-in prouve bien que c'est Connie Treadway et pas moi, la chef de notre bande.

C'est un endroit glauque, autrefois peint en blanc, mais désormais d'un gris déprimant, avec des fenêtres qui pendent sur leurs charnières et une terrasse délabrée à travers laquelle on peut voir des opossums et des ratons laveurs. L'électricité a été coupée, mais étrangement, il y a toujours l'eau courante, ce qui a permis à Connie d'allonger la bouteille de bourbon qu'elle avait apportée, la première fois où nous sommes toutes venues.

– Les garçons sont jamais tombés dessus et je veux pas que ça change, a-t-elle expliqué alors qu'on était assises en rond sur le tapis usé.

Et bien sûr, on a respecté sa volonté, gardant la maison pour nous. On s'y retrouve pour boire et discuter. Même Sunny a réussi à ne rien dire, alors que ça aurait été l'endroit parfait pour Ray et elle.

J'emmène Diane par l'arrière et donne un coup de pied dans la porte pour l'ouvrir. On entre dans la cuisine aux murs recouverts de papier peint jaune et de taches de graisse. Ça sent le renfermé et le moisi. Le nez plissé, Diane tente de se calmer.

– Quelqu'un habite ici ? parvient-elle à demander.

– Non, je pense que la famille qui vivait ici a été expulsée.

On traverse la cuisine pour entrer dans le salon où un bocal de confiture repêché dans un placard de la cuisine par Sunny trône au milieu du tapis, rempli de cendre et de mégots. Diane s'écroule par terre, abattue. Je m'assois à côté d'elle et pose une main sur son dos. Elle ne pleure plus et je ne dis rien. Seuls les jappements des chiens et les grondements des voitures au loin rythment le silence.

Enfin, Diane lève la tête. Ses beaux yeux verts sont noyés de larmes. Elle a des traits si fins et si jolis. Même dans cet état, c'est l'une des plus belles filles que je connaisse. J'imagine le jour où Johnny l'a vue pour la première fois. Si beau lui aussi.

– Connie va forcément me pousser à tout dire, n'est-ce pas ? murmure-t-elle.

Elle s'essuie les yeux avec la manche de son pull.

– Elle va vouloir connaître tous les détails, ajoute-t-elle.

– Je suis là. Ne t'en fais pas. Je ne la laisserai pas t'agresser. Elle sait déjà que vous sortiez ensemble, mais elle voudra tout de même te poser des questions. Et maintenant que...

Je suis incapable de terminer ma phrase et parler tout haut de l'arrestation de Johnny.

On reste un moment assises sans rien dire, quand soudain on entend du bruit provenant de l'arrière de la maison.

– Tout va bien. Il n'y a que nous, lance Connie en apparaissant avec Sunny et Juanita.

Elles sont toutes les trois en nage. Juanita fume une cigarette et Sunny dévisage Diane avec des yeux immenses, trahissant son étonnement.

Connie la regarde aussi, mais sans aucune expression pour l'instant. Je la connais assez pour savoir qu'elle est en pleine réflexion et se réserve pour la suite.

– OK, bon, maintenant on est toutes au courant, dit-elle en nous rejoignant sur le tapis sale et en sortant une cigarette de son paquet. Et pas juste moi.

Sunny et Juanita s'assoient aussi, en tailleur.

– Evie aussi savait, avoue Diane. Je lui ai tout raconté hier.

Sunny pousse un soupir de frustration.

– Bon, on nous explique maintenant ?

Connie allume sa cigarette.

– T'en fais pas, Diane va tout déballer. Avant que mon frère se fasse embarquer pour un crime que *tu* as commis, tu as dit que tu l'aimais, accuse-t-elle en montrant Diane du doigt. Mais tu l'as largué il y a plusieurs mois, sans donner de nouvelles. Tu lui as même pas envoyé une carte postale et tu lui as brisé le cœur, bon Dieu ! Et cet automne, tu te pointes dans notre bahut et c'est à peine si tu poses les yeux sur lui. Pire : tu fais comme si tu le connaissais même pas !

Connie transperce Diane de ses yeux marron furibonds.

– Alors t'inquiète pas, Sunny. Elle va *tout* expliquer. Ici et maintenant.

Après ce laïus, Diane me regarde, avant de se tourner vers Connie. Tête haute, elle inspire profondément.

– Je suis contente que ça se sache enfin, commence-t-elle, sa voix gagnant petit à petit de l'assurance. Parce que la vérité, Connie, c'est que ça m'a dévastée de ne pas pouvoir lui parler. J'accepte de tout vous expliquer, mais seulement si tu me promets que tu es prête à me croire.

Connie affiche un air de tueuse, ne supportant pas que quelqu'un d'autre qu'elle pose des conditions. Diane ne se laisse pas impressionner.

– Tu me crois ou je me tais, insiste-t-elle fermement.

Connie tire longuement sur sa cigarette, faisant monter la tension. Elle fait un petit signe de tête à Juanita, puis à Sunny, qui l'entourent comme si elles étaient ses dames de compagnie version Eastside.

– Je te crois, Diane, dis-je la première pour briser le silence.

J'ai le cœur qui menace d'exploser dans ma poitrine, mais je tiens bon.

Connie me décoche un regard mauvais, avant de revenir sur Diane pour lui faire un signe de tête quasi imperceptible.

– D'accord, crache le morceau.

Pour Sunny et Juanita, Diane explique comment elle a rencontré Johnny à Jive Hive l'année précédente, pendant l'été. Elle apporte aussi des informations qui manquaient à Connie. Quand elle parle du jeu que Johnny lui a proposé de jouer en lui demandant son numéro, Connie sourit, attendrie.

– C'est tout mon frère, ça ! commente-t-elle, visiblement radoucie.

Diane décrit les endroits où ils allaient et le temps qu'ils passaient ensemble. Elle a les larmes aux yeux, la voix qui se brise. Juanita se rapproche, hésitante d'abord, puis finit par poser une main sur son dos pour la réconforter. J'apprécie son geste.

– Connie, lance alors Diane en inspirant pour se ressaisir. Il faut que tu me croies. On était vraiment très amoureux. On s'aimait. Je... je l'aime toujours.

– Alors qu'est-ce qui s'est passé, bordel ? demande Connie en se penchant en avant.

Diane raconte la réaction de ses parents quand ils ont trouvé Johnny dans sa chambre. Ses joues deviennent plus écarlates encore que dans la cabine avec moi. Exceptionnellement, et sans doute parce que le garçon dont il est question est son frère, Connie ne fait aucun commentaire désagréable. Elle écoute juste Diane rapporter les menaces proférées par son père.

– Après que mon père a juré qu'il l'abattrait, on s'est cachés, bien sûr. Mes parents étaient prêts à le tuer. Et moi avec. Ma mère prépare mon entrée dans son club depuis la maternelle. Vous pensez qu'ils auraient été heureux de me présenter au bras de Johnny ?

– Mon frère, c'est un gars bien. C'est pas un délinquant, gronde Connie.

– Je le sais parfaitement ! riposte Diane, le regard plein de colère. Je n'ai jamais considéré ton frère comme un délinquant ! Il était... tout, pour moi. On passait des heures à parler. De musique, de nos familles, de ce qu'on ferait quand on serait assez âgés pour passer outre l'opinion de mes parents.

Diane se lève alors brusquement et part se planter devant une des fenêtres du salon. Une fissure traverse la vitre. Elle la suit lentement du doigt, dos à nous.

– Mais quelques semaines après l'avoir découvert dans ma chambre, mes parents m'ont envoyée à Dallas.

Elle ne nous regarde toujours pas. Sa voix est si basse qu'on l'entend à peine.

– Dans un endroit affreux.

Après un long silence, elle finit par se retourner. Elle ne rougit plus. Son visage n'affiche plus aucune expression. L'atmosphère dans la pièce change à nouveau. Je suis sûre de ne pas être la seule à éprouver un profond malaise.

Sunny fronce les sourcils, perplexe.

– Un endroit affreux ? Comme… ?

– Comme l'internat de Gainesville où j'ai été envoyée ? demande Connie sur un ton calme. Un endroit où…

Elle ne termine pas sa phrase. C'est rare que Connie soit à court de mots.

J'essaie de comprendre ce que Diane nous raconte. Cet endroit. Il est évident que l'évoquer est déjà une épreuve pour elle. Je m'efforce de croiser son regard pour lui apporter mon soutien, mais elle a les yeux perdus dans le vide. Quand je tourne la tête vers Juanita, elle me dévisage, confuse. Je lui réponds en haussant les épaules.

– Un endroit pour les délinquantes, répond enfin Diane. Pour les filles qui enfreignent les lois.

– Ouais, parlons-en des lois ! lâche Connie, enragée. Ces lois qui ne sont jamais les mêmes pour les filles.

Diane pose les yeux sur Connie et j'ai l'impression de voir un éclair de compréhension passer entre elles. Diane hésite, puis revient vers nous et s'assoit, les mains pliées sur ses genoux.

– C'était un endroit horrible. J'étais surveillée en permanence et les femmes qui le dirigeaient lisaient toute ma correspondance. Toutes les lettres que j'écrivais ou que je recevais.

Elle grimace de colère.

– À Gainesville, on m'obligeait à écrire deux lettres par semaine à mes parents, raconte Connie. Comme si ces deux nazes avaient envie d'avoir de mes nouvelles.

– Je crois que mes parents ont été ravis de ne recevoir aucune lettre de moi de tout mon séjour, continue Diane, les yeux toujours aussi vides. Je ne leur ai pas écrit une seule fois. Mais je ne pouvais pas non plus écrire à Johnny. C'est pour ça qu'il n'a pas su où j'étais.

Je me demande à quoi ressemblait ce pensionnat. Il existe peut-être des versions spéciales pour familles riches.

– Il faut que tu me croies, Connie, supplie Diane. Et quand je suis revenue, ça a été le tour de mes parents de me surveiller constamment. Je ne pouvais pas appeler Johnny. J'ai essayé de lui écrire, mais ils m'ont surprise et ont déchiré ma lettre. J'ai imploré ma petite sœur de m'aider. Elle m'a traitée de tous les noms et m'a dit qu'elle avait honte de moi, et…

La voix de Diane se casse.

– Mais c'était quoi cet endroit à Dallas ? Une prison ? demande Sunny.

– Tu crois vraiment qu'elle a envie d'en parler ? intervient Connie. Bon sang, Sunny, je te jure.

– Désolée, s'excuse Sunny en se ratatinant. Mais toi, t'en parles tout le temps de Gainesville, Connie. T'arrêtes pas de raconter à quel point t'étais la plus balaise là-bas.

– Gainesville, c'était l'enfer, réplique Connie sur un ton froid et ferme. On en parle plus.

Sunny fronce les sourcils, ouvre la bouche pour protester, mais se ravise aussitôt. Étonnée, j'échange un regard rapide avec Juanita.

– Je n'ai pas envie de parler de Dallas, répond Diane gentiment à Sunny. C'était l'enfer là-bas aussi.

« Enfer » dans la bouche de Diane me paraît étrange, mais Connie hoche la tête.

– Tu es restée combien de temps ? demande Juanita.

– Je suis revenue à Houston en juillet. Ensuite, j'ai été envoyée ici, chez ma tante, qui est un peu la marginale de la famille.

C'est une ivrogne. Mes parents s'en fichent. Ils ont justifié mon absence à leurs amis avec un mensonge que tout le monde a bien voulu croire. Maintenant, ils se concentrent sur ma petite sœur, Patty. Elle est parfaite pour le rôle : une jolie princesse bonne à marier. Et parfois, je me dis…

Elle ne termine pas sa phrase.

– Quoi ? la presse Juanita.

Diane rougit.

– … que vivre ici est une nouvelle punition que je mérite.

– Tu veux dire : dans cette partie de la ville, explicite Connie. Avec des jeunes comme nous.

– Attention, proteste Diane. Ce n'est pas ce que je pense, moi. Mais oui, c'est ce qu'ils se disent, eux. Et s'ils pensent que c'est une punition ici, c'est qu'ils n'ont aucune idée de ce que j'ai enduré à Dallas.

Elle frissonne et se tait. Je me demande si les autres s'imaginent aussi ce qui a pu lui arriver.

– Mais pourquoi tu n'as pas parlé à Johnny depuis ton retour ? demande Sunny, qui s'est rapprochée de Diane, à présent, et semble sincèrement peinée.

Adorable Sunny.

– On a parlé, mais… ce n'est pas si simple. Connie, il faut que tu me croies. Je l'aime toujours. Et on a essayé de se remettre ensemble quand je suis revenue, mais… samedi soir, au drive-in, on a eu une grosse dispute. Tout est devenu compliqué. On a été séparés si longtemps… C'est… je ne sais pas comment expliquer.

Elle y renonce, comme dans le magasin de disques. Dès qu'elle arrive à cette partie de l'histoire, elle se ferme.

– Et tes anciennes copines de River Oaks ? demande Juanita.

– Elles ne me parlent plus, répond Diane dans un murmure. Je ne suis plus assez bien pour elle, j'imagine.

– Ce sont des débiles, alors, lâche Sunny en nous regardant. On se ferait jamais ça, nous. On se soutient quoi qu'il arrive, n'est-ce pas ?

– Exact, répond immédiatement Connie.

– Mais c'est pas tout, avoue Diane.

– Quoi ? dis-je, crispée.

– C'est... oh, Connie, je suis désolée. J'ai commis une énorme erreur. Je sais pourquoi la police a arrêté Johnny.

– Ils l'ont arrêté parce qu'ils lui reprochent absolument tout ce qui se passe dans notre quartier. C'est aussi simple que ça ! déclare Connie, catégorique.

– Ce n'est pas tout... le couteau que j'ai utilisé, celui que j'ai oublié sur place. C'est Johnny qui me l'avait donné au drive-in, pendant notre dispute. C'est son couteau. Il voulait que je l'aie toujours sur moi pour me protéger. Il a dit qu'il se sentirait plus rassuré si je le gardais. Sur le moment, je me suis dit que c'était n'importe quoi. C'est aussi à ce sujet qu'on s'est disputés.

Un silence abasourdi suit cette révélation. Même Connie ne trouve rien à répliquer.

– Mais il y a plein de jeunes ici qui se baladent avec des couteaux, j'interviens, le cœur battant, craignant que la trêve qui vient de s'instaurer entre Diane et Connie ne se brise. Comment ils auraient pu faire le rapprochement entre ce couteau et Johnny ?

À Eastside, la plupart des gars ont un couteau en poche et même certaines filles. Moi, jamais. Ma grand-mère et ma mère deviendraient dingues si elles trouvaient un canif dans mes affaires. Et de toute façon, je n'en ai jamais senti le besoin avec Connie et les autres. En fait, ça me ferait presque plus peur d'en avoir un en permanence sur moi.

– Mais si, c'est possible, lance Connie, nerveuse.

Agitée, elle se lève et se rapproche de la fenêtre, comme si elle attendait quelqu'un. Au moins, elle n'explose pas contre Diane.

– Ils ne peuvent pas l'accuser avec des preuves aussi maigres, assure Juanita. Ils l'ont juste arrêté pour lui faire peur.

– Il sait que c'est toi ? Je veux dire...

Je ne termine pas ma phrase, parce qu'elle est déjà assez claire. Diane secoue la tête.

– Non. On ne s'est pas reparlé depuis samedi. Enfin, juste quand on a fait comme si on ne se connaissait pas.

– Donc même s'il le voulait, il ne pourrait rien dire, se réjouit Sunny.

– De toute façon, Johnny ne dirait jamais rien ! le défend Connie d'un ton brusque.

– T'as raison, confirme Sunny en baissant la tête.

– Donc, résumons, dis-je. S'ils ne peuvent pas faire le lien entre Johnny et le couteau et s'ils l'accusent toujours pour tout et n'importe quoi, juste pour lui soutirer des infos qu'ils n'obtiendront jamais, alors ça veut dire qu'il suffit qu'on se taise, et Johnny sera bientôt dehors.

Personne ne répond, mais Connie revient vers nous.

– Approchez-vous, ordonne-t-elle, et on se met toutes à genoux.

On est si près les unes des autres que je distingue les racines noires de Connie. J'aperçois aussi un bouton rouge qui apparaît sur son menton et quand elle parle, je vois l'incisive qu'elle s'est cassée en se battant avec une fille – qui, selon elle, l'avait bousculée exprès.

– Écoutez, les seules personnes sur cette planète qui savent ce qui est arrivé samedi sont ici, dans cette pièce. C'est nous cinq et personne d'autre.

Elle s'interrompt pour donner plus de poids à ses mots et nous transperce du regard, chacune, tour à tour. Ses yeux noirs sont plus menaçants que ceux d'un chat de gouttière.

– On la boucle toutes, c'est compris ?

– Compris, répond immédiatement Sunny, toujours pressée de lui témoigner sa loyauté.

– Compris, acquiesce Juanita.

– Compris, dis-je.

On se tourne vers Diane. Celle qui a le plus à perdre. Celle qui a déjà tant perdu.

– Compris, lâche-t-elle, sa voix légèrement chevrotante.

– Parfait, conclut Connie.

On se rassoit sans dire un mot, plongées dans nos pensées. Au loin, j'entends quelques klaxons dans le flot de la circulation sur Telephone Road. Connie finit par sortir de sa poche un paquet de Salem. Avant d'en prendre une pour elle, elle propose à Diane de se servir en premier. Diane accepte et Connie la lui allume. Tout ça en silence.

– Si seulement mes parents avaient imaginé ce qui m'arriverait ici, lâche Diane au bout d'un moment en secouant la tête. Ils pensaient me dresser pour que je devienne meilleure. Mais ça n'a fait que m'empirer. À leurs yeux en tout cas.

– C'est une chose qu'on a en commun, réplique Connie. On s'est fait virer de la maison toutes les deux.

– Le triste sort des filles comme nous, se résigne Diane en haussant les épaules.

– Qu'ils aillent tous au diable ! s'écrie Connie en renversant la tête en arrière et en éclatant de rire. On se fait peut-être virer, oui, mais tu sais quoi ? Les *bad girls* s'accrochent jusqu'au bout et ne baissent jamais les bras.

15

Cigarette après cigarette, on continue à discuter et répéter en boucle que Johnny va bientôt être libéré, presque comme une incantation. Au bout d'un moment, on décide de rentrer chez nous, même si les cours ne sont pas encore terminés. On sort par l'arrière de la maison abandonnée et on se quitte en se donnant rendez-vous le lendemain au chêne devant le lycée. D'ici là, on se promet de rester à l'affût de toutes les informations qu'on pourrait choper sur l'arrestation de Johnny.

– Ça t'angoisse pas de retourner chez ta tante ? dis-je alors que Connie et Sunny sont déjà parties.

– Ça ira, j'ai besoin de réfléchir à tout ça. Au calme, toute seule.

– Compris.

Diane nous salue d'un geste de la main et s'éloigne en fredonnant, ses cheveux roux s'agitant autour de sa tête. En un flash, j'imagine ce que j'aurais pensé d'elle si je ne la connaissais pas. Une princesse. Une fille à papa gâtée pourrie. Mais Diane n'est rien de tout ça.

Je fais la route avec Juanita.

– Je suis encore sous le choc, confesse-t-elle brusquement, après quelques minutes de silence.

– Je sais. Moi aussi. Même si j'avais déjà entendu l'histoire de Diane, la deuxième fois, ça fait tout aussi bizarre.

– J'imagine. Tu sais quoi ? Je l'aime bien, quand même. Elle représente tout ce que je déteste, mais en fait, c'est une sacrée nana.

Je confirme d'un éclat de rire.

– C'est exactement ça. Et je crois que même Connie l'apprécie.

Ça me fait vraiment plaisir. Et je suis fière d'avoir eu le courage de la faire entrer dans notre cercle.

– Je me souviens quand j'ai rencontré Connie pour la première fois, enchaîne Juanita. J'étais nouvelle au collège, je venais de déménager de Clayton Homes. J'avais jamais été dans une école avec autant de Blanches. Et aucune comme Connie, ça c'est certain.

Clayton Homes, ce sont des logements sociaux à quelques kilomètres de chez nous, sur Navigation Boulevard, près de l'église catholique Notre Dame de Guadeloupe, où Juanita et sa famille assistent parfois à la messe. (Pas assez souvent, au goût de ma grand-mère). J'étais en primaire quand les Barajas sont venus vivre à côté de chez nous. Par la fenêtre, je les espionnais, impressionnée par l'assurance et la beauté de Juanita. Avant que je vienne lui parler, elle m'adressait des sourires sympathiques, mais terriblement intimidants.

– Et qu'est-ce qui s'est passé quand tu l'as rencontrée ? Raconte.

– Tu sais, toutes mes profs à l'école Anson Jones étaient des Blanches, ça, j'avais l'habitude. Une d'elles obligeait les enfants à se faire dessus s'ils ne demandaient pas à aller aux toilettes en anglais.

– Oh, mais c'est horrible, Juanita !

– C'est la vie... Quand je suis venue vivre ici, les enseignants, c'étaient toujours des Blancs, hommes et femmes. Mais ça m'a fait drôle d'avoir aussi des camarades blancs. Bref, le jour de la rentrée, il y avait une prof au collège qui tenait absolument à m'appeler Janie. Parce que c'était plus facile à prononcer pour elle. J'arrêtais pas de la reprendre, de lui demander de m'appeler Juanita, parce que c'est comme ça que j'aime qu'on m'appelle.

C'est vrai que dès le premier jour, les Jorge deviennent George et les Lupe, Lucy. Et personne ne dit jamais rien. Ça passe, tranquille. Pourtant, ce n'est pas normal. Jamais aucun prof n'a refusé de m'appeler Evie plutôt qu'Evelyn.

– Donc j'insiste, je ne me laisse pas faire, et cette sorcière s'approche de moi avec sa règle en bois et me prend la main pour la frapper, raconte Juanita avec une grimace.

Je serre les poings en imaginant la douleur.

– Quelle horreur !

– Je te le fais pas dire, confirme Juanita. Et tu sais ce qui s'est passé ?

– Non, quoi ?

– Je lui ai arraché la règle et je l'ai cassée en deux, avant de la balancer par la fenêtre !

Le visage de Juanita s'éclaire enfin.

Ravie, je l'imagine plus jeune.

– J'aurais bien aimé voir ça !

– Mais c'est pas tout. Juste après avoir jeté la règle, j'entends un bruit au fond de la classe. Je me tourne, c'est Connie. C'était avant qu'elle commence à se décolorer les cheveux, au fait. Je vois donc cette tignasse brune, avec ses bras et ses jambes frêles, qui bondit sur son pupitre.

– Elle a fait quoi ?

Tout est possible avec Connie.

– Debout, elle m'applaudissait et me félicitait! lance-t-elle, radieuse.

On rit toutes les deux et Juanita semble un instant se perdre dans ses souvenirs.

– Depuis, elle a toujours été de mon côté. Je sais qu'elle fait peur parfois, mais je suis contente de l'avoir avec moi.

Je suis du même avis, mais je lui pose une question qui me titille depuis qu'on est sorties de la maison abandonnée.

– Tu penses qu'elle est du côté de Diane?

Juanita réfléchit avant de répondre.

– Oui, je crois. Le fait qu'elle ait été envoyée à Dallas, Connie compatit. Mais...

Elle fronce légèrement les sourcils.

– Je sens qu'il y a autre chose. Diane ne nous dit pas tout.

– Je suis d'accord.

On est presque arrivées. Ma grand-mère va forcément se demander pourquoi je rentre si tôt du lycée, et je vais devoir inventer que je me sentais mal. Elle va prendre ma température, comprendre que je mens, et une fois de plus, je l'aurai déçue.

– Je me trompe peut-être, continue Juanita. Mais c'est mon intuition.

Je monte les marches de la terrasse et Juanita traîne sur le trottoir devant la maison. Je pense aux yeux verts de Diane remplis de larmes, ses regards torturés vers Johnny. Et à l'horreur avec laquelle elle nous a parlé de Dallas, comme si c'était un miracle qu'elle en ait réchappé.

– Non, tu as raison, dis-je. Mais je pense pas qu'on puisse la pousser à nous confier son secret. On dirait qu'elle risque de se briser à tout moment.

– Ouais, mais c'est aussi une vraie dure. Et c'est pour ça qu'elle est à sa place parmi nous.

Je hoche la tête, reconnaissante. Je suis tentée de rester dehors avec elle pour lui ouvrir mon cœur et lui dévoiler le brouillard qui a envahi mes pensées depuis la soirée au drive-in. Je sais qu'elle se montrerait plus compréhensive et compatissante que Connie et Sunny. Mais si elle pense que pour être des nôtres, il faut être une vraie dure, je ne peux pas me permettre de pleurer devant elle.

– Je vais rentrer affronter ma grand-mère, dis-je après un moment.

– Pareil.

– *Hasta luego*, Juanita, dis-je avec une prononciation espagnole parfaite.

– C'est mademoiselle Juanita Barajas ! réplique-t-elle en adoptant une posture royale.

Et on éclate toutes les deux de rire avant de rentrer chez nous.

***

Je ne sais pas si ma grand-mère gobe mon bobard, mais elle ne me fait aucune remarque désagréable en me voyant débarquer pendant qu'elle mange un sandwich devant la télé. Elle me laisse simplement filer dans ma chambre. Évidemment, vu que j'ai prétexté un mal de ventre, je ne peux rien manger, alors que je meurs de faim. Blottie dans mon lit, je me demande comment j'ai pu en arriver là. Comment, il y a quatre jours seulement, j'ai pu me laisser attraper par ce monstre.

Les poings serrés, je roule sur le ventre et je frappe mon oreiller de toutes mes forces. Ça fait du bien, alors je continue, jusqu'à ce que je m'écroule sur le visage, à bout de forces. Le cœur battant, les paupières closes, je respire la lessive bon marché avec laquelle ma grand-mère lave nos draps. J'essaie de ne penser à rien.

Je finis par m'endormir et des coups à ma porte me réveillent.

– Evelyn ! m'appelle ma grand-mère en traversant ma chambre, ses traits déformés par l'inquiétude. Cheryl veut te parler ! Elle est au téléphone.

Je m'extirpe péniblement des brumes du sommeil pour reconstituer ce qu'elle vient de dire.

– Il est quelle heure ? dis-je en sortant du lit.

Je n'avais même pas retiré mes chaussures.

– Un peu plus de 4 heures, répond ma grand-mère en me précédant dans la cuisine.

Les appels longue distance sont tellement chers que Cheryl doit avoir une bonne raison pour appeler en plein après-midi de semaine. Le dimanche, déjà, on limite nos conversations à quelques minutes, à peine le temps de se dire bonjour. C'est toujours superficiel, rien à voir avec les échanges qu'on a face à face. J'ai tellement hâte qu'elle revienne à Noël. Enfin, si elle ne va pas chez les parents de Dennis.

Le combiné en main, je repousse ces pensées au fond de mon esprit.

– Cheryl ?

À présent, je suis complètement réveillée. Ma grand-mère m'observe sur le pas de la porte. Je me tourne vers le mur pour créer un semblant d'intimité.

– Oh, Evie, heureusement que tu es à la maison, dit-elle d'une voix qui se casse un peu. Je voulais entendre ta voix.

– Cheryl, tout va bien ?

Je sens la présence de ma grand-mère derrière moi.

Pause. J'imagine ma sœur essayant de se ressaisir dans la cuisine de sa petite maison, sur la base militaire. Bien sûr, j'ignore à quoi ressemble sa cuisine, mais je me représente Cheryl debout en plein centre, le téléphone serré sur son oreille, ses cheveux noirs encadrant son visage, les larmes menaçant de déborder de ses beaux yeux marron. Je prie pour qu'elle aille bien.

Elle renifle avant de murmurer.

– Je ne sais pas, c'est peut-être rien du tout.

J'ai mal au cœur pour ma grande sœur qui me paraît soudain si jeune, sa voix noyée dans les parasites et la distance. Je cherche un moyen de l'encourager à continuer sans alerter ma grand-mère.

– Oui, c'est sûrement rien, mais dis-moi quand même…

J'espère que ça suffira pour la convaincre de se confier.

– C'est juste…

Elle s'arme de courage.

– Dennis et moi, on s'est disputés ce matin. Il veut un bébé. Et… je ne suis pas prête. C'est trop tôt pour moi. Et j'ai l'impression…

Elle s'interrompt de nouveau.

– Oui ?

Je jette un œil par-dessus mon épaule : au comble de l'inquiétude, ma grand-mère triture son tablier vichy.

– J'ai l'impression d'être une mauvaise épouse.

Sa voix me fait me retourner.

– Qu'est-ce que tu racontes ? Bien sûr que non !

J'espère que ma réponse ne laisse rien filtrer.

– Grand-mère écoute, c'est ça ?

– Oui.

Elle réussit à rire et pousse un profond soupir.

– Évidemment.

– Mais crois-moi. Ce que tu ressens… c'est tout à fait normal.

– Mary, ma voisine, dit que je devrais le faire, continue Cheryl. Elle dit que ce sera marrant qu'on ait toutes les deux un enfant. Qu'ils pourront jouer ensemble dans la cour.

– C'est pas une raison suffisante, dis-je en me ratatinant contre le mur et en baissant la voix.

– Merci Evie. Je suis d'accord. Je voulais l'entendre.

– Je suis désolée de pas avoir encore répondu à ta dernière lettre.

Je me sens comme la pire des sœurs et regrette de ne pas pouvoir lui expliquer tout de suite ce qui se passe dans ma vie.

J'aimerais tant qu'elle soit là, à la maison, à un murmure de moi, dans notre chambre. Je donnerais tout pour pouvoir lui confier mes secrets.

– T'inquiète pas, me rassure-t-elle. Écris quand tu pourras, mais je dois raccrocher maintenant. Cet appel va me coûter une fortune. Invente quelque chose pour maman et grand-mère. Je ne veux pas qu'elles se fassent du souci. Trouve une explication.

Oui, mais quoi ? Je le lui promets quand même, et après un échange de « je t'aime », je raccroche. À cet instant, ma mère rentre du travail.

– Cheryl va bien ? demande ma grand-mère quand je me retourne et mon esprit tourne à plein régime pour justifier l'appel.

– Pourquoi elle n'irait pas bien ? interroge ma mère en entrant dans la cuisine.

Elle tire une Salem d'un paquet dans son sac et attrape sur le plan de travail un cendrier rose en plastique. Elle ne fume après le travail que si elle a eu une journée vraiment dure.

– Elle vient d'appeler, répond grand-mère. Je l'ai trouvée bouleversée. Je me fais peut-être des idées… mais téléphoner un jour de semaine, au milieu de l'après-midi. Elle a demandé à parler à Evelyn.

Ma mère pose la cigarette qu'elle allait mettre entre ses lèvres et me dévisage, visiblement nerveuse.

– C'était à quel sujet, Evelyn ? Dis-nous.

– On a parlé une minute seulement, dis-je en m'efforçant d'éviter son regard. Elle… elle s'est disputée avec Dennis… Elle lui reproche de plus être aussi romantique qu'au début.

Ça sonne tellement faux. J'examine les mains de ma mère, sa cigarette pas encore allumée entre ses doigts et une boîte d'allumettes dans l'autre main. Je n'ose pas lever les yeux.

– C'est… bizarre, lâche ma mère. T'es sûre que c'était ça le sujet de la dispute ?

– Oui, dis-je en la regardant enfin.

Ma grand-mère a la tête légèrement penchée.

– Bah, les premières années du mariage ! Pas toujours facile.

Je n'ai pas du tout l'impression qu'elle m'a crue. Elle veut juste briser le silence embarrassé qui nous enveloppe.

– C'est vrai, concède ma mère.

Je les laisse dans la cuisine et file dans la salle de bains. Debout devant le miroir, je tire la chasse d'eau et fais couler le robinet pour éviter d'éveiller les soupçons. Quand on s'installe plus tard autour de la table, j'ai toujours les sanglots de Cheryl dans l'oreille. Ses mots tournent en boucle dans ma tête.

Pourquoi Dennis insiste-t-il tellement pour avoir un bébé ? Pour qu'elle reste avec lui ? Il a de la chance de l'avoir, elle est belle, intelligente, gentille, et la seule raison pour laquelle elle a accepté de l'accompagner au bal, c'est parce qu'il a été le premier à l'inviter. Elle ne voulait pas le vexer en refusant. Il a peut-être peur que sans un bébé pour les lier, elle ne parte. Cheryl m'a juré qu'il était gentil avec elle, mais maintenant j'ai des doutes.

– Evelyn, tu as à peine touché à ton poulet, lance ma mère.

– Elle est rentrée plus tôt du lycée parce qu'elle avait mal au ventre, répond grand-mère à ma place.

Je me rends alors compte que le coup de téléphone de Cheryl m'a coupé l'appétit. Je vais prendre encore quelques bouchées, pour les rassurer.

Après la vaisselle, on regarde les infos dans le salon. Ma mère et ma grand-mère préfèrent la chaîne locale. J'espère qu'on entendra parler de Johnny.

En effet, le présentateur du journal télévisé explique qu'une arrestation vient d'être effectuée dans l'affaire Preston Fowler, dont le visage apparaît soudain à l'écran. J'ai l'impression que ses yeux se posent droit sur moi. Il porte une chemise madras et son expression est aussi hautaine que dans mon souvenir. Brusquement, mon sang sur la robe de Diane se superpose à son portait à l'écran et un sentiment profond d'impuissance m'envahit.

J'en ai pas pour longtemps.

– Stop ! dis-je, me surprenant moi-même.

Et je cours dans les toilettes vomir le peu de poulet que j'avais réussi à avaler.

Ma mère frappe à la porte.

– Evelyn ! Ça va, ma chérie ?

Je m'essuie la bouche d'un revers de la main et tire la chasse d'eau. Malgré mes tremblements, j'arrive à articuler qu'il me faut encore un moment. Je me lave le visage et quitte enfin la pièce. Ma mère pose aussitôt une main sur mon front, son visage rongé d'inquiétude.

– Tu dois être malade. Tu veux que j'appelle le docteur Curtis ?

– C'est rien, juste un virus.

J'ai envie de me jeter à son cou et de pleurer toutes les larmes de mon corps, même si ça fait une éternité que je ne l'ai pas fait. Je déglutis et sens un goût de bile dans ma bouche. Je ne vais pas tenir.

– Tu devrais t'allonger, tu es toute pâle.

Elle ne fait pas le lien entre mon malaise et ce qu'on vient de voir à la télé.

– D'accord, je vais dans ma chambre. Mais... maman, le garçon qu'ils ont arrêté ? Qu'est-ce qui lui est arrivé ?

Ma mère grimace.

– J'ai reconnu son nom. C'est le frère de cette Connie, non ? Celui qui travaille chez Texaco, quand il ne fait pas les quatre cents coups ailleurs.

Je hoche la tête. Ce n'est pas le moment d'entrer dans le débat. Je veux juste savoir ce qui lui est arrivé. Je veux juste entendre qu'ils l'ont arrêté pour lui faire peur et qu'ils l'ont relâché.

– Maman ! crie ma mère vers le salon. Qu'est-ce qu'ils lui ont fait à ce Treadway ? Le garçon qu'ils ont arrêté dans l'affaire du drive-in ? Evelyn voudrait savoir.

– Evelyn va bien ? répond ma grand-mère.

– Et Treadway ? S'il te plaît, grand-mère, il est dans mon lycée.

– Ah, ça, lâche-t-elle d'une voix parfaitement calme, comme si je venais de lui demander la météo pour le lendemain. Il a été inculpé pour meurtre.

16

Miss Odeen corrige tranquillement nos devoirs à son bureau, pendant qu'on est supposés faire des exercices de grammaire. En général, ça ne me dérange pas, parce qu'elle met toujours des petits clins d'œil dans ses phrases, avec des références aux Beatles, aux Supremes et à son chat, Monsieur Moustache.

Mais aujourd'hui, je n'arrive pas à me concentrer. Depuis qu'on a appris que Johnny était poursuivi pour meurtre, on est toutes les cinq bouleversées. Ce matin, ma mère m'a demandé pourquoi je me comportais aussi bizarrement. Elle serait encore plus inquiète si elle apprenait que la veille j'ai séché les cours pour discuter avec Juanita et Sunny au parc. On n'a fait que fumer et parler de Johnny. Juanita et Sunny espèrent que les charges qui pèsent contre lui ne tiendront pas. Elles cherchent à se convaincre que la police manque de preuves. Impossible, selon elles, d'établir que le cran d'arrêt ait pu appartenir à Johnny, tout le monde se balade avec un couteau pareil. Mais on a lu dans le journal que des amis de Preston Fowler ont vu Johnny et Preston se disputer plus tôt dans la soirée à côté des toilettes. Une invention, c'est certain.

Seulement, c'est la parole des fils à papa contre celle des délinquants d'Eastside.

Diane aussi a séché les cours, hier, mais elle n'était pas en état de nous rejoindre au parc. Pareil pour Connie, qui d'ailleurs n'est toujours pas revenue au lycée aujourd'hui.

Diane a réussi à se traîner en cours. Malgré sa jolie robe bleu foncé aux boutons nacrés sur le devant, et sa queue-de-cheval impeccable, elle est dans un sale état. Blanche comme un linge, elle a les yeux rouges et gonflés et le visage complètement inexpressif. J'ai de la peine pour elle. Elle n'a même pas pris son stylo pour remplir la feuille de miss Odeen.

Mais quand je tourne la tête vers elle à la fin de l'heure, je vois qu'elle me regarde. Elle baisse les yeux vers un papier qu'elle glisse dans ma direction avec son pied droit. D'un mouvement que j'espère gracieux, tout en surveillant miss Odeen, je le ramasse.

Je le déplie sur mes genoux. Diane a une écriture élégante digne d'une institutrice.

J'aimerais trouver un moyen d'aider Johnny. Rejoins-moi après les cours à côté du chêne et on rentrera ensemble, OK ? Je voudrais qu'on en discute. S'il te plaît, n'en parle pas aux autres. Bisous. Diane

Je replie le message autant de fois que je peux et le range dans ma poche en adressant un discret hochement de tête à Diane. Elle me gratifie d'un petit sourire et ses yeux s'embrument de nouveau. Elle tourne la tête et ne cherche pas à retenir ses larmes. Je donne une autre chance aux exercices de miss Odeen, mais les propositions adverbiales flottent devant moi comme de la gelée. Je n'y arrive décidément pas. Enfin, la sonnerie retentit et on se prépare à sortir.

– Les filles, je peux vous parler un instant ? nous interpelle miss Odeen alors qu'on passe devant son bureau.

Elle glisse une mèche de ses cheveux derrière son oreille droite. Ses doigts sont tachés d'encre rouge.

– Oui, miss Odeen ? demande Diane, affichant le sourire charmeur qu'elle réserve aux adultes.

Mais je la connais assez maintenant pour savoir qu'elle peut faire largement mieux.

– Vous étiez toutes les deux absentes hier, commence-t-elle, la tête légèrement penchée, les sourcils un peu froncés.

Elle semble plus préoccupée que fâchée. Aucune de nous deux ne prend la parole et je sens que Diane se crispe. Elle n'a pas l'habitude d'être prise en faute par un prof. Moi, si. Parfois, il suffit de la jouer profil bas et d'attendre que ça passe. Mais je me sens mal de le faire à miss Odeen.

– Vous avez séché les cours ensemble ? interroge-t-elle en baissant la voix, complice.

J'aime beaucoup miss Odeen, mais je ne suis pas dupe. Je connais la ruse : faire croire au jeune qu'on est de son côté pour l'inciter à parler.

– Non, madame, on n'était pas ensemble.

La pure vérité. Je lui adresse un petit sourire.

– Je suis désolée, miss Odeen, lance Diane sur un ton parfaitement clair. Cela ne se reproduira plus. Pour toutes les deux, n'est-ce pas, Evie ?

– Non.

Et cette fois, c'est un mensonge. Il est plus que probable que je sèche encore régulièrement, et même les cours d'anglais. Mais au moins, Diane va nous tirer d'affaire pour cette fois.

– Les filles, écoutez, dit miss Odeen, appuyée sur son bureau, les chevilles croisées. Je sais que vous me voyez comme une vieille peau, mais si quelque chose ne va pas... si je peux vous aider...

Elle s'interrompt et je me demande si elle tente de se remémorer ce qu'on lui a appris à l'école des profs, au sujet des rebelles comme moi et comment les gérer.

– Écoutez, recommence-t-elle. Je ne suis pas si vieille que ça. Je suis une adulte, certes, mais il n'y a pas si longtemps, j'avais votre âge, et... Bref, je veux que vous sachiez que si vous avez besoin de parler... je suis là.

Elle sourit, son maquillage toujours aussi parfait. En une fraction de seconde, je vois la lycéenne qu'elle a dû être.

– Merci madame, réplique aussitôt Diane, et je l'imite sans attendre.

– Très bien, vous êtes excusées, conclut-elle.

Quand on se retrouve dans le couloir, Diane prend une profonde inspiration.

– Je n'aime pas mentir à miss Odeen, se désole-t-elle. Mais j'étais incapable d'aller en cours, hier. Ni nulle part ailleurs. Avec tout ce qui se passe...

– Je sais. Ça m'étonne même que tu sois venue aujourd'hui.

– C'est trop dur de rester seule avec mes pensées toute la journée. Et je voulais te parler.

Je glisse une main dans la poche où j'ai rangé la note de Diane.

– Je veux t'aider. Tu as une idée en tête ?

Je vois les épaules de Diane s'affaisser.

– Non. Mais on ne peut pas ne rien faire.

On traverse la foule jusqu'à l'endroit où on doit se séparer pour le cours suivant.

– Promets-moi que tu m'aideras, supplie Diane. S'il te plaît.

– Mais évidemment ! Tu me crois, n'est-ce pas ?

Diane sourit et pose une seconde la tête sur mon épaule.

– Je te crois. Bien sûr que je te crois.

***

Après les cours, Diane n'est pas au point de rendez-vous, près du grand chêne. En revanche, Sunny et Ray Swanson m'y attendent en fumant.

– Salut, lance Sunny. Ça va ?

Ray m'ignore.

– Ça va. Tu as des nouvelles de Connie ?

– C'est pour ça qu'on est là, répond Sunny. Faut pas qu'on la laisse seule, OK ? Aujourd'hui, mon beau-père n'est pas là et ma mère est au travail, donc Ray a proposé qu'on aille tous chez moi. Avec Connie. Histoire de passer un peu de temps avec elle, tu vois ?

– J'ai pris du whisky et Sunny peut fouiller dans la réserve de son beau-père, confirme Ray sans me regarder. Butch et Dwight vont aussi rapporter des trucs.

Je n'arrive pas à savoir s'il est vraiment embêté que son ami soit derrière les barreaux ou si, pour lui, c'est juste l'occasion de se prendre une cuite.

– Euh...

Quand je vois Diane arriver, je me tais.

– C'est quoi le problème avec cette fille, tout d'un coup ? demande Ray, agacé. C'est votre mascotte maintenant ? Elle est même pas de chez nous.

– Salut Evie, lance-t-elle. Salut Sunny... Ray.

Ray lâche un grognement.

– Diane, ça te dit de venir avec nous ? propose Sunny en lui prenant la main. Pas forcément longtemps. Juanita nous rejoint plus tard, et il y aura Connie, et quelques garçons. On est tous malades pour Johnny, mais c'est vendredi. On reste ensemble et on essaie d'oublier tout le reste pendant quelques heures.

Elle prend un air entendu, avant d'ajouter tout bas :

– On a de l'alcool.

– J'allais... commence Diane en me regardant.

Je ne sais pas quoi faire. Elle voulait passer du temps seule avec moi. Est-ce qu'elle veut que je trouve une excuse pour décliner l'invitation ? Même si devant les filles, j'ai toujours fait mine de me fiche des couvre-feux et des règles, je pourrais prétexter que ma grand-mère m'attend.

– Diane et moi, on...

Alors que je cherche laborieusement quoi dire, Diane me surprend.

– D'accord, accepte-t-elle.

Je la dévisage, intriguée.

– J'ai peut-être envie d'oublier un peu, me confie-t-elle alors qu'on suit le couple vers la maison de Sunny sur Leeland.

– OK, mais ton plan ? Celui dont tu parlais tout à l'heure ? dis-je dans un murmure.

– Plus tard, lance-t-elle en me serrant la main. Échappons-nous, pour l'instant.

***

Ça fait du bien de sentir la chaleur de l'alcool se répandre dans ma bouche et dans ma poitrine. Ça arrondit les angles.

– Doucement, petite sœur, m'arrête Connie en me retirant le bourbon des mains.

Après avoir avalé une rasade, elle pose la bouteille. Elle lâche un de ses gros rires caractéristiques, mais il est forcé. Elle a de petits yeux, le visage fatigué. Il y a quelques semaines, j'aurais été aux nues de l'entendre m'appeler petite sœur. Aujourd'hui, je suis trop vaseuse et trop triste pour m'en réjouir.

Je tente de remonter à la surface. J'arrive à tituber jusqu'au salon de Sunny. La radio vocifère bien trop fort, ou alors, c'est moi qui ai trop bu. La chanson qui passe, la voix profonde du chanteur, c'est tellement triste et désespéré. On dirait qu'il sait exactement ce que je ressens.

Mes amies sont toutes là, et le reste de la bande aussi – beaucoup de potes de Johnny et quelques-unes de leurs petites amies aussi. Des rebelles comme nous, mais dont on est moins proches. Il y a déjà eu deux bagarres dans la cour, une scène de ménage dans la salle de bains, et plusieurs bouteilles cassées sur la clôture. Dans un autre quartier, un voisin aurait sûrement appelé les flics. Pas ici.

Au lycée, toute la journée, il n'a été question que de Johnny. Même les profs dans les couloirs parlaient de lui. Ça n'a pas loupé, ma mère aussi. Ce matin, ses questions ont fusé dans tous les sens.

– Evelyn, ma chérie, comment te sens-tu ? Est-ce que tout va bien ? Je me fais du souci pour toi, a-t-elle commencé, hésitante, debout au pied de mon lit, alors que je fixais le plafond. Tu n'es pas dans ton assiette, je le vois bien. C'est à cause de cette arrestation ? Le frère de Connie Treadway et le garçon de River Oaks ?

Le garçon de River Oaks. Rien qu'à la mention de Preston Fowler, j'ai tout de suite eu envie de pleurer. Je me suis tournée vers le mur en position fœtale. Les larmes menaçaient de couler et j'avais mal à la gorge à force de les retenir. Je voulais dire quelque chose, mais les mots ne sortaient pas. Et surtout, je ne voulais pas pleurer devant ma mère. Depuis le coup de fil de Cheryl, elle était suffisamment inquiète.

– Evelyn ? a répété ma mère, une main sur ma jambe. Evelyn, tu ne veux pas me parler ?

Qu'est-ce qu'elle dirait de moi si elle savait dans quel pétrin je me suis fourrée ? Au lieu de lui répondre, j'ai enfoncé mon visage dans mon oreiller jusqu'à ce qu'elle sorte de ma chambre et referme délicatement la porte derrière elle. Ses pas m'ont paru plus lourds que jamais.

Ma mère ne sait plus quoi faire de moi et le frère de Connie va payer pour un crime qu'il n'a pas commis. Tout ça parce que j'ai décidé de ne pas me faire accompagner aux toilettes et que je n'ai pas pu m'en sortir seule. Connie aurait su repousser Preston. Sunny et Juanita aussi. Même Diane a réussi.

Je sais que mon raisonnement est absurde, mais je ne peux pas m'en empêcher.

Rien d'étonnant donc à ce que je sois à moitié ivre en plein vendredi après-midi. Dehors, sur les marches de la terrasse, je retrouve Sunny et Juanita qui discutent en fumant.

– Evie, assieds-toi, propose Juanita en tapotant l'espace vide à côté d'elle.

Je m'exécute, mais en me baissant, je manque de basculer en avant.

– Attention, Evie ! crie Juanita en me rattrapant.

– Tout va bien.

Je cache mon visage dans mes mains.

– T'as assez bu, toi, déclare Juanita en m'enlaçant.

– T'es pas ma mère !

Je suis surprise par la hargne dans ma voix, mais Juanita le prend bien.

– Encore heureux ! Par contre, c'est clair que tu dois arrêter.

Sunny me regarde en souriant.

– Eh, tu peux pas en vouloir à Juanita de veiller sur toi. Après tout, c'est grâce à elle que tu traînes avec nous.

Je lève les yeux au ciel. J'ai toujours l'impression d'être une gosse quand les filles reviennent là-dessus. Elles adorent me rappeler que Juanita m'a adoptée comme si j'étais un chien errant du quartier.

– Fais pas cette tête ! me gronde Juanita en s'esclaffant.

Elle allume une cigarette.

– Tout a commencé avec tes yeux, tu t'en souviens ? Tu voulais avoir le même maquillage que moi. Je me rappelle encore ta voix toute tremblotante. J'ai tout de suite su que je pourrais faire de toi ce que je veux !

Je bats des cils. Mes copines sont hilares. J'attends qu'elles se calment un peu et pose ma joue sur l'épaule de Juanita. Elle sent l'extrait de vanille qu'elle se met parfois derrière les oreilles en guise de parfum. Juanita a raison, ma voix tremblait vraiment ce fameux jour. Le cœur lourd du départ de Cheryl, j'avais pénétré dans son jardin comme dans un monde nouveau.

Assise sur sa terrasse, la langue entre les dents, au comble de l'application, elle m'avait réhaussé les yeux d'un trait noir. J'avais le sentiment qu'on me laissait entrer dans une société secrète, qu'on m'initiait à une nouvelle façon d'être, où je n'aurais pas à me marier et à déménager sur une base militaire avec un garçon que je connaîtrais à peine.

– En tout cas, j'avais raison, lance Juanita. T'as aimé, mais pas ta grand-mère !

– Elle a vu ce maquillage comme mon aller simple pour l'enfer.

Quand on arrête de rire, Sunny soupire et pose sa tête dans sa main.

– Je m'en veux de m'amuser, déclare-t-elle. Avec tout ce qui se passe...

Juanita et moi confirmons d'un hochement de tête. Je ne suis pas à l'aise non plus.

– S'ils permettaient au moins les visites ! continue Sunny. Je vois pas comment ça peut être légal, ça. Connie n'a même pas eu l'autorisation de lui parler, hier.

– Les flics ont tous les droits, réplique Juanita. Et le père Fowler, il tire les ficelles, c'est évident.

– Tu sais que les parents de Johnny n'ont même pas essayé d'aller en ville pour le voir ? ajoute Sunny, en baissant la voix alors qu'il n'y a que nous trois dehors. Leur propre fils.

– Ça m'étonne pas, dis-je en me rappelant les bleus que j'ai parfois vus sur Johnny et Connie.

– Ouais, mais c'est triste, compatit Sunny.

Le soir commence à tomber – j'entends d'ici les reproches de ma grand-mère – et la fraîcheur d'octobre dissipe la brume dans mon esprit.

– Ce que je ne comprends pas, c'est comment ils peuvent avoir assez de preuves pour l'inculper.

– Tu lis les mêmes journaux que nous, me répond Sunny. Déjà, il y a le couteau. c'est le même que celui qu'il avait les autres fois où il s'est fait arrêter. Et les fils à papa ont menti aux flics en parlant d'une bagarre où Johnny aurait menacé Fowler.

– Mais comment ils font pour savoir que c'est le même couteau ? On est combien à en avoir un comme ça, sérieusement ?

Juanita hausse les épaules.

– Comme je t'ai dit, le père de ce gars a le bras long.

– Je sais. Je me sens tellement mal. Tellement coupable.

– Arrête ça, franchement, me gronde Juanita, en m'entourant les épaules de son bras.

Je lève les yeux vers elle et lui adresse un grand sourire reconnaissant.

À cet instant, la porte d'entrée s'ouvre derrière nous. C'est Diane, les joues en feu. Aurait-elle trop bu, elle aussi ?

– Evie, je peux te parler en privé une minute ?

À sa façon d'articuler, je n'ai plus de doute sur son état.

– Bien sûr.

Je me lève.

J'aimerais trouver un moyen d'aider Johnny. L'image de Diane en train de faire évader Johnny de prison pendant que je conduis une voiture surgit dans mon esprit. Ridicule !

Juanita et Sunny nous regardent nous éloigner vers le côté de la maison. Nos chaussures crissent sur le sol froid et mouillé.

Des éclats de voix, des rires et le fracas de bouteilles brisées nous parviennent depuis l'arrière-cour.

– Ça va ?

Diane a le visage cerclé par les ombres inquiétantes du soleil couchant, ce qui lui donne une mine plus triste et perdue qu'en plein jour. Malgré ça, elle est toujours aussi jolie. Pas étonnant qu'un gars comme Johnny Treadway l'ait remarquée.

– Evie, je ne peux pas continuer comme ça, répond-elle.

Les paupières closes, elle pousse un soupir vacillant.

– Je ne supporte pas d'être ici, libre, pendant que Johnny est en prison pour quelque chose que j'ai fait, moi. C'est insupportable !

Elle serre les poings, les presse contre sa bouche et ferme les yeux encore plus fort.

– Je sais, Diane.

Je pose une main sur son épaule.

– Il faut espérer qu'il sera vite libéré, faute de preuves. Ils n'ont rien de concret contre lui.

Je me trouve pitoyable d'impuissance.

– Ça n'arrivera pas. Je n'en peux plus d'attendre sans rien faire, réplique-t-elle comme si elle lisait dans mon esprit. Je ne veux plus parler de ça ici. Tu me raccompagnes chez moi ?

– D'accord.

J'encercle mon corps de mes deux bras pour me réchauffer et chasser mon angoisse.

– Je dois rentrer aussi, de toute façon, avant que ma mère et ma grand-mère pètent une durite.

– Allons-y, lance-t-elle, impatiente.

Son haleine pue l'alcool. Nerveusement, elle essuie avec ses doigts les larmes qui coulent sur ses joues.

– Je veux plus parler à personne. Rentre avec moi, s'il te plaît.

– Oui oui, d'accord, dis-je pour la rassurer.

On passe par l'arrière de la maison et, sans prévenir Juanita et Sunny, on se dépêche de partir. Elles risquent de s'inquiéter pour nous, mais Diane est dans un tel désarroi que je ne veux pas la faire attendre. Sur le chemin, elle trébuche à plusieurs reprises et je dois la soutenir pour qu'elle ne tombe pas.

La tante de Diane habite loin de chez Sunny. Quand on arrive, Diane est en larmes. Sans un mot, elle me conduit jusqu'à la porte de la cuisine et me fait signe d'attendre dehors. Elle entre et ressort après un instant.

– Elle n'est pas là, annonce-t-elle en reniflant. Comme d'habitude. Je crois qu'elle s'est trouvé un nouveau copain. Elle dort chez lui. Tu veux bien rester un peu avec moi ?

Je la suis dans la cuisine qu'elle a réussi à ranger un peu en l'absence de sa tante. On se réfugie dans son oasis, qui me paraît encore plus triste que la dernière fois. Les murs vierges, les produits de beauté et les parfums bien alignés semblent résister désespérément au chaos qui les entoure. Ça me déprime. On s'assoit sur son lit, moi au pied, Diane vers l'oreiller.

– Evie, lâche-t-elle brusquement, et la digue de ses pleurs cède de nouveau. Oh, Evie…

Elle s'écroule et sanglote sur sa couette. Pour se réconforter, elle attrape son ours en peluche qu'elle serre contre son cœur. J'ai envie de m'approcher pour la consoler en lui caressant le dos, mais je ne suis pas sûre qu'elle apprécierait.

– Diane, parle-moi…

Ses larmes cachent une détresse nouvelle et infinie. Mon cœur s'emballe.

– Evie, tu sais quoi ? parvient-elle à articuler en se redressant sur un coude pour me regarder dans les yeux. Je pense que tu le sais, mais j'ai besoin de le dire. Je ne regrette pas mon histoire avec Johnny. Malgré tout ce qui est arrivé. Je l'aimais. Je *l'aime toujours*.

Elle ne me laisse pas le temps de répondre.

– Quand on était ensemble, on discutait de tout. Il finissait mes phrases et moi, les siennes. On parlait musique et il me prenait au sérieux, tu comprends ? C'est peut-être débile, mais c'était important pour moi.

Elle esquisse un petit sourire.

– Et on se faisait rire. Tout le temps. Je ne faisais pas simplement office de public à ses blagues. Il me trouvait marrante aussi. Mais Evie, si tu savais comme il est drôle !

Je ne comprends pas vraiment où elle veut en venir. Elle se rassoit et s'essuie le nez d'un revers de la main. Elle inspire profondément.

– Et Johnny... il me donnait du plaisir, ajoute-t-elle, sans honte, son regard plus intense que jamais. Il me l'avait promis et il a tenu parole.

– Je comprends. Et je suis contente que tu aies connu ça, dis-je, surprise par mes propres mots.

Elle hoche la tête, reconnaissante.

– Mais Evie... je n'ai jamais pensé que je pourrais...

Elle s'interrompt et mon esprit tente de compléter sa phrase, désespéré d'entendre la suite.

– Quoi ?

– Je n'ai jamais pensé que je pourrais... attendre un bébé.

Un bébé. Oh mon Dieu !

J'ai la chair de poule. Sans pouvoir me retenir, je laisse échapper un petit son d'effroi.

– Diane, tu es... tu as eu ?...

Je n'arrive pas à le dire. Je me rappelle les larmes de Cheryl quand elle m'a parlé de Dennis et du bal. Ça arrive si souvent à Eastside, et partout dans le pays, j'imagine. Tous les jours, des filles arrêtent les cours et tout le monde fait semblant de ne pas comprendre pourquoi elles doivent longer les couloirs de leur propre lycée, comme des criminelles. On n'en parle pas, mais on sait tous.

Elles sont envoyées chez une tante malade qui a besoin d'assistance.

Ou alors chez des amis de la famille pour aider la maman.

Elles disparaissent comme par magie.

Ou, dans le cas de Diane, on les enferme dans un institut mystérieux à Dallas.

Je revois les pestes de la buvette qui se moquaient de Diane en se demandant comment elle osait refaire son apparition en public. Et je sens mon cœur se briser de nouveau.

Elle n'est pas juste tombée amoureuse d'un mauvais garçon.

– Quand l'as-tu découvert ?

– Juste avant Noël, répond-elle.

Elle marque une pause. Pour voir ma réaction peut-être.

– Je vomissais tout le temps. Ma mère m'a emmenée chez le médecin et ça s'est confirmé.

Elle m'observe avec attention. Elle craint sans doute que je me comporte comme les filles du drive-in. Que je lui dise qu'elle a mal agi, qu'elle est sale.

– Tu as dû avoir tellement peur, dis-je enfin, surmontant un peu ma sidération.

– Oh, Evie, j'étais terrorisée…

Elle pousse un soupir. Peut-être de soulagement. Parce que je ne la juge pas.

– Et tu n'as rien dit à Johnny ?

Diane renifle, fait non de la tête.

– Je ne pouvais pas échapper à la surveillance de mes parents pour le voir. Ma sœur a refusé de m'aider. Et peut-être que je n'avais pas envie de le lui dire. Il aurait voulu qu'on se marie. J'en avais la certitude. Mais je n'étais pas prête, même si je l'aimais. Je *l'aime*. Je me sentais… prise au piège.

J'ai l'impression d'entendre la voix de Cheryl à l'autre bout du fil. Je repense à l'angoisse et à la solitude qui transparaissent dans ses lettres.

– Si tu t'en sens capable, tu veux bien me parler de Dallas ?

Diane me rassure aussitôt et me raconte tout de sa voix douce et lente de jeune fille qui a trop bu et vécu un trop gros chagrin.

Elle me donne tous les détails qui manquaient à son histoire. Les journées à Dallas étaient longues et affreuses. Arrachée à sa petite vie confortable, elle passait son temps à apprendre la sténo pour devenir secrétaire et à jouer aux cartes. Nuit après nuit, elle était entourée par des filles au ventre arrondi qui échangeaient leurs histoires dramatiques comme des prisonniers échangent des cigarettes et des timbres. Des infirmières aigries et sévères leur répétaient à longueur de journée qu'elles étaient souillées, que c'était leur punition, qu'à leur âge, on n'était pas mère.

– On nous obligeait à suivre des cours de secrétariat ennuyeux à pleurer, parce que des filles comme nous ne trouvent pas de mari, et qu'il faudrait bien qu'on subvienne à nos besoins.

Son ours en peluche toujours contre elle, elle grimace, dégoûtée par les souvenirs qui lui traversent l'esprit.

Son histoire se conclut par un bébé, bien sûr. Un bébé qui n'est pas là. Je ne sais pas si elle veut continuer à m'en parler. On reste assises en silence. Enfin, elle tourne la tête vers la fenêtre à côté du lit. Il fait nuit. J'imagine ma mère et ma grand-mère, furieuses à la maison, mais je ne peux pas quitter Diane. Pas maintenant.

– Quand les contractions ont commencé, on m'a envoyée à l'hôpital en taxi. J'étais dans une pièce sombre, et de temps en temps, une infirmière venait me voir. Elle mâchait un chewing-gum. Je m'en souviens comme si c'était hier. Moi, j'allais avoir un bébé et elle, elle mâchait du chewing-gum le plus tranquillement du monde.

– Oh, Diane, tu devais te sentir tellement seule !

Je me retiens de pleurer. Rien que l'imaginer ainsi... Quel enfer ça a dû être ! Un enfer que Diane a traversé sans aucun soutien, et dont elle est ressortie.

– À la fin, un médecin est entré et j'ai eu mon bébé. Un être adorable avec dix doigts et dix orteils. Un mélange miniature de Johnny et de moi. Pendant un instant, j'ai pu tenir ce petit ange. Un instant seulement. Ses yeux ont croisé les miens et je me suis dit qu'ils n'avaient encore jamais vu ni les étoiles ni l'océan, mais qu'ils avaient vu mon visage.

Des larmes coulent sur mes joues et je m'attends à ce que Diane pleure aussi, mais non. Elle n'est plus du tout ivre à présent. Elle se concentre sur son témoignage, comme si elle avait absolument besoin d'être entendue. Je l'écoute, à peine capable de respirer.

– Pratiquement tout de suite après, une dame de l'adoption est arrivée dans son tailleur gris. Elle a pris mon bébé et l'a emmené. C'est tout. C'était terminé.

Elle prononce ces derniers mots dans un murmure. Elle a toujours le visage tourné vers la fenêtre, le regard vide.

Je ne sais pas quoi dire. On se tait pendant ce qui me paraît une éternité. Et enfin Diane brise le silence.

– Merci, Evie. Ça m'a fait du bien d'en parler à quelqu'un.

Je prends sa main humide et pleine de morve.

– Je suis contente que tu l'aies fait.

Je cherche mes mots pour lui exprimer ce que je viens de comprendre.

– Tu es tellement courageuse.

Si je ne la connaissais pas comme je la connais maintenant, jamais je ne l'aurais crue si forte. Le courage peut prendre tellement de formes différentes. Grâce à elle, j'en suis consciente maintenant.

Elle serre ma main.

– Je ne me sens pas courageuse, mais d'accord.

Elle me gratifie d'un tout petit sourire.

– Johnny n'est au courant de rien. Comme tu le sais, mon arrivée à Eastside a été compliquée. Il était très blessé. Il s'est imaginé que j'avais juste disparu comme ça, sans raison. Je crois que je ne me sentais pas capable de lui parler du bébé. Ça me faisait déjà trop mal rien que d'y penser. Et... une partie de moi était... j'étais...

– En colère, dis-je pour l'aider à finir sa phrase.

Je repense à Cheryl quand elle s'est vue contrainte d'épouser Dennis. Elle était à la fois résignée et furieuse.

– Oui, acquiesce Diane, en libérant ma main pour serrer le poing. Oui, j'étais en colère contre lui. Je sais que mon départ l'a rendu malheureux, et que c'est pour ça que Connie m'en voulait au début, mais lui on ne l'a pas jeté dans cet endroit affreux. Il n'a pas eu à porter un bébé pendant neuf mois, un bébé qu'on m'a arraché sans que je puisse rien faire. Et ce n'est pas lui qui se fait traiter de traînée par ses propres parents.

Ses traits sont déformés par la rage.

– Oui, c'est différent pour les garçons, dis-je.

Et je n'ose imaginer ce qui serait arrivé à Cheryl si Dennis n'avait pas proposé de l'épouser. Il aurait pu ne pas assumer et partir à l'armée sans un regard en arrière. C'est Cheryl qui se serait retrouvée coincée. Comme Diane.

– Complètement, confirme Diane. Une fille ne tombe pas enceinte toute seule. Bien sûr, ce n'est pas la faute de Johnny. Et ce n'est pas la mienne. Mais c'est moi seule qui en ai payé les conséquences.

– Je sais. Je suis désolée, Diane.

– Et toi, Evie, tu... tu ne penses pas que je suis... une traînée ?

– Mais pas du tout, Diane ! Jamais de la vie ! Tu étais amoureuse.

Diane m'attire contre elle pour me serrer dans ses bras. Je n'en reviens pas. Un des mots que nous a appris miss Odeen me revient en mémoire. *Surréaliste*. C'est surréaliste de penser que la soirée au drive-in remonte à une semaine à peine. J'ai l'impression que ça fait un an.

Maintenant je suis heureuse que Diane Farris soit mon amie.

Elle recule et m'implore du regard.

– S'il te plaît, n'en parle pas aux autres. À personne, d'accord ? C'est à moi de leur dire. Surtout à Johnny.

– Promis. Mais Johnny, tu veux toujours l'aider, n'est-ce pas ?

– Oui, Evie, bien sûr. Je suis toujours amoureuse de lui. Je veux toujours... peut-être qu'un jour on pourra de nouveau être ensemble. Peut-être. Pourquoi fallait-il qu'il soit inculpé ? Il risque de passer le reste de sa vie en prison. Pour un crime que j'ai commis, moi !

– Alors qu'est-ce qu'on peut faire ? Je ne vois aucune solution.

Si seulement... ce soir-là...

– En te parlant, à l'instant, je viens d'avoir une idée. Il faut encore que j'y réfléchisse. Et que j'écrive quelque chose.

Elle bâille. Je consulte son réveil sur son chevet. Presque 21 heures. On va me passer un savon à la maison.

– On peut se retrouver demain au parc ? demande-t-elle. Vers 10 heures ? Je pense que j'y verrai plus clair. J'ai trop bu, ce soir.

Elle s'écroule sur le lit, les yeux fermés. Je me lève doucement.

– Tu veux un verre d'eau ?

– Non, merci, répond-elle. Je suis… épuisée. J'ai besoin de dormir. Mais demain, on se voit à 10 heures, d'accord ? Au parc. S'il te plaît.

– À demain, Diane.

Je m'éloigne vers la porte.

– Evie ?

– Oui ?

– Merci. D'être mon amie.

– Merci à toi, dis-je du fond du cœur.

17

Quand j'arrive chez moi, j'ai le cœur qui bat la chamade. Ma mère fume une Salem en arpentant nerveusement le salon. Ce n'est pas bon signe.

– Evelyn ! s'écrie-t-elle en me voyant. Où étais-tu ? On t'a pas revue depuis ton départ au lycée, ce matin !

– Elle est rentrée ? demande ma grand-mère depuis le couloir.

Et je la vois arriver dans sa robe de chambre bleue et un foulard sur ses bigoudis.

– Je suis désolée. Après les cours, on est allés chez Sunny…

– Ta copine Juanita est rentrée depuis une heure ! crie ma mère en faisant un grand geste dans la direction des Barajas. Je suis allée les voir pour qu'elle me dise où tu étais. Elle a dit qu'elle ne savait pas.

– C'est vrai ! Elle ne savait pas. Elle ne m'a pas vue partir.

Quelle idiote j'ai été !

– Mais t'étais où ? m'interroge ma grand-mère, les sourcils froncés.

– Maman, laisse-moi poser les questions, s'il te plaît !

– Elle court droit à sa perte, se lamente ma grand-mère, les mains sur les hanches. Elle va très mal finir si tu ne resserres pas la vis, Marjorie !

– Maman, je t'ai demandé d'arrêter !

Je profite de leur dispute pour m'enfermer dans ma chambre. Quelques minutes plus tard, ma mère entre en trombe.

– Evelyn, il est tard et je n'ai pas l'énergie pour ça, mais je peux t'assurer qu'on en reparlera demain matin. Est-ce que c'est clair ?

La fatigue filtre derrière la frustration.

– Oui, maman, dis-je pour la faire partir.

J'attends pour aller dans la salle de bains que ma mère et ma grand-mère aient regagné leurs chambres respectives. Une fois au lit, le sommeil tarde à venir, et quand il m'enveloppe enfin, je rêve que je suis dans le drive-in vide, poursuivie par une ombre menaçante. Dans mes bras, je porte un bébé en larmes que je dois absolument rendre à Diane et Johnny. Je cours, je cours et tombe, le spectre presque sur moi. Au moment où je touche le sol, le nourrisson s'évapore et je me réveille en sursaut, à bout de souffle.

Alors que je tente de me calmer et de chasser les images de ma tête, j'aperçois soudain ma mère, au bord de mon lit, une assiette de bacon sur les genoux. Elle n'a plus l'air en colère, mais j'aurais préféré ne pas la trouver là. J'aurais eu besoin d'un moment pour reprendre mes esprits. Seulement, après ce qui s'est passé hier, je peux difficilement lui demander de partir.

– Grand-mère a préparé le petit déjeuner, annonce-t-elle d'une voix neutre.

Sans un mot, je m'assois et prends une tranche de bacon, chaud et croustillant.

– Merci, dis-je en mâchant.

J'ai un peu mal à la tête. Ma mère prend une tranche pour elle, avant de poser l'assiette sur le petit espace qu'elle a réussi à dégager sur ma table de chevet.

– Evelyn, on peut pas se parler ? Comme on le faisait avant ?

Elle a l'air triste, presque nerveuse. Ma mère a peur de moi, et je la comprends.

Ce qu'elle veut, c'est que je lui raconte tout de ma vie, comme on le faisait en primaire, Cheryl et moi. Ou pratiquement tout. À l'époque, on se blottissait dans son lit le samedi matin pour qu'elle nous murmure des anecdotes sur son travail, comme celle où un riche client s'était endormi dans un couloir sous l'effet de la boisson. Ils s'y étaient mis à plusieurs pour le traîner jusqu'à sa chambre. Et moi, je lui expliquais comment Bobby Finnegan avait mis une punaise sur la chaise de miss Carter ou comment Marilyn Caldwell avait fait la roue dans la cour et que tout le monde avait vu sa culotte. Puis Cheryl enchaînait avec ses histoires à elle. Et on se bidonnait jusqu'à ce que grand-mère apparaisse et nous demande si on allait finir par sortir du lit.

– On peut parler, maman, dis-je en l'examinant.

Elle a beau être tout le temps épuisée, je la trouve toujours aussi jolie. Quand elle sourit, elle me rappelle un peu Diane, son visage à la fois jovial et délicat. Ses cheveux châtains sont parsemés de mèches grises ici et là. Mais pas beaucoup. Et elle a le regard vif.

Elle me dévisage. Me voit-elle comme la pire fille qu'une mère puisse avoir ?

– J'ai l'impression que tu ne me fais plus confiance. Ça me fait de la peine. Tu traînes toujours dehors, tu rentres tard…

Elle s'empare d'une autre tranche de bacon.

– J'essaie de rester calme, continue-t-elle en soupirant. Je veux que tu me dises ce qui ne va pas.

– Maman, je te fais confiance.

L'envie de tout lui avouer me dévore. J'ouvre la bouche pour parler, mais la referme immédiatement. Ce que je lui dirais lui ferait trop mal au cœur. Elle serait dévastée. Et ça pourrait mettre Diane en danger.

– Si tu me fais confiance, alors pourquoi tu ne me racontes pas ce qui t'arrive ? Je vois bien qu'il se passe quelque chose. Et peut-être même beaucoup de choses.

Je détourne la tête vers la fenêtre. La situation est trop pénible. Les rideaux jaunes ont été lavés et repassés tellement souvent qu'on voit presque au travers.

– Maman, qu'est-ce que tu attends de moi ?

Je suis surprise par ma propre question.

– Ce que j'attends de toi ? répète-t-elle, tout aussi stupéfaite.

Je réussis enfin à la regarder, mes yeux se posant sur la ride qui se creuse sur son front.

– Ma fille... commence-t-elle, résignée. J'aimerais que tu ne termines pas comme moi, à sentir l'eau de Javel et à ramasser les ordures des riches.

– Ne dis pas ça ! Ce n'est pas vrai.

– Mais si, insiste-t-elle. J'ai l'habitude, maintenant. J'aimerais que ta vie soit plus facile que la mienne. Installée. Une vie où tu n'auras pas à travailler aussi dur et où quelqu'un s'occupera de toi.

On en revient toujours au gentil garçon que je devrais me trouver. Et de nouveau, je me retiens de tout confesser. Mais qu'est-ce qu'elle pourrait faire pour moi ? Juste s'inquiéter. Elle ne peut pas faire sortir Johnny de prison. Elle ne peut pas rendre Diane moins coupable du meurtre de Preston Fowler. Et elle ne peut pas remonter le temps pour empêcher Fowler de m'agresser. J'ai envie de croire qu'elle se montrerait compréhensive. Mais ne se dirait-elle pas que seules les filles comme moi peuvent se fourrer dans de telles situations ? Est-ce que je ne la décevrais pas plus encore si je lui disais la vérité ?

Une rage insoutenable m'envahit au souvenir de Preston Fowler. J'ai l'impression de sentir l'ombre de mon cauchemar, alors que je suis réveillée. J'ai envie de partir en courant.

– Evelyn, ça va ?

La voix de ma mère me rappelle à l'instant présent. Elle penche la tête, confuse.

– Ça va, maman.

Je me force à sourire, malgré mon agitation. J'ai besoin de bouger.

– Faut que je me douche. Je vais au parc, tout à l'heure.

– Oh, Evelyn, j'espérais que tu resterais à la maison, aujourd'hui, lâche-t-elle, déçue.

– Maman, s'il te plaît, dis-je, agacée et contrariée de m'agacer si rapidement. On est samedi.

Je laisse ma mère seule, assise sur mon lit, l'assiette de bacon sur ma table de chevet.

– Evelyn ?

Si je m'enferme assez rapidement dans la salle de bains, peut-être que je résisterai à l'envie de me jeter dans ses bras.

***

Vêtue d'un ensemble pastel, Diane m'attend sur un banc. Elle est arrivée en avance, bien sûr.

– Salut, dis-je en m'approchant.

– Salut, Evie.

Les yeux marqués par des cernes mauves, elle est livide. Quand je m'assois, je remarque qu'elle a le bout des doigts tout blanc à force de serrer une feuille de papier.

– Comment ça va ?

– Bien, répond-elle en souriant timidement. Merci encore pour hier, je suis contente que tu aies pu me raccompagner.

– Moi aussi.

On comprend toutes les deux ce qui se cache derrière ces mots. Quel courage elle a eu de tout me raconter, la veille.

– C'est quoi ? Une lettre ?

Diane tourne le papier dans ses mains, comme si elle s'apprêtait à me faire un tour de magie qu'elle ne maîtriserait pas très bien.

– Evie, tu connais le quartier d'où je viens, n'est-ce pas ?

– Je sais qu'il existe, oui, dis-je pour détendre l'atmosphère. Mais ça se limite à ça.

Diane ne rit pas à ma plaisanterie.

– Je veux dire les gens qui y vivent. Ceux qui ont du pouvoir, de l'influence, tu vois ?

Bien sûr. Rien que le nom River Oaks intimide. River Oaks, les chênes de la rivière. Une rivière, c'est fort, dangereux même, ça va partout. Et un chêne, c'est immense et majestueux, ça domine tous les autres arbres. Rivière et Chênes. River Oaks. Il suffit de dire ce nom pour se représenter des maisons à colonnades grandes comme des palais, surplombant des parterres de pelouse épaisse. Sans oublier les nombreux domestiques qui y travaillent dans des uniformes impeccables et qui se chargent de vous apporter le thé et vos chaussons et tout ce que les riches ont l'habitude qu'on leur apporte.

– Je vois très bien, Diane, dis-je en reprenant mon sérieux. Évidemment.

– Alors, tu as déjà entendu parler d'un certain Howell ? Tom Howell ?

– Ça me dit quelque chose. Pourquoi ?

– C'est le chef de la police, répond Diane. Il est marié avec Lynn Cullen Howell. Ils sont particulièrement riches. En tout cas, je suis amie avec leur fille, Betty. Ou plutôt, je l'étais.

Elle baisse les yeux vers son papier plié.

– C'est une des filles qui se moquaient de toi au drive-in ? Celles sur qui j'ai balancé ma cigarette ?

Elle esquisse un petit sourire.

– Oui. C'est celle qui est arrivée plus tard. Qui a essayé de convaincre Vickie et l'autre de me lâcher. Elle ne m'a rien dit, à moi.

Elle s'interrompt un moment.

– Comme je t'ai dit, Betty et moi, on était meilleures amies. C'est la seule à qui j'ai confié mon histoire avec Johnny, et la suite.

Sa voix se casse. Je m'imagine deux poulettes en pyjamas de soie assortis volant des bouteilles hors de prix dans le bar à liqueurs.

– Mais après mon départ à Dallas, tout a changé, continue Diane. Quand je suis revenue après…

J'attends qu'elle dise « mon accouchement », mais elle prend une profonde inspiration et reformule.

– À mon retour, avant d'être envoyée chez ma tante… personne n'est venu me rendre visite, mais Betty est la seule à avoir eu la décence de m'appeler pour me dire que sa mère lui interdisait de me voir. Elle était désolée. Elle a raccroché avant que je puisse dire quoi que ce soit, mais… C'est pour ça que j'espère que mon plan fonctionnera et qu'elle m'aidera.

– C'est quoi ce plan ?

Elle me tend l'épais papier, couleur crème. Son nom, *Diane Amelia Farris*, est imprimé sur l'en-tête à grand renfort d'encre scintillante et de larges boucles.

– Amelia ? dis-je, étonnée.

– C'était le prénom de ma grand-mère et je le déteste, me gronde Diane en me donnant une petite tape. Vas-y, lis.

Je reconnais l'écriture délicate de Diane.

À tous les intéressés,

Je jure devant Dieu que tout dans cette lettre est véridique. Je veux que l'on sache que la nuit du samedi 10 octobre1964, j'ai poignardé à mort Preston Fowler derrière les toilettes du drive-in de Winkler pour protéger une fille qu'il était en train d'agresser. Je ne voulais pas le tuer, juste lui faire peur, mais il était très soûl, ne m'écoutait pas, et tout s'est passé très rapidement. Si je n'étais pas intervenue, il aurait causé un tort impardonnable à sa victime. Je suis profondément désolée de la souffrance que j'ai causée à la famille Fowler, mais je n'ai pas eu le choix. Je veux également que l'on sache que Johnny Treadway est innocent de toutes les charges qui pèsent contre lui. Sa libération doit avoir lieu dans les plus brefs délais. J'assume l'entière responsabilité de ce que j'ai fait.

En bas de la page, elle a signé avec des traits parfaits.

Je relis la missive deux fois, puis une troisième pour m'assurer d'avoir tout bien compris.

– Ce soir, j'irai chez Betty, annonce Diane avant que j'aie pu dire quoi que ce soit. Je la supplierai de la donner à son père et de le convaincre que je dis la vérité. Je vais lui demander si elle veut bien me prêter sa voiture. J'espère qu'elle me la prêtera. Je n'ai pas encore le permis, mais je sais conduire. J'irai me cacher quelque part jusqu'à ce que la vérité éclate et que Johnny soit libéré.

Je ne sais pas quoi répondre. Le plan de Diane est dingue. Absurde. Mais son regard déterminé me dit qu'elle est tout à fait sérieuse.

– Evie, tu veux bien m'accompagner ce soir chez Betty ? Si elle entend ta version aussi, elle saura que je ne mens pas, dit-elle en brandissant le papier.

– Diane, il doit y avoir un autre moyen. Où est-ce que tu vas pouvoir aller ?

– J'ai économisé l'argent que j'ai reçu à Noël et pour mon anniversaire. J'irai peut-être au Mexique.

– Au Mexique !

Et je pose une main sur ma bouche, désolée d'avoir crié si fort. Heureusement, le parc est vide.

– Je sais que mon plan n'est pas parfait, mais si j'ai une certitude, c'est que...

Sa voix se casse.

– C'est que je ne peux pas rester assise ici, à te parler en toute liberté, pendant que Johnny est en prison pour un crime qu'il n'a pas commis. Je ne supporte plus tout ça !

Elle ferme les yeux, ravale un sanglot douloureux.

– Après tout ce que j'ai traversé, *tout*... s'il te plaît, Evie. S'il te plaît, dis-moi que tu viendras avec moi chez Betty. Si elle entend l'histoire de ta bouche, je pense qu'elle m'aidera.

Je mets une main sur l'épaule de Diane. Jamais je n'aurais refusé. Avant même d'arriver au parc, je savais que j'accepterais tout ce qu'elle me demanderait.

– Je t'accompagne, dis-je, et elle ouvre les yeux.

– Oh, Evie, merci !

Un sourire se dessine enfin sur son visage et elle me prend dans ses bras, comme la veille. On n'a pas l'habitude de ça avec Juanita, Connie et Sunny. J'ignore pourquoi. On ne s'enlace pas, c'est tout. Mais Diane me serre contre elle, comme si on se connaissait depuis toujours.

– On va devoir prendre le bus, dit-elle en reculant et en repliant soigneusement sa lettre pour Betty.

– Tu es sûre qu'elle sera chez elle, ce soir ? On est samedi.

– Howell n'est pas chef de la police pour rien. Il est hyper sévère. Elle doit être rentrée à 10 heures précises. Après ce couvre-feu, on est sûres de la trouver chez elle. On lancera des cailloux sur sa fenêtre.

Je hoche la tête, n'ayant aucune suggestion à lui soumettre. Diane m'explique qu'une fois la lettre déposée, je pourrai rentrer chez moi et faire celle qui ne sait rien. Elle, elle sera déjà loin de River Oaks, de Houston et même peut-être du Texas. Elle fuira toutes les horreurs qui lui sont arrivées au cours des derniers mois. Son geste innocentera Johnny, son seul rayon de soleil dans toutes ces ténèbres.

– Retrouve-moi chez ma tante à 8 heures, d'accord ? conclut Diane en se levant et en lissant machinalement sa jupe.

L'imaginer toute pimpante au Mexique me fait sourire. Puis je prends conscience qu'elle va partir.

S'en aller pour de bon.

– Diane, tu es sûre de ta décision ?

– C'est le seul moyen, Evie. N'en parle à personne, d'accord ?

Avant que je puisse réagir, elle me prend la main et la serre.

– On se voit à 8 heures.

Et elle part, s'accrochant à sa lettre comme à une bouée de sauvetage.

***

Quand j'arrive chez moi, je vois Juanita assise sur les marches de sa terrasse. Elle partage avec sa petite nièce, Celia, une boîte de bonbons au citron.

– C'est le dernier, la met-elle en garde en lui tendant un petit cube jaune. Ou Abuelita va me tuer quand tes dents vont pourrir.

Hilare, la fillette attrape la sucrerie avant de foncer jouer dans la cour.

– Salut, lance Juanita en se levant et en avançant vers moi avec la boîte de bonbons. T'en veux un ?

– Non merci.

Les mots de Diane tournent dans ma tête. *Ne le dis à personne.* Et pourtant j'en ai tellement envie. Mais j'ai fait une promesse.

En marchant depuis le parc, j'étais hantée par ce plan fou et les risques que Diane encourt. Je suis sidérée par son courage.

Mais je l'imagine aussi, seule dans la nuit, au volant de la voiture de Betty, en direction du Mexique, sans personne sur le siège passager pour l'aider à trouver son chemin.

Je me mords la lèvre inférieure.

– Pourquoi t'as pas dit au revoir, hier soir ? demande Juanita, me tirant de mes pensées. Ta mère est venue chez moi, elle te cherchait.

– Je sais, je suis vraiment désolée.

– Pas grave, dit-elle en enfournant un autre bonbon. Mais elle était très inquiète.

– Je suis au courant, crois-moi.

Et je me sens carrément coupable.

– Diane voulait me parler...

– Je m'en doutais. Elle va bien ?

Je pousse un profond soupir, la tête baissée. Juanita sent bien que je lui cache quelque chose. J'ai tellement envie de tout lui avouer. C'est vrai que depuis le jour où elle m'a maquillée, je suis collée à elle. Mais je sens que je prends mes distances. Je ne suis plus sa mascotte comme avant, mais je sais qu'elle aurait encore assez d'influence sur moi pour me faire changer d'avis.

Or je veux tenir parole.

– Tu me détesterais si je ne te disais pas un truc, parce que j'ai fait une promesse ? dis-je en levant la tête vers elle, alors qu'elle coince une boucle de cheveux derrière son oreille.

– Tu sais, t'es aussi forte que Connie, toi !

J'éclate de rire. Moi, aussi forte que Connie ? C'est faux, mais ça me plaît.

– Sûrement pas.

– Pas de la même façon peut-être. T'es pas du genre à mettre un poing dans la tronche de quelqu'un, mais tu te laisses pas intimider. Tu écoutes ton cœur. Et tu le suis.

Ça me rappelle l'autre jour, derrière le gymnase, quand Sunny m'a dit que j'étais spéciale. J'aimerais bien comprendre ce qu'elles voient en moi.

– Toi aussi, tu écoutes ton cœur, dis-je.

Juanita hausse les épaules.

– Ouais, peut-être. Je sais pas comment l'expliquer, Evie. Mais Sunny m'aurait sans doute répété ce que Diane lui aurait confié. Et Connie aussi. Et moi aussi, certainement. Mais toi, tu tiens tes promesses. Tu ne laisses jamais tomber une amie dans le pétrin. C'est tout ce que je dis.

Mon cœur se gonfle de reconnaissance et ses mots se nichent dans mon esprit : je sais ce qu'il me reste à faire.

– Merci Juanita.

– Mais jure-moi que tu feras appel à nous si tu as besoin d'aide, d'accord ?

– D'accord.

– Non, tu dois le jurer. Tu fais le signe de croix et tu craches par terre.

Je lève les yeux au ciel, mais j'obéis.

– Dis-le, ordonne Juanita en fronçant les sourcils.

– OK, si j'ai besoin de vous, je vous appelle. Juré craché.

Et je joins le geste à la parole.

– Parfait, ponctue-t-elle, satisfaite.

À cet instant, Celia arrive en courant.

– J'ai fait pipi, pleurniche-t-elle.

Elle est en effet trempée jusqu'aux chaussettes.

– Viens, on va te laver, dit Juanita en entraînant la petite derrière elle.

Juste avant de pénétrer chez elle, elle me lance un dernier regard.

– N'oublie pas, Evie, t'as juré craché.

– Je sais !

Une fois seule, je remarque que j'ai la chair de poule, alors qu'il fait plutôt doux. *Juré craché.* Ça me fait bizarre. Je me souviens de ce mauvais pressentiment que j'ai eu au drive-in en allant aux toilettes. L'intuition féminine. Je tourne la tête vers la rue. Personne. Je repense au plan de Diane et à ce qui nous attend ce soir. Je croise les bras sur moi pour me réconforter et rentre à la maison.

18

Après avoir posé les assiettes sur l'égouttoir, je m'essuie machinalement les mains sur un torchon à carreaux rouge et blanc. La pendule de la cuisine indique 19 h 40. Les secondes défilent bien moins rapidement que les battements de mon cœur.

Si je ne me mets pas en action maintenant, je risque de baisser les bras et de ne jamais le faire.

Je n'ai plus le choix.

Dans le salon, ma grand-mère rit aux éclats devant *The Jackie Gleason Show* à la télévision. Je le trouve débile mais, depuis que je suis toute petite, grand-mère n'en a jamais loupé un. D'habitude, ça m'amuse de l'entendre si enthousiaste, mais ce soir, même son rire m'agace.

Maman est recroquevillée à l'autre bout du canapé dans sa robe de chambre crème. Malgré son livre sur les genoux, elle a les yeux rivés sur l'écran.

Mon cœur menace de sortir de ma poitrine et j'ai la bouche plus sèche que le désert.

– Comment tu fais pour regarder un truc pareil ? demande ma mère à ma grand-mère en me gratifiant d'un clin d'œil complice.

Ce matin, je ne lui ai pas donné ce qu'elle voulait, je n'ai pas réussi à me rapprocher d'elle comme elle le demandait. Submergée par une soudaine vague de culpabilité, de colère et de tristesse, j'ai peur de ne jamais être celle qu'elle voudrait. Ou peut-être que j'ai peur de devoir le devenir.

Mon cœur s'emballe plus encore et j'ai du mal à respirer. Le moment est venu.

– Je vais chez Diane, dis-je, irritée par le son de ma voix.

Pourquoi est-ce que j'ai besoin de le crier ?

– Oh, Evelyn, maintenant ? se désole ma mère en refermant le roman qu'elle ne lisait pas.

Elle soupire.

– Evelyn, écoute ta mère, intervient grand-mère, sans détacher son regard de la télé. Il est trop tard.

La tension s'installe aussi rapidement que le feu jaillit quand on frotte une allumette.

– Je vous l'avais dit.

Et je pars directement dans ma chambre, le visage en feu. Mon cœur est complètement déchaîné.

J'ai quelque chose à faire et ma mère n'en sait rien.

Même Diane l'ignore.

La voix de Juanita résonne dans ma tête.

Tu ne laisses jamais tomber une amie dans le pétrin.

Je refuse de me débiner. Je martèle le sol jusqu'à ma chambre et ouvre la porte avec une telle détermination que celle-ci cogne bruyamment contre le mur.

– Evelyn, non ! crie ma mère depuis le salon, consciente qu'elle a déjà perdu. J'aimerais que tu restes à la maison ce soir. S'il te plaît !

Je chasse de ma tête la voix de ma mère et enfile un gilet, dans lequel je glisse l'argent de mes derniers baby-sittings. Ma chambre est toujours en pagaille, comme quand Diane est venue l'autre jour. Je prends une profonde inspiration et une image de mon enfance me revient. Cheryl et moi, assises par terre, en train de découper des poupées en papier auxquelles on confiait nos secrets. À l'époque, je ne savais pas que j'étais du mauvais côté de la ville, que j'étais condamnée à être une *bad girl* et à briser le cœur de ma mère.

Malgré la pagaille, je tente d'imprimer le lieu dans mon esprit.

Et soudain, une main se pose sur mon épaule et des doigts s'enfoncent dans ma chair.

– Evelyn, tu vas m'écouter, cette fois ! Je t'interdis de sortir ce soir.

Je me dégage et me tourne vers ma mère. Elle mérite tellement mieux que moi. Elle mérite un nouveau départ avec une nouvelle fille. Une fille qui ne serait pas assez bête pour aller seule aux toilettes du drive-in et qui ne serait pas aussi perturbée que moi. Une fille qui aurait envie d'une existence simple et bien rangée. Quels que soient les sacrifices.

Mais cette fille ce n'est pas moi.

– Je ne suis pas Cheryl, dis-je bien trop fort. Je refuse de t'obéir bêtement !

Je tente de sortir, mais elle me bloque le passage.

– Evelyn, j'exige que tu me racontes ce qui t'arrive ! crie ma mère. Qu'est-ce qui se passe, bon sang ?

La colère et la tristesse filtrent dans sa voix. Elles me prennent à la gorge. J'ai envie de fuir, de faire semblant de n'avoir rien perçu.

Tout mon corps se mobilise.

– Mais laisse-moi sortir, putain !

Je frappe du pied comme une enfant. C'est la première fois que je jure devant ma mère.

Sa gifle me fouette le visage comme un vent glacial. Ma mère a frappé tellement fort que j'en ai le souffle coupé. Prise de panique, elle met la main sur sa joue comme si c'était elle qui avait reçu le coup.

– Evelyn, murmure-t-elle. Oh mon Dieu, je suis… Evelyn, je ne voulais pas…

Ma grand-mère m'a donné des fessées à quelques reprises quand j'étais petite, mais ma mère jamais. Pas une seule fois.

Je pousse un hurlement déchaîné.

Ma grand-mère apparaît et crie à son tour. Elle implore Jésus pour qu'il nous vienne en aide.

Ma mère se tourne vers elle et je profite de cette diversion pour m'échapper. Malheureusement, dans la précipitation, je la bouscule et lui fais perdre l'équilibre. Son regard croise le mien et je vois à quel point je l'ai blessée. Jamais elle ne m'a regardée comme ça. Pas une seule fois.

Personne ne parle. Personne ne bouge. Je reste plantée là, entre ma mère et ma grand-mère. Les rires enregistrés s'échappent de la télévision comme pour se moquer de nous.

Mon esprit me souffle de partir.

Et je l'écoute. Je passe à côté de ma grand-mère qui s'est serrée contre le mur, de peur que je ne la renverse elle aussi. Je sors en trombe dans la rue et fonce à toute vitesse vers Diane.

***

Quand j'arrive à l'arrière de sa maison, je suis à bout de souffle. Après avoir frappé à la porte de sa cuisine, j'attends qu'elle m'ouvre, une main sur la joue, là où ma mère m'a giflée. J'appuie là où ses doigts m'ont touchée. J'appuie de toutes mes forces pour ne pas pleurer.

– Evie, c'est toi ? demande Diane à travers la porte.

– Oui.

– Tu es venue. Je suis tellement heureuse…

Je l'interromps avant de perdre ma résolution.

– Donne-moi la lettre. Celle pour Betty.

– Quoi ? Pourquoi ? demande Diane, perplexe. Evie, tout va bien, c'est la dé…

– Fais-moi confiance.

Diane a un sac à ses pieds : elle en sort la missive et me la tend.

– Tu as un stylo ?

Ma voix est insistante, autoritaire.

– Pourquoi ?

– S'il te plaît. Donne-moi quelque chose pour écrire.

Diane ne proteste pas. Elle trouve un stylo dans la cuisine et me le passe rapidement. J'ouvre la lettre, fais de la place sur le plan de travail et serre le stylo entre mes doigts. Sous la signature de Diane, j'ajoute mes mots, appuyant de toutes mes forces avec le stylo, comme pour leur donner plus de poids.

Je n'hésite pas. J'ai tout répété dans ma tête depuis que je suis partie du parc. Depuis que j'ai parlé à Juanita. Et depuis que ma mère m'a giflée et que j'ai couru sur Coyle Street comme si j'étais poursuivie par le diable.

Je sais exactement quoi écrire.

Tout ce que Diane Farris rapporte est entièrement vrai. Elle m'a protégée de Preston Fowler qui m'agressait. Elle ne voulait pas le tuer. S'il vous plaît, libérez Johnny Treadway. Il est innocent. Je jure devant Dieu que tout est vrai.

Et je signe avec mon nom complet, Evelyn Ann Barnes. Et j'ajoute *Evie*. Je rends la lettre à Diane et lui laisse le temps de lire mon paragraphe. Elle lève enfin la tête et me dévisage. Ses yeux sont écarquillés de surprise.

– Maintenant, plus personne n'aura de doute. Et Diane, il faut que tu saches une dernière chose : je viens avec toi.

– Oui, chez Betty, lance Diane, perdue.

– Non, dis-je d'une voix ferme, le cœur battant la chamade. Tu ne comprends pas. Je reste avec toi, même après. Tu es mon amie, Diane. Et je pars avec toi au Mexique. Ou jusqu'à la lune. Où tu voudras. Je t'accompagne.

Diane ouvre la bouche pour parler et elle ferme les yeux.

– Oh, Evie, murmure-t-elle enfin. Merci infiniment.

19

Main dans la main, on contourne en silence la maison de Betty Howell pour passer par derrière. Diane jette un coup d'œil pardessus son épaule, m'adresse un regard sérieux et pose un doigt sur ses lèvres pour me rappeler de ne faire aucun bruit.

Comme si ça avait été mon intention.

Malgré ma peur, j'examine les lieux. River Oaks. L'endroit est aussi majestueux que sur les photos en noir et blanc des magazines. Mais cette fois, je le vois en couleurs. Dans le clair de lune, elles sont moins vives qu'en plein jour, et pourtant même de nuit, je suis éblouie par les pelouses parfaitement entretenues avec leurs parterres de fleurs, les maisons gigantesques, le scintillement de l'eau dans les piscines privées et tant prisées pendant les journées caniculaires d'été. L'herbe est si épaisse que nos chaussures s'y enfoncent comme dans un tapis. La rosée du soir me mouille les chevilles.

Diane se fige et me lâche la main. Elle désigne une fenêtre au premier étage, cachée derrière des volets noirs qui contrastent avec le blanc immaculé des murs en brique de la plus grande maison de Chevy Chase Drive. À l'intérieur, les lumières sont éteintes.

– Ils ont combien de chambres là-dedans ? dis-je tout bas, incapable de me retenir.

Diane me décoche un regard d'avertissement, avant de brandir six doigts.

J'ouvre de grands yeux, mais Diane ne s'attarde pas sur la question. Elle sort déjà des cailloux de la poche de sa jupe. Manifestement nerveuse, elle en fait rouler un dans sa main. Le regard rivé sur la fenêtre, elle se mordille la lèvre inférieure.

Je lui prends le projectile.

– Je le fais, dis-je, persuadée de viser mieux.

Au printemps, Connie m'a appris à toucher, les yeux fermés, des bouteilles de bière vides posées sur le capot de la voiture de Ray Swanson.

– C'est sa fenêtre ? dis-je pour avoir confirmation.

Diane hoche la tête.

Six chambres à coucher, quand même, dingue !

Au comble de la concentration, la langue entre les lèvres, je bondis et lance, façon basketteur. Le caillou atteint le volet, mais il en faudra plus d'un pour attirer l'attention de Betty. En espérant qu'elle soit là. Soudain, ce que nous faisons me paraît absurde. Mais nous n'avons pas de plan B.

Diane me tend le reste des cailloux, qui percutent toujours la fenêtre de Betty avec un petit cliquetis reconnaissable. Une fois nos réserves épuisées, nous attendons fébrilement, sans oser respirer.

Alors que je perds espoir, une lumière s'allume et une petite tête brune apparaît. Diane me prend de nouveau la main et la serre fermement. Je réponds en serrant la sienne en retour.

On entend la fenêtre grincer, le volet s'entrouvre et Betty se penche au dehors.

– Diane ?

La voix parfaitement calme, Betty ne semble pas surprise du tout. À son ton, on aurait dit une institutrice qui interroge une élève.

– Oui, Betty, c'est moi ! murmure Diane aussi fort qu'elle ose. Tu peux descendre, s'il te plaît ?

– Attends une seconde, répond Betty, toujours aussi sereine. J'arrive.

Sans se presser, elle referme la fenêtre. La lumière s'éteint. Combien de temps est-ce que ça prend de longer les six chambres à coucher pour arriver à la porte ? Deux minutes, apparemment. Je compte les secondes dans ma tête, tandis que Diane se mordille toujours la lèvre inférieure en fixant la haie taillée à la perfection autour de la cour.

Au bout de cent vingt secondes pile, Betty surgit au coin de la maison, nous faisant sursauter Diane et moi. Elle n'a fait strictement aucun bruit, comme une sorte de fantôme. Heureusement son joli teint rose prouve qu'elle est bien vivante. Je la reconnais du drive-in. À la place de son pull et de son gilet assorti, elle porte une robe de chambre pêche serrée à la taille, sous laquelle ressort le col à dentelle de sa chemise de nuit blanche. Je suis prête à parier que c'est de la dentelle faite main.

– Diane, mon Dieu ! s'écrie-t-elle. C'est vraiment toi.

– Chut, lâche Diane. Je ne veux pas qu'on me trouve ici.

– On est chez moi, c'est une propriété privée, lui rappelle Betty en haussant les épaules. Et de toute façon, maman et papa sont au club, Leola s'est sûrement endormie devant la télé et Bobby est à son voyage de scouts. Allons au pavillon des invités, on sera plus à l'aise pour parler.

Elle nous devance, ses boucles brunes s'agitant autour de sa tête. Betty Howell me paraît plus adulte que toutes les filles de mon âge.

Nous la suivons, tels des canetons autour de la longue piscine rectangulaire, contournant les chaises longues, pour arriver devant une petite dépendance au fond du jardin. Elle n'est pas fermée à clé, sûrement parce qu'à River Oaks, les cambrioleurs n'osent pas s'introduire dans les domaines des gens riches, trop impressionnés par le faste ambiant.

Le pavillon des invités est mieux décoré que ma propre maison. Brusquement embarrassée par mon jean délavé, mon chemisier bon marché et mon vieux gilet, je m'enfonce dans le canapé vert du salon. Assise sur une chaise à côté de moi, Betty croise les chevilles et prend une profonde inspiration.

– Diane, commence-t-elle, et je perçois un petit changement dans sa voix, si calme jusque-là. C'est... Ça me fait plaisir de te voir...

En toussotant, elle baisse les yeux vers le tapis. Elle semble perdue. Et je me souviens que ses parents lui ont interdit de fréquenter Diane après son retour de Dallas. Mais elle a tout de même été sa seule ancienne camarade à lui téléphoner.

Betty et moi, on était meilleures amies.

– Moi aussi, Betty, réplique Diane tristement. Même si tu aurais pu me dire bonjour au drive-in, et pas juste rester à me regarder avec des yeux ronds.

Visiblement déstabilisée, Betty pique un fard.

– J'ai essayé de faire en sorte que Vickie et Sharon te lâchent, quand même... Je suis désolée que ça n'ait pas marché.

Elle se ressaisit rapidement et lève la tête vers Diane. Elle se rappelle enfin que je suis là, aussi.

– Excuse-moi, je n'ai pas retenu ton nom. Moi, c'est Betty Howell, j'imagine que Diane te l'a dit.

– Evie Barnes.

Je n'arrive pas à croire que cette fille nous sera d'une aide quelconque.

– Enchantée, Evie, me salue-t-elle, mais en examinant Diane, comme si elle tentait de résoudre un problème de maths.

Elle essaie sûrement de l'imaginer avec son gros ventre. Ou peut-être qu'elle tente de se souvenir de la période où elles étaient meilleures amies. Avant que leur monde soit bouleversé.

– Evie, tu as une cigarette ? me demande Diane, brisant enfin le silence pesant.

Je sors le paquet de la poche de ma chemise, heureuse d'occuper mes mains. Betty contemple la scène, stupéfaite, avant de se lever pour nous chercher un cendrier.

– Je ne me rappelais pas que tu fumais, Diane, lâche-t-elle alors que Diane s'allume une Salem.

– J'ai l'impression que tu as oublié beaucoup de choses, Betty.

Ses mots sortent avec une hargne qui m'étonne. Elle aussi, semble-t-il, car elle secoue aussitôt la tête.

– Excuse-moi.

– Pas grave, répond Betty, les joues de nouveau en feu. Je le mérite certainement.

L'atmosphère vrille. La façade lisse et raffinée de Betty se fissure. Je me sens mal à l'aise, pas à ma place. Le passif entre Betty et Diane semble tellement lourd qu'il faudrait des années pour tout mettre à plat. Je me les représente toutes les deux, avant le départ de Diane à Dallas. Qu'est-ce qu'elles faisaient pour s'amuser ? Du shopping ? Des travaux manuels ? Ou peut-être qu'elles se maquillaient comme Juanita et moi...

Je n'y crois pas trop.

Mais il est clair que le poids des souvenirs les accable. J'ai l'impression d'être une intruse.

– Écoute, Betty, je vais aller droit au but.

Diane tourne la tête vers la fenêtre aux voilages blancs qui donne sur la piscine des Howell, choisissant ses mots avec soin.

– Tu risques d'avoir du mal à me croire. Mais c'est la vérité, et Evie est ici pour confirmer ce que je vais te révéler. Et… on a besoin de ton aide.

Elle croise le regard de Betty, et elle enchaîne avec le plus grand sérieux.

– Il faut *absolument* que tu nous aides.

Mon cœur s'emballe. Cette fille pleine aux as, cette fille qui nous voit sûrement comme des rien du tout, tient notre avenir entre ses mains.

Betty affiche un air où se mêlent confusion et appréhension.

– D'accord, Diane, parvient-elle à articuler. Je t'écoute.

Diane lui raconte alors prudemment ce qui nous est arrivé, s'interrompt de temps en temps pour fumer, ou constater la sidération de son ancienne meilleure amie. Pendant qu'elle parle, Betty nous examine tour à tour, Diane et moi. Elle cherche à savoir si on se paie sa tête.

J'espère que Betty lit sur mon visage la confirmation de ce que dit Diane.

S'il te plaît, crois-nous, Betty.

Quand Diane termine sur notre projet de quitter Houston jusqu'à ce que tout soit réglé, elle sort de son sac sa confession, la déplie et la tend à Betty, qui s'en empare d'une main tremblante et la parcourt. Mes yeux se posent sur les lignes que j'ai ajoutées en bas de la feuille une heure plus tôt : le rappel de ce que je suis prête à risquer pour faire ce qui est juste. Je ne le regrette pas, même maintenant que ça se concrétise.

Betty lève les yeux, la bouche entrouverte.

– Si tu donnes ça à ton père et que tu arrives à le convaincre que c'est la vérité, et je te garantis que ça l'est… ils libéreront peut-être Johnny.

Quelque chose change chez Betty. Elle ferme la bouche et jette la lettre sur la table basse devant nous.

– Johnny, encore et toujours Johnny ! Tout est sa faute !

Elle croise les bras et fait la moue. Je me redresse, sentant la bagarre arriver. Elle ne va pas nous aider.

Pourtant il le faut !

– Betty, tu sais que j'étais amoureuse de lui, proteste Diane, blessée. Tu sais que je l'aime toujours.

– Tout ce que ce garçon t'a apporté, c'est du chagrin ! crache Betty. Mais ouvre les yeux enfin ! Si seulement tu n'avais pas été aussi bête…

Diane laisse échapper une plainte blessée et écrase furieusement sa cigarette dans le cendrier, ses cheveux roux agités par la force de ses mouvements.

– Et toi alors, Betty ? Comment as-tu pu me faire ça ? Pourquoi as-tu été si méchante ? Tu n'es même pas venue me voir à mon retour !

Soudain, les yeux de Betty s'embrument et son visage s'empourpre. Quand elle prend la parole, sa voix chevrote et se brise de douleur.

– Mais Diane… c'est toi qui m'as abandonnée. On était amies. Inséparables. Tu étais ma meilleure amie. Et tout à coup, tu n'en avais plus que pour Johnny. Je n'existais plus ! Quand mes parents se disputaient comme des chiffonniers, tu étais où ? Avec Johnny. Quand ma mère m'a dit que j'étais trop grosse et que je ne trouverais jamais de mari, tu étais où ? Avec Johnny. Même quand le président a été assassiné et que tout le monde pleurait comme si la fin du monde était arrivée, tu étais avec lui. Je ne comptais plus pour toi !

Betty enfouit son visage dans ses mains, et je repense à cette affreuse journée, un an plus tôt. Ma mère, ma grand-mère et moi, nous regardions la télé en sanglotant, même si ma grand-mère refusait d'accorder sa confiance à Kennedy parce qu'il était catholique. Ensuite, avec Juanita, on a fumé et discuté sur sa terrasse jusqu'au petit matin, inquiètes de comment le pays pourrait se relever sans notre séduisant président à sa tête.

Ni Diane ni moi ne faisons un mouvement vers Betty qui continue à pleurer dans ses mains. Je finis par tourner la tête vers Diane. Elle aussi est en larmes. L'émotion me saisit sans que je puisse la contrôler.

– Betty, lance enfin Diane en se levant pour aller vers elle. Betty, je suis...

Sa voix se perd dans un murmure.

– Oh... je suis désolée. Je ne savais pas.

J'allume une cigarette, ne sachant toujours pas quoi faire de moi, tandis que Diane prend Betty dans ses bras.

– Non, Diane, c'est moi qui suis désolée. Je t'ai laissée tomber. Je n'ai pas été une bonne amie.

– Non, tu as raison... c'est moi qui ai été nulle. Cette histoire avec Johnny m'a prise par surprise. Betty, je l'aime, tu le sais, mais... je n'ai pas arrêté de penser à toi pour autant. Et tu as gardé mon secret sans jamais me trahir, alors que tu aurais pu. Je suis désolée. Je suis tellement désolée.

Betty s'essuie les yeux et renifle bruyamment.

– Tout va bien, lâche-t-elle. Ce n'est pas grave.

Diane prend une profonde inspiration avant de revenir s'asseoir à côté de moi.

– Bien sûr que si, ça l'est. Mais Betty, pourquoi tu n'es jamais venue me voir ? Tu imagines à quel point j'étais seule ?

Betty ferme les yeux.

– Oh, Diane, je voulais venir... mais mes parents. Tu les connais. Je n'ai jamais eu le courage de leur désobéir. Je n'ai jamais eu ton cran, ta bravoure.

Diane pousse un petit rire, la tête rejetée en arrière.

– Ma bravoure ? Sûrement pas. J'ai passé l'année dernière dans la terreur absolue.

Sans un mot, Betty prend les mains de Diane dans les siennes. Les deux filles se sourient timidement. En tirant sur ma cigarette, mon regard se pose sur la lettre au milieu de la table basse.

Je toussote et décale légèrement le papier en me baissant pour me débarrasser de ma cendre.

Betty remarque mon geste, lâche les mains de Diane et accepte de reprendre la confession.

– Je vais la donner à mon père, déclare-t-elle, décidée. Et je lui expliquerai tout ce que vous m'avez dit. Je vais insister pour qu'il libère Johnny.

Diane sourit et reprend la main de Betty pour exprimer sa gratitude. J'attends d'éprouver du soulagement. En vain. Qu'est-ce que tout ça signifie pour Diane et moi ? Où irons-nous nous cacher ?

C'est Betty qui répond à mes questions.

– Écoutez, commence-t-elle, reprenant son attitude de jeune fille de bonne famille. Vous ne pouvez pas vous enfuir au Mexique ou dans l'Oklahoma. C'est ridicule et dangereux. Vous ne savez même pas où loger. Ça vous rendra tout de suite suspectes. Il vaut mieux rester ici. Trouver une cachette, mais sans quitter la ville. Je peux convaincre mon père que tu as agi pour défendre Evie, Diane, j'en suis certaine.

Elle réfléchit un instant, le regard sombre.

– Je me rappelle comment Preston pouvait être quand il avait trop bu. Et beaucoup de filles au lycée s'en souviennent aussi, j'en suis sûre.

– Betty, tu as eu plusieurs rendez-vous avec lui, n'est-ce pas ?

Betty fronce les sourcils avant de secouer la tête comme pour chasser des images qui l'auraient assaillie.

– Oui. Quand il avait trop bu, il n'avait plus rien d'un gentleman. Et c'est le moins qu'on puisse dire. Ça n'arrangeait pas les choses que ses parents le laissent s'en tirer quoi qu'il fasse.

Personne ne lui a jamais fixé de limites et on ne lui a pas appris à se préoccuper des autres. Jamais.

Elle me regarde alors droit dans les yeux.

– Evie, ce qu'il a fait, c'est abominable. Je suis désolée que tu aies subi ça.

La détermination et l'assurance avec lesquelles Betty vient de parler m'inondent de nouveau d'émotion, et j'ai du mal à lui répondre.

– Merci, dis-je dans un murmure.

Betty hoche la tête, sûre d'elle. Elle revient sur notre plan.

– En tout cas, je suis très sérieuse : ne quittez pas la ville et encore moins le pays. C'est trop risqué. Je vous prêterai sans problème ma voiture, bien sûr, mais… c'est trop dangereux de fuir comme ça. Est-ce que vous savez où vous pourriez vous cacher pour l'instant ?

Diane m'interroge du regard, ses yeux humides et injectés de sang.

– Une partie de moi pense toujours qu'on devrait partir loin, déclare-t-elle d'une voix hésitante.

– Betty a raison, dis-je. C'est trop risqué et on passera pour pires que ce qu'on est. Je pense que j'ai une solution, mais il faut qu'on aille chez Connie d'abord.

– Qui est Connie ? demande Betty.

Diane pousse un soupir qui se termine par un petit rire.

– Tu vas voir.

20

Betty a félicité Diane pour son courage, mais je découvre vite qu'elle n'a rien à lui envier. Après nous avoir convaincues de rester à Houston, elle nous conduit dans notre quartier au volant de sa Mustang rouge cerise flambant neuve. C'est de loin la plus belle voiture dans laquelle j'ai eu l'occasion de monter. Sur la banquette arrière, j'imagine ce qu'elle doit se dire en voyant notre quartier. Elle doit être sidérée de la différence avec River Oaks : les maisons miteuses, les pelouses miniatures. Mais elle ne fait aucun commentaire désagréable.

– Tu devrais nous emmener chez notre amie Sunny, dis-je. Connie et Juanita comptaient y passer la soirée.

Je la guide et on se retrouve rapidement devant sa maison sur Leeland Street. La terrasse est encore éclairée. Avec ses deux chambres, elle ne fait pas le poids face à celle de Betty.

– Suis-nous, dis-je à Betty. Tu pourras rencontrer les filles et leur expliquer le plan.

Betty jette un coup d'œil à Diane, qui hoche la tête. Elle contemple alors la toute petite bâtisse. A-t-elle réalisé qu'elle est plus petite que le pavillon dans son jardin ?

– Vous êtes sûres que ça ne les dérangera pas ? demande-t-elle en examinant sa coiffure et son rouge à lèvres dans son rétroviseur.

– Pas de problème, dis-je depuis la banquette arrière.

Mais je croise les doigts en même temps.

La mère de Sunny travaille de nuit à l'hôpital, et son ivrogne de beau-père ronfle déjà, mais on se réunit dans la toute petite chambre de Sunny. Elle ferme la porte avec le verrou que Connie a volé pour elle des années plus tôt à la quincaillerie. Elle a commencé à s'enfermer après avoir vu son taré de beau-père traîner près de la salle de bains quand elle se douchait. À cause de lui, aucune de nous n'aime passer du temps chez Sunny.

Connie fait les cent pas en fumant et en martelant le sol, tandis que Diane et moi on entoure sur le lit une Betty ultra nerveuse qui a perdu toute sa sophistication de poulette friquée. Sunny et Juanita sont assises en tailleur sur le tapis.

– Je suis contente que vous n'ayez pas été assez bêtes pour partir au Mexique, lance Connie. Vous comptiez dormir où ? Sur la plage ? C'était quoi ce plan ?

– On ne savait pas quoi faire d'autre, dis-je, honteuse, consciente de la stupidité de notre projet.

– Je comprends, Evie, mais même si je suis soulagée que vous ayez changé d'avis, je ne vois pas pourquoi je ferais confiance à une petite bourgeoise de River Oaks.

Elle marque une pause et dévisage Betty, un rictus de dégoût aux lèvres.

Betty garde les yeux rivés sur le tapis.

– Moi, je lui fais confiance, Connie, dis-je avant de me tourner vers Betty. On a raison de te faire confiance, n'est-ce pas ?

J'essaie de parler sur un ton sans appel, comme Connie. J'ai encore des progrès à faire.

– Bien sûr, confirme Betty avant de scruter la pièce. Vous pouvez toutes vous fier à moi. Je vous le jure. Je sais très bien comment était Preston et je sais que Diane et Evie disent la vérité. Je vous promets que je ferai tout pour vous aider.

Connie hausse les épaules, se mord la lèvre inférieure et s'agite de nouveau.

– On n'a pas d'autre solution, intervient Sunny. Alors donnons sa chance à Betty. Et on peut cacher Diane et Evie dans la maison abandonnée.

– C'est une bonne idée, Sunny ! Elle est toujours vide et l'eau courante n'a pas été coupée. Comme ce sera seulement pour quelques jours, on pourra leur apporter à manger.

Sunny rayonne de fierté, mais Connie lâche un grognement.

– Je sais pas. Ça me paraît trop risqué. Pour vous, il suffit que Betty convainque son père de la croire pour que Johnny soit libéré. Et Diane va s'en sortir avec une remontrance. Pour nous, c'est plus compliqué.

– J'ai confiance en Betty, déclare Diane.

Elle regarde son amie avec un sourire reconnaissant.

– Parce qu'elle t'a jamais laissée tomber peut-être ? demande Connie, mettant les pieds dans le plat et parlant comme si Betty n'était pas présente. Sérieusement, elle ne t'a pas vraiment soutenue, si ?

Diane baisse la tête, défaite, et Betty perd son sourire.

– C'est vrai, concède Diane. Mais je lui pardonne.

– T'es trop gentille, gronde Connie en levant les yeux au ciel.

Dans sa voix, on perçoit son agacement et sa peur. Betty rougit.

– Je pense qu'il faut qu'on aille dans la maison abandonnée dès ce soir, Diane et moi, dis-je pour revenir au plan. C'est la meilleure solution.

– Et ta mère, Evie ? interroge Sunny. Et ta tante ? demande-t-elle à Diane.

– Ma tante ne s'apercevra même pas de mon absence, crois-moi.

– Ta mère, si, déclare Juanita en me regardant.

Je repense à ce qui s'est passé plus tôt dans la soirée. J'ai l'impression que ça fait une éternité. Je pose une main sur ma joue. En racontant notre altercation aux filles, je me retiens de toutes mes forces de pleurer. Je fais comme si ça ne m'atteignait pas.

– Bon sang, Evie… commente Juanita quand je finis.

– Ta mère t'a giflée ? s'étonne Connie. C'est une première. Je suis désolée, petite sœur, murmure-t-elle, sincère.

– Merci, dis-je sans la regarder.

Connie sait de quoi elle parle. Elle nous a même dit que parfois, le seul moyen pour elle d'être sûre que ses parents savent qu'elle existe, c'est quand ils la frappent. J'ai une boule dans la gorge, je prends une inspiration et attends que mon trouble passe pour expirer.

– Ma mère sera mieux sans moi, dis-je, me forçant à y croire. Il vaut mieux que je me cache avec Diane, vraiment.

Connie ne réagit pas tout de suite. On a toutes les yeux rivés sur elle, même Diane et Betty.

– Bon, d'accord, lâche-t-elle après un moment. Il y a quelque chose là-dedans qui me plaît pas, mais j'arrive pas à savoir quoi.

Elle s'agite, croise les bras, les décroise, sautille sur place.

– Mais d'accord. On fait comme ça. Déjà on va réunir des affaires pour que Diane et Evie puissent rester dans la maison.

Betty se lève du lit de Sunny.

– Ne fais pas tout foirer. Je veux que mon frère sorte de sa cellule, il n'a rien à y faire.

Le menton de Connie tremble imperceptiblement quand elle prononce ces derniers mots. Un silence lui répond. Betty hoche la tête, ses yeux noirs parfaitement sérieux. Connie ne supporterait pas qu'on vienne la consoler comme si elle allait se mettre à pleurer.

Sunny ouvre le verrou et Diane raccompagne Betty à la porte d'entrée. Elle lui prend la main.

– Betty, merci. Merci pour tout ce que tu fais pour nous.

Betty ne lâche pas la main de Diane et plonge ses yeux dans les siens.

– Je te jure que j'arriverai à convaincre mon père que Johnny n'a rien fait. Je sais qu'il me croira.

Même si on piétine déjà toutes dans le salon de Sunny, pressées de partir, Diane prend son temps pour enlacer Betty. Elle lui murmure quelque chose à l'oreille et Betty acquiesce. Je me sens de nouveau comme une intruse. On est toutes mal à l'aise. J'échange un coup d'œil avec Juanita, tandis que Sunny et Connie regardent par terre. Personne ne les interrompt. Quand elles se séparent enfin, Betty nous adresse un petit salut de la main avant de sortir.

21

– Evie ?

Je sors la tête de ma couverture et m'appuie sur un coude. Entre nous deux brûle une grosse bougie blanche, déformée par la chaleur.

– Ouais ? dis-je en murmurant, avant de me souvenir que je n'ai pas besoin de chuchoter.

Même si Connie, Sunny et Juanita nous ont quittées après minuit en nous laissant une montagne de couvertures et d'oreillers, on n'a pas encore réussi à trouver le sommeil. Peut-être à cause de la dureté du plancher et du manque de chauffage, mais pas que…

– Je tombe de sommeil mais pas moyen de dormir, lance Diane.

– Pareil, mon cerveau tourne en boucle.

– Le mien aussi, confirme-t-elle.

Elle passe un doigt au-dessus de la flamme.

– Va pas si lentement, dis-je pour la mettre en garde. Tu risques de te brûler.

– Mais non. Je fais ça depuis que je suis toute petite, ça rendait ma mère dingue.

Elle s'interrompt.

– C'est peut-être pour ça que j'aime le faire.

Elle retire sa main et s'allonge sur le dos.

– Je n'arrête pas de me demander comment elle réagira quand ma lettre sortira dans les journaux. Déjà, elle va s'évanouir. Et quand elle reprendra connaissance, elle me reniera.

J'imagine ma mère et ma grand-mère devant les infos. Ma mère en larmes... Elle ne s'évanouira pas. Et elle ne me rejettera pas, c'est certain. Je tente de repousser la tristesse qui m'envahit.

– Tu penses vraiment qu'elle te reniera ?

– Pourquoi pas ? demande Diane, les yeux toujours rivés sur le plafond. Elle l'a déjà presque fait, non ? Pour elle, je suis une telle déception, une vraie catastrophe. C'est ce qu'elle disait de moi avant de m'envoyer à Dallas. À mon retour aussi d'ailleurs.

J'ai envie de lui reparler de la gifle, par solidarité, mais ça n'a rien à voir et je le sais. Aucun rapport. Je lui dis simplement que je suis désolée.

– J'ai l'habitude, dit-elle en haussant les épaules. Toute ma vie je n'ai été pour elle qu'une poupée à exposer.

Elle s'interrompt et se met à chuchoter.

– J'ai tellement peur, Evie. Je me fiche de ce que pensent mes parents. Mais si la police m'enferme pour meurtre ? Et si Johnny sort de prison et que moi j'y entre ?

Elle se frotte les tempes.

– Je les laisserai pas faire, je te le promets ! Je leur dirai la vérité.

Elle prend une inspiration tremblante.

– Je sais, Evie. Je n'en doute pas. J'ai juste peur. C'était ridicule ce qu'a dit Betty, ce soir, sur mon courage.

– Moi, je suis du même avis qu'elle. Vraiment. Il fallait avoir un sacré cran pour me défendre face à Preston. Et surtout... il fallait du courage pour tomber amoureuse de Johnny alors que tout le monde te disait que c'était mal. Et il en fallait du courage pour t'accrocher après tout ce que tu as traversé.

Diane roule sur le côté et me regarde à travers le halo de la bougie. Elle arrive à sourire. Je l'entends fredonner une chanson triste et lente.

– Evie, tu es vraiment sage pour tes quinze ans.

– N'importe quoi, dis-je en riant.

Et pourtant un compliment pareil de la part de Diane vaut autant que si c'était Connie qui me l'avait fait. Peut-être plus.

– C'est vrai, proteste-t-elle. Mais comme je suis plus âgée, c'est moi qui commande ici. Et maintenant tu dois dormir !

Elle s'humecte le pouce et l'index et éteint la flamme. Une fine volute de fumée s'en échappe.

– Bonne nuit, Evie, murmure-t-elle.

– Bonne nuit, Diane.

***

Le premier matin dans la maison abandonnée, un dimanche, on grignote les pommes et les crackers que Sunny a piqués la veille chez elle et j'apprends à Diane comment jouer à la crapette avec le jeu de cartes que Juanita nous a apporté. On joue aussi au baccalauréat et au morpion dans le carnet qu'elle nous a donné. Diane écrit les paroles des chansons d'Irma Thomas, de The Crystals et de Roy Orbison, et me teste sur ses chanteurs préférés. On reste assises par terre, à distance des fenêtres, malgré notre envie de regarder dehors. Connie nous a interdit de le faire et on sait qu'elle a raison.

Après notre millième crapette, Diane jette ses cartes en l'air.

– Je deviens dingue ! se lamente-t-elle. J'arrive pas à croire qu'on n'a aucune idée de ce qui est en train de se passer dehors.

– Je sais. Mais les filles vont bientôt arriver, tu verras.

– Il est trop tôt pour que ça fasse les gros titres, mais peut-être qu'elles auront quand même du nouveau à nous rapporter.

Il est déjà presque 14 heures quand on entend trois légères tapes sur la porte de derrière. Petite pause, trois nouvelles tapes. Notre signal. On échange un regard. Enfin !

– Hello, lance Juanita depuis la cuisine. C'est moi. Désolée, j'ai pas pu venir plus tôt. Je voulais être sûre de ne pas être épiée par les voisins.

Elle nous tend un sac en papier contenant deux sandwichs bœuf-sauce tomate dans du papier aluminium. On s'en empare et les dévore goulûment. Entre deux bouchées, Diane demande des nouvelles.

– Rien, pour l'instant, répond Juanita, et Diane se décompose. Désolée, Diane. C'est trop tôt. Mais je suis sûre que Betty a parlé à son père. On en saura bientôt plus.

Diane hoche la tête et pose son sandwich sur ses genoux. La réponse de Juanita lui a coupé l'appétit. Elle appuie la tête dans ses mains et regarde dans le vide. Je sens sa peine.

– En revanche, j'ai des nouvelles pour Evie, continue Juanita, hésitante.

– Quoi ?

Elle mordille nerveusement sa lèvre inférieure.

– Ta mère est dans tous ses états. Elle est venue chez nous à l'aube et m'a suppliée de lui dire où tu étais.

Elle marque une petite pause, avant d'ajouter :

– Elle sanglotait, Evie.

Une vague de nausée me prend à la gorge et c'est comme si ma joue me brûlait à nouveau. Je revois l'air paniqué et blessé de ma mère quand je suis passée à côté d'elle. Je l'entends m'implorer de lui dire ce qui ne va pas.

– Qu'est-ce que tu lui as dit ?

– Rien. Je ne lui ai rien dit, mais ça n'a pas été facile, Evie. Tu sais que ta mère t'aime.

Je hoche la tête, incapable de parler. Juanita, Diane et moi, on n'échange plus un mot pendant un long moment. Je n'ai plus faim, moi non plus. Avant de partir, Juanita nous promet de revenir dès qu'il y aura du nouveau.

J'inspire profondément pour ravaler ma culpabilité. Je sens que Diane me regarde.

– Tu sais que mes parents ne sont pas venus une seule fois me voir depuis que je vis chez ma tante ? demande alors Diane d'une voix douce. Pas une seule fois. Juanita a raison, Evie. Ta mère t'aime vraiment.

Je hausse les épaules, me retenant de pleurer.

– Tu veux qu'on en parle ? interroge Diane, inquiète.

Je m'allume une cigarette.

– Non, dis-je sincèrement.

C'est vraiment la dernière chose que j'ai envie de faire.

– D'accord, cède-t-elle, se contentant de rassembler les cartes éparpillées.

Le lundi se passe à peu près comme le dimanche, même si je dois, en plus, repousser au fond de mon esprit l'image de ma mère en larmes. Je me demande si elle en a parlé à Cheryl, qui a ses propres problèmes à gérer, et ma culpabilité flambe. Alors que le soleil se couche et que l'ennui et la nervosité menacent de nous achever, notre signal retentit. Il est à peine terminé que Connie débarque en trombe dans le salon, rayonnante. Elle sourit si largement qu'on aperçoit son incisive cassée. Elle nous a apporté le *Houston Chronicle*. Elle me le tend et se jette sur Diane pour la prendre dans ses bras. C'est tellement inhabituel pour Connie que j'en reste bouche bée. Les deux filles finissent pratiquement par terre.

– Diane ! s'écrie-t-elle en se dégageant. Diane, ça a marché. Johnny va sortir !

On déplie alors le journal sur le plancher.

– La nouvelle est partout aux infos du soir, annonce Connie, à bout de souffle. Regardez, il y a même des photos de vous, et tout !

Le cliché date de la troisième : mes yeux sont réhaussés d'un trait d'eyeliner et je souris vaguement. Je fais peur à voir. Plus que je ne l'imaginais, à vrai dire. Diane, elle, irradie la page de son magnifique sourire. Ce n'est pas une photo de collège, mais plutôt un portrait pris lors d'une fête. Au-dessus de nos visages s'étale un gros titre en lettres majuscules qui me semblent immenses :

PORTÉE DISPARUE

UNE RÉSIDENTE DE RIVER OAKS RECHERCHÉE DANS LE MEURTRE DU DRIVE-IN DE WINKLER

Et en plus petit : *La police demande aux jeunes filles impliquées de se livrer.*

Il y a également une photo de Preston Fowler, toujours aussi arrogant. J'évite de le regarder, préférant me concentrer sur l'article.

Avec Diane, on le lit rapidement, sous le regard de Connie qui nous attend impatiemment en fumant loin de la fenêtre, comme elle nous l'a conseillé. Le journal explique que la police a reçu de « nouvelles informations » plaçant Diane comme le suspect numéro un dans la mort de Preston Fowler, mais il ne mentionne pas la lettre qu'on a remise à Betty Howell ni l'agression. Une partie de l'article est consacrée aux parents de Diane, des gens importants, riches et influents, et à toutes les organisations et comités dont ils sont membres.

– Il sera libéré quand, Johnny ? demande Diane en se mordillant la lèvre inférieure.

Des yeux, elle continue à parcourir les colonnes du journal à une vitesse prodigieuse.

– Demain, répond Connie. C'est ce qui est écrit. Les infos à la télé disent la même chose.

– Ça a marché, murmure Diane, visiblement soulagée.

Connie écrase sa cigarette dans la boîte de conserve vide qui nous sert de cendrier et lève la tête vers Diane. Elle réfléchit longtemps à ce qu'elle va lui dire. Ça non plus, ce n'est pas habituel chez elle.

– Diane, lâche-t-elle, les sourcils légèrement froncés. Je…

Elle s'interrompt, s'appuie sur ses coudes, bascule la tête en arrière pour regarder le plafond. Elle cligne des yeux, puis ferme les paupières.

– Merci pour mon frère, finit-elle par murmurer. Merci d'avoir permis sa libération.

– Oh, Connie, c'est normal, répond Diane, le visage adouci. Je te l'ai dit, je suis tombée amoureuse de lui. Et je l'aime toujours.

Le silence est brisé par notre signal à la porte. Connie s'étonne.

– Je n'ai même pas pris le temps de dire aux autres que je venais !

Heureusement, ce sont bien Juanita et Sunny qui apparaissent. On les accueille avec enthousiasme.

– Chut ! nous arrête Connie, un doigt sur les lèvres. Personne ne vous a vues venir ici, au moins ?

– Non, lui assure Juanita. On a attendu que la voie soit libre. On vient d'apprendre pour Johnny, c'est passé aux infos.

– J'ai volé du whisky à mon beau-père pour fêter ça ! annonce Sunny, gaiement, en sortant la bouteille d'un sac en papier.

Et soudain, son sourire disparaît et son visage redevient sérieux.

– Les filles, ce n'est pas tout.

– Quoi ? demande Connie, abandonnant sa douceur passagère pour reprendre son attitude de rebelle endurcie, visiblement agacée de ne pas avoir été la première au courant. Crache le morceau.

– Euh… commence Sunny avant de prendre une gorgée de whisky et de passer la bouteille à Connie. Betty Howell a appelé chez moi.

– Pour dire quoi ? demande aussitôt Diane.

– Elle est tellement snob, commente Sunny. Elle a demandé si elle parlait bien à la résidence Wilcox quand j'ai répondu.

Elle répète avec un accent britannique affreux :

– Suis-je bien à la résidence Wilcox, mademoiselle ?

– Elle voulait quoi ? s'impatiente Connie.

Elle boit un peu de whisky et recommence à trépigner.

– Elle veut que Diane reste cachée encore un peu.

– Mais pourquoi ? proteste Diane, les sourcils froncés. Je veux voir Johnny !

– Tu as lu le journal, dis-je. La police veut nous interroger toutes les deux.

J'imagine soudain ma mère et ma grand-mère penchées sur l'article. Mon cœur bat à tout rompre. Ma mère est sans doute dévastée et ma grand-mère doit sûrement prier pour ma rédemption. Il ne faut pas que j'y pense.

– Ouais, confirme Sunny. C'est exactement ça. Betty dit qu'elle a besoin de plus de temps pour expliquer à son père ce qui s'est passé. Plus de temps pour le convaincre de l'innocence de Diane. Là, elle craint qu'il ne le croie pas. La légitime défense, tout ça…

Elle inspire profondément.

– Elle a même dit qu'elle allait tenter de réunir quelques filles qui sont sorties avec Preston pour qu'elles témoignent de qui il était vraiment. Comme ça, il y a plus de chances qu'il croie Diane et Evie. Elle n'est pas sûre d'y arriver mais veut tenter le coup.

– Vraiment ? s'étonne Diane. Je ne pensais pas que Betty ferait tout ça.

Elle réfléchit et se reprend.

– Non, ce n'est pas vrai : c'est exactement le genre de chose qu'elle aurait faite quand on était amies.

Son regard se perd dans le vide, loin d'ici, loin de nous.

– Il y a autre chose, lance Juanita, hésitante. Les potes de Johnny…

Elle prend une cigarette pour gagner du temps. De toute évidence, ce n'est pas une bonne nouvelle.

– Qu'est-ce qu'ils ont ? dis-je.

Ray, Butch et Dwight, et les autres gars avec qui on traîne… La plupart sont fréquentables, mais il y en a certains qui cherchent la bagarre.

– Ils sont déchaînés. On vient d'en croiser quelques-uns dans le parc.

– Ray était infernal tout à l'heure, renchérit Sunny.

– C'est quoi leur problème ?

Je n'y comprends rien. Je les aurais plutôt imaginés ravis de voir leur pote libéré.

– Allons, Evie, grommelle Connie, en réclamant d'un geste la bouteille de Old Crow.

Je la lui passe.

– Ils sont furieux que l'un d'eux se soit fait accuser à la place d'une petite bourgeoise !

Elle se rend tout de suite compte de sa gaffe.

– Je voulais pas dire ça, Diane. Mais… c'est comme ça qu'ils le voient.

– Ils veulent que Diane paye pour ce qu'elle a fait, explique Juanita. Ils pensent que c'est sa faute si Johnny s'est retrouvé en prison et s'il s'est fait malmener par la police. Tu imagines la brutalité des flics contre des jeunes comme nous.

– Ray m'a pas lâchée. Il m'a demandé ce que je savais, puisque Diane traînait avec nous. Il s'est fâché quand j'ai juré que j'étais au courant de rien. Je lui ai dit d'aller se faire voir, ajoute-t-elle avec un rictus victorieux. Et ça m'a fait du bien, en vrai.

Diane s'empare de la bouteille et boit une petite gorgée de façon très féminine et élégante.

– Ils ne comprennent rien. Ils ne savent pas combien on s'aime, Johnny et moi.

On acquiesce toutes. Aucune de nous n'en a parlé. On a gardé le secret.

– Il faudra bien qu'on sorte un jour, dis-je, étrangement terrorisée à l'idée d'affronter le monde extérieur, malgré mon envie de sentir le soleil sur mon visage.

Revoir ma mère et ma grand-mère, discuter avec les amis de Johnny… et avec la police. Et s'ils ne me croient pas ? Et s'ils pensent qu'on a tout inventé, Diane et moi ? Ou pire : que c'est moi qui ai allumé Preston ? Vu ma réputation, tout le monde serait prêt à croire cette version.

– Bien sûr, vous allez pas rester ici pour toujours, confirme Juanita. Mais vous pourriez peut-être attendre jusqu'à ce que Johnny sorte de prison et qu'il en parle à ses potes. Comme ça, Betty aura aussi plus de temps.

– Et je ne pourrai pas voir Johnny ? demande Diane, abattue. Il va sortir demain et je ne pourrai pas le voir ?

La panique filtre dans sa voix.

– Tu le verras bientôt, rassure Sunny.

– Et si vous l'ameniez ici ? suggère Diane.

– Non, répond Connie en secouant la tête, désolée. Ce serait trop risqué. Je crois même qu'il ne faut pas qu'il sache où vous êtes. Les flics savent que Diane et Evie habitent le quartier. Ils vont le boucler pour les retrouver. On prend de gros risques en étant ici. Demain, on fait comme si tout était normal. On va au lycée, on prétend ne pas être au courant. Le temps que Johnny calme ses potes et que Betty convainque son père.

– Parce que aller au lycée, c'est normal pour toi ? plaisante Sunny.

Amusée, Connie lui donne une tape dans le pied.

– Pas faux, concède cette dernière. Je ferai un effort cette fois. C'est pour la bonne cause.

On éclate toutes de rire et Diane s'allonge sur le dos, perdue dans ses pensées. Le silence se fait et on n'entend plus que les voitures sur Telephone Road, pas si loin de nous.

– Diane, je voulais te demander : comment tu fais pour avoir une peau aussi magnifique ? demande alors Sunny. Parce que moi, j'ai essayé toutes les crèmes exfoliantes et mon teint s'est pas amélioré pour autant. Tu utilises quoi ?

Diane lui décoche un petit sourire.

– Plusieurs fois par semaine, je fais chauffer une bassine d'eau et je mets mon visage par-dessus, avec une serviette sur la tête. Une sorte de bain de vapeur, tu vois ?

Sunny ouvre de grands yeux en entendant cette révélation miraculeuse.

– Incroyable ! s'écrie-t-elle. Diane, t'es un génie !

Diane éclate de rire. Elle s'assoit, toujours hilare, et rapidement, on se joint toutes à elle, à l'exception de Sunny, qui affirme que ce conseil cosmétique prouve que Diane a un QI supérieur.

Un sentiment de bien-être m'emplit, et pas juste grâce au whisky. Je me dis que je pourrais rester assise ici toute ma vie, avec mes amies.

Quand on se calme enfin, Diane serre ses genoux sous son menton. Elle nous regarde tour à tour.

– Je voudrais vous révéler un secret, annonce-t-elle en m'adressant un regard complice.

Je sais ce qu'elle s'apprête à leur confier et ça me fait chaud au cœur qu'elle leur fasse assez confiance pour partager son histoire avec elles.

– Raconte, la presse Sunny, curieuse. C'est à propos de Johnny ?

Diane croise les jambes et demande la bouteille. Elle boit une autre gorgée, avec moins d'élégance cette fois.

– Je tenais à vous en parler… parce que… vous êtes devenues mes amies. Je sais qu'on ne se connaît pas depuis longtemps, une semaine à peine, mais avant de vous rencontrer, je pensais que je ne me ferais plus jamais d'amies. Sérieusement.

Je jette un coup d'œil à Juanita, qui a les sourcils légèrement froncés. Connie, en général si prompte à vanner, scrute Diane avec le plus grand sérieux, alors qu'elle coince une mèche de ses cheveux roux derrière une oreille.

– Je suis heureuse que nous soyons amies, lance Sunny pour l'encourager. Sincèrement.

– Moi aussi, renchérit Juanita.

– Oui, pareil, mais t'attends quoi ? s'impatiente Connie. Tu vois pas qu'on meurt d'envie de savoir ?

Diane me regarde à nouveau, peut-être pour se donner du courage. J'essaie de la rassurer en lui souriant. *Fais-leur confiance. Fais-nous confiance.* Lentement, sur un ton plus bas que d'habitude, elle leur explique pourquoi elle a été envoyée à Dallas. Elle parle de l'internat étouffant, de l'ennui, de l'interdiction de communiquer avec Johnny, de lui écrire ce qui s'est passé. Sa voix n'est pas plus forte qu'un murmure, mais elle est chargée de l'assurance que les filles à qui elle raconte son supplice sont de son côté. Jamais elles ne la jugeront comme ses parents, jamais elles ne la traiteront comme la pire des criminelles parce qu'elle est tombée enceinte.

Elle est entourée de vraies amies.

Diane parle sur un ton de plus en plus affirmé. Quand elle finit son récit, on est toutes muettes. Je pose une main sur son dos et l'y laisse quelques instants.

– Une fille à Gainesville avait vécu la même chose, dit enfin Connie. Elle était dans un état pitoyable. Quand elle est rentrée chez elle, elle a commencé à avoir des problèmes avec la police. Elle disait qu'elle avait tout perdu.

Elle s'interrompt et regarde Diane.

– Son bébé lui manquait affreusement.

On attend que Diane réagisse.

– J'imagine bien, finit-elle par acquiescer.

– Je suis désolée de ce qui t'est arrivé, lance Sunny, les larmes aux yeux. Tu méritais pas ça, Diane. Aucune fille ne le mérite.

– Personne t'a soutenue ? demande Juanita, bouleversée. Même pas Betty ?

Diane secoue la tête.

– Non. Elle m'a dit hier qu'elle s'en voulait. Et je la crois. Mais au début, elle m'a laissée tomber. Ça m'a fait mal.

Sunny semble révoltée.

– Ce que je sais en tout cas, c'est que si ça arrive à l'une d'entre nous, on sera là pour elle. N'est-ce pas, les filles ?

Elle nous dévisage toutes à tour de rôle.

– Évidemment, répond Connie la première. C'est sûr et certain.

Et après un moment, elle ajoute :

– Mon frère n'est toujours pas au courant ?

Le visage de Diane se décompose.

– Non, il ne sait rien de tout ça.

Elle prend une inspiration et lève la tête vers nous, soudain paniquée.

– S'il vous plaît, je veux qu'il l'entende de ma bouche. Je veux que ça vienne de moi. D'accord ? Quand il sera libre…

On hoche la tête.

– Vous l'avez entendue ? demande Connie, autoritaire. Pas un mot avant qu'elle lui en parle.

Je ne peux m'empêcher de sourire en repensant qu'il y a une semaine à peine, Connie ne voulait rien avoir à faire avec Diane

Farris. Maintenant, elle est la première à prendre sa défense. Et pas à moitié. À sa façon brute et violente, Connie Treadway est la personne la plus sincère que je connaisse.

– Merci à vous toutes, lance Diane. Mais il va me falloir plus de whisky, là. Passez la bouteille.

22

Rapidement, on se sent grisées, tout ce qu'on dit devient un peu confus et ridicule. Le soir tombe enfin et on se tait, profitant simplement d'être nous. Juste nous, un groupe d'amies, des filles unies contre le monde entier.

Les lampadaires s'allument, projetant leur lumière solitaire par les fenêtres. Et Connie annonce qu'il est l'heure de partir.

– Ça ira, vous deux ? demande Juanita. Pendant encore quelques jours ?

Prise de hoquet, elle met une main sur sa bouche en gloussant.

– Oui, dis-je en la prenant dans mes bras.

Sunny nous rejoint et m'enlace à son tour tout en tapotant le haut de la tête de Diane. Même Connie se lâche et entoure les épaules de Sunny de son bras. C'est étrange et nouveau.

Et ça fait tellement de bien.

Montrer de la tendresse ne fait pas de nous des faibles. On le sait désormais.

– Dors bien, douce Diane, dit Sunny, comme si elle bordait une enfant. Merci pour le tuyau. Hâte que mon teint soit aussi éclatant que le tien !

Allongée par terre, Diane lui adresse un sourire niais.

– Alors, ça tient pas l'alcool ? Petites natures ! se moque Connie qui se relève fièrement.

Mais la voilà qui trébuche et se retrouve les fesses par terre. On éclate de rire toutes les cinq, avant de se lancer dans un concert de *chuuut*.

Je regrette qu'elles doivent s'en aller. J'aurais voulu rester comme ça pour toujours, à dire des bêtises, rire et être ensemble.

Elles finissent malheureusement par partir, le plus discrètement possible. J'ai l'impression que mon cerveau flotte sur un bain de whisky, mais je ne suis pas complètement soûle. Diane n'a toujours pas bougé, alors je me couche à côté d'elle, la joue posée sur le plancher dur et froid.

– Diane ? Ça va ?

Elle hoche la tête, les yeux rivés au plafond. Elle roule soudain sur le ventre, attrape des allumettes et une bougie. Quand la flamme jaillit, elle prend une profonde inspiration.

– Une partie de moi veut se sauver pour retrouver Johnny dès demain.

C'est précisément ce que je craignais. L'idée doit lui trotter dans la tête depuis l'instant où Connie lui a demandé de rester cachée encore quelque temps.

– Diane, c'est de la folie. C'est bien trop risqué, il ne faut surtout pas.

Elle fronce les sourcils, au bord des larmes.

– Je sais que ce n'est pas prudent, concède-t-elle. Mais après tout ce qu'on a traversé, Johnny et moi... Après cette séparation forcée... je veux juste... je n'en sais rien. C'est peut-être une mauvaise idée, mais je n'arrête pas d'y penser !

Les larmes qu'elle retenait inondent ses joues. Elle s'assoit et je l'imite.

– Diane, je suis désolée. Je sais à quel point c'est horrible, tout ça…

Je n'ai jamais connu une telle passion, et d'une certaine façon, c'est tant mieux. Le chagrin de Diane envahit la pièce, menace de nous ensevelir. C'est effrayant.

Alors qu'elle pleure en silence, une idée me traverse l'esprit. Une idée risquée. Mais je repense à la soirée au drive-in, qui me semble à la fois si proche et si lointaine. Je revois le visage de Diane dans le clair de lune, sa robe tachée de sang. Je me souviens des premières minutes dans la maison de sa tante, dans sa petite chambre triste, son refuge, qui me paraît encore plus sinistre maintenant que je sais pourquoi ses parents l'y ont envoyée.

– Diane ?

Je murmure, affolée. Si je parle, plus de retour en arrière possible.

– Oui ? répond-elle, son visage enfoui dans ses bras.

– Diane, j'ai une idée. Et si j'apportais une lettre à Johnny ? Je pourrais filer d'ici en douce. Je sais où il habite. C'est toi que la police recherche surtout, n'est-ce pas ? Si les flics me chopent, ce qui n'arrivera pas, je ne leur dirai rien. Tu pourrais au moins lui écrire que tu l'aimes. Que tu te remettras avec lui dès que les choses se tasseront.

Diane lève la tête doucement.

– Oh, Evie, lâche-t-elle, une pointe d'enthousiasme dans la voix.

Mais elle secoue aussitôt la tête.

– Non, je ne peux pas te demander ça. C'est trop.

Seulement, je ne peux plus revenir en arrière. Et je n'en ai pas envie, de toute façon. C'est mon amie et je veux qu'elle soit heureuse.

– Diane, s'il te plaît, laisse-moi faire ça pour toi.

Elle pose la tête sur le côté et m'étudie. Elle a les joues roses à cause du whisky, et pourtant cette conversation vient de nous dégriser.

– Et si les policiers t'interpellent ? Johnny m'a raconté ce qu'ils font aux jeunes de ton quartier pendant les interrogatoires.

J'ai entendu des histoires, moi aussi, sur la façon dont sont traités ceux qui sont nés au mauvais endroit. J'en ai souvent eu la preuve : un œil au beurre noir par-ci, un tee-shirt déchiré par-là. Johnny n'y a certainement pas échappé. Mais tant pis. Je prends le risque.

– Diane, je peux y arriver. Laisse-moi essayer, au moins.

Ma voix ne tremble pas. Je suis bien décidée, même si mon cœur bat la chamade.

En pleurs, Diane m'enlace.

– Oh, Evie. Tu es la meilleure des amies. Du monde entier.

Elle me serre tellement fort que j'en ai le souffle coupé. Ça m'est bien égal : je la serre contre moi en retour.

Quand elle me relâche, elle attrape directement le carnet que nous a apporté Juanita – celui sur lequel on a fait nos dizaines de baccalauréats et de morpions.

– Je commence tout de suite, annonce-t-elle, appuyée contre le mur de notre maison abandonnée. J'aurai fini au lever du jour. Toi, dors un peu, conclut-elle en me regardant.

Comme pour illustrer son conseil, je bâille, épuisée. Alors que j'installe mon lit de fortune, j'entends le grattement de son crayon sur le papier, suivi parfois d'un frottement de gomme. Je me laisse bercer par le rythme de son écriture, trop fatiguée pour rêver à ce que je m'apprête à faire.

***

Quand je me réveille, Diane dort à côté de moi, la bouche ouverte, un petit filet de salive sur la joue gauche. Une feuille pliée dépasse de sous son oreiller. Est-ce qu'elle me laissera la lire ?

Je file dans la salle de bains, et à mon retour, Diane se frotte les yeux.

– Salut, lance-t-elle en s'étirant.

– Salut.

Elle me tend la lettre.

– Puisque c'est toi qui vas la lui donner, je veux que tu la lises.

– Tu es sûre ? Mais me regarde pas pendant que je lis, ça me rend nerveuse.

Elle obéit sans se faire prier.

Johnny,

Je ne sais pas par où commencer. Alors je vais commencer par ça : je t'aime. Je veux que tu le saches. Après tout ce temps, après tout ce qui est arrivé, je me considère toujours comme ta petite amie. Je sais que notre dernière rencontre, au drive-in, a été une vraie catastrophe. J'aimerais pouvoir revenir en arrière. Je n'ai pas su trouver les mots, ce soir-là, pour t'expliquer ce que je traversais. Mais en me liant d'amitié avec Evie et ta sœur (dingue, non ?), et les autres filles, j'ai réussi à accepter ce que j'ai subi. Jusqu'ici, ça me faisait trop mal d'y penser, alors j'ai préféré le nier. J'avais envie de t'expliquer pourquoi on m'a éloignée de toi, Johnny, mais je ne pouvais pas. Vraiment pas. Maintenant, c'est possible.

J'ai eu un bébé. Notre bébé. Notre fille. Je ne l'ai pas vue longtemps avant qu'on me la retire, mais elle était la plus parfaite des petites filles. J'imagine que ça doit te faire un choc, et je sais que l'apprendre de cette façon est bizarre, mais j'espère que tu comprendras pourquoi c'est plus facile pour moi de te l'annoncer par écrit. Si j'avais essayé de te le dire en face, je ne suis pas sûre que j'aurais articulé un seul mot sans sangloter. Je pleure toutes les larmes de mon corps en t'écrivant cette lettre, mais au moins, j'arrive à écrire.

J'ai toujours du mal à y croire, mais c'est vrai. J'ai porté notre bébé. J'ai découvert que j'étais enceinte peu de temps après Noël, peu de temps après cette horrible nuit où mes parents t'ont mis dehors. Ils ne m'ont plus jamais lâchée après ça. J'étais surveillée en permanence. Je n'ai même pas réussi à convaincre Patty de poster une lettre pour toi. Et ensuite, j'ai été envoyée à Dallas, où j'ai accouché et où on m'a retiré le bébé. Johnny, si tu avais pu la voir... Elle était tellement adorable. Elle l'est toujours. Un petit ange, avec tes yeux noirs. J'espère qu'elle aimera la musique comme nous. J'espère qu'elle sera aussi libre que toi et moi. J'espère que son cœur connaîtra le bonheur. Et j'espère qu'elle aura le droit d'aimer qui elle voudra.

Johnny, quand j'étais avec toi, je me sentais libre. Je sentais que je pouvais être moi-même. Ou en tout cas, que je pouvais commencer à me trouver. Ensemble, on parlait de tout et n'importe quoi. Que nous soyons issus de deux mondes différents n'avait aucune importance. On était bien ensemble. Je me souviens encore de cette nuit sur la plage de Galveston. Tu me tenais la main en murmurant à mon oreille. Je veux que tu saches que la réponse est oui. Elle a toujours été oui.

Tu as dû lire ce que j'ai fait dans les journaux... Tout est tellement tragique et dingue. Je suis désolée d'avoir été si pitoyable en arrivant à Eastside et de ne pas avoir été honnête avec toi, mais je sortais d'un véritable cauchemar. Je sais que tu comprendras. Que tu me comprendras. Tu l'as toujours fait. Et je sais que tu peux me comprendre, parce que tu as toujours su me comprendre.

J'espère que tout va se résoudre rapidement et que Betty réussira à convaincre son père de mon innocence. J'ai agi pour défendre Evie. J'espère qu'on sera bientôt de nouveau ensemble. Je ne vis que pour ce jour. Toi aussi, je le sais.

Johnny, je t'aime.

À toi pour toujours,

Diane

– Diane…

Elle se tourne pour me regarder.

– C'est parfait.

Je me demande ce que Johnny lui a murmuré à l'oreille sur la plage, mais elle ne l'a pas écrit et je ne me sens pas le droit de l'interroger.

Elle ramène ses genoux sous son menton.

– Tu penses que c'est bien… de lui parler du bébé comme ça ? demande-t-elle, inquiète. Ce n'est pas trop violent de révéler un truc pareil par écrit ?

– Diane, dis-je en repliant le papier, après tout ce qui t'est arrivé, je pense que c'est à toi de décider comment tu veux le lui annoncer.

Elle m'adresse un sourire reconnaissant et je glisse la lettre dans ma poche, fière que Diane me fasse confiance. Fière qu'elle me considère comme son amie, et qu'elle me laisse l'aider quand elle en a besoin.

– Merci, Evie.

– C'est normal.

On reste assises en silence un moment, jusqu'à ce que je trouve le courage de poser une question qui me tracasse. Parce qu'un jour, j'aimerais peut-être le découvrir.

– Ça fait quoi d'être amoureuse ? Je veux dire : vraiment amoureuse.

Diane sourit et s'étire lentement, visiblement heureuse d'avoir l'occasion de me répondre.

– C'est... magnifique. C'est... Je n'ai pas les mots, en fait. Johnny et moi...

Elle passe un doigt sur le plancher et se fige.

– Quand tu aimes quelqu'un, c'est comme écouter une chanson que tu adores. Et chaque fois que tu l'écoutes, tu entends quelque chose de nouveau. Et tu sais que tu ne t'en lasseras jamais. Jamais. Et dès qu'elle est terminée, tu as envie de l'écouter encore, parce que ce sera encore meilleur. Jusqu'à ce qu'elle fasse partie de toi.

Elle rougit.

– Ça te paraît peut-être débile... Je sais pas.

– Non, pas du tout.

Selon les journaux, Johnny devait être libéré dans la matinée. Même si je suis impatiente de mener à bien ma mission, je décide d'attendre après le déjeuner pour me rendre chez Johnny, sur Mable Street, tout près d'ici. Assises en tailleur, on jette des regards nerveux au ciel couvert d'octobre en grignotant des crackers. Entre deux silences angoissés, on se répète notre plan en boucle.

– Je vais essayer de passer par l'arrière, dis-je.

– Et les parents de Johnny ?

– Je m'en fais pas. Soit ils sont pas du tout à la maison, soit ils sont assommés par l'alcool. Et si c'est pas le cas, ils se ficheront complètement de me voir. Peut-être même qu'ils sont pas au courant de l'arrestation de Johnny.

Je repense à ma mère. Elle ne nous aurait jamais laissées, ma sœur et moi, une journée sans manger, ou seules quand on avait de la fièvre. Jamais de la vie. Connie et Johnny se débrouillent seuls depuis aussi longtemps que je les connais.

– Oui, Johnny m'a raconté un peu, lâche Diane en baissant la voix. On est tombés amoureux pour cette raison aussi. On a tous les deux eu la malchance d'avoir des parents défaillants. Les miens ont de l'argent, c'est la seule différence.

Et elle lève ses yeux verts pétillants vers moi.

– Evie, merci pour tout, vraiment.

– De rien.

Une ombre voile soudain son visage.

– Et s'il n'est pas chez lui ? demande-t-elle, inquiète.

– Alors, je le chercherai là où il a l'habitude de traîner. T'en fais pas, je le trouverai.

– Non, Evie. C'est trop risqué. Tu ne vas pas traverser tout le quartier. S'il n'est pas chez lui, tu dois revenir tout de suite. Promets-le-moi.

– Je te le promets.

C'est un mensonge. Je suis bien décidée à le trouver. Il le faut.

Après encore quelques heures, on estime qu'il est temps que je parte. Diane me serre dans ses bras, et après avoir scruté les environs par la fenêtre, je tourne la poignée de la porte, retiens mon souffle et m'élance.

Ça fait deux nuits que je ne suis pas sortie et l'air frais sur ma peau et dans mes poumons me fait un bien incroyable. Je prends le temps d'en profiter. Je suis tout près de chez les Treadway.

Je vérifie qu'il n'y a personne dehors, pas même une femme en train de suspendre son linge. Discrètement, je passe d'une maison à l'autre. Un froissement de feuilles mortes me fait bondir, mais heureusement, ce n'est qu'un chat de gouttière. Le cœur au bord de l'implosion, la bouche sèche, je dois me rappeler de respirer.

J'arrive enfin chez Connie. Sa maison est presque aussi délabrée que celle dans laquelle on s'est cachées avec Diane. La terrasse à l'arrière est encombrée de cartons et de détritus rouillés. On ne vient pratiquement jamais ici, et je sais que c'est parce que Connie a honte de cet endroit, malgré l'assurance qu'elle veut bien afficher. Et elle a honte de ses parents aussi.

Actuellement Connie est en cours, mais en montant les marches grinçantes, je prie pour que Johnny soit là.

Un pas, *crac.*

Un autre, *crac.*

Mon Dieu, faites qu'il soit là. Je vous en supplie, accordez-moi au moins ça, s'il vous plaît.

Et soudain, plus merveilleux qu'un cadeau d'anniversaire ou qu'un billet trouvé dans la rue, Johnny Treadway ouvre la porte arrière, comme s'il m'attendait. Beau et ténébreux comme toujours, il a un bleu sur la joue gauche et une entaille sur l'arcade sourcilière droite.

– Evie Barnes ? s'étonne-t-il, une expression perplexe sur le visage. Mais qu'est-ce que tu fabriques ici ?

23

Jamais de ma vie entière, je ne me serais imaginée dans le salon des Treadway à partager des confidences et des cigarettes avec Johnny.

Entre nous, un cendrier verdâtre déborde de mégots qui me rappellent un jeu géant de mikado. Johnny est installé sur une chaise à bascule usée et moi, dans leur canapé en lambeaux.

Ses yeux sombres me transpercent. Il est vraiment beau. Le genre de beauté qui peut faire tourner la tête d'une fille de River Oaks et lui donner envie de tout risquer pour lui. Le genre de beauté qui émoustille même les mères du quartier. D'habitude, il me rend nerveuse, mais aujourd'hui, en cet étrange après-midi d'octobre, ma nervosité m'a quittée.

J'ai accompli ma mission. J'ai tenu parole.

Sur la table basse, à côté du cendrier, s'étale le journal du matin. Johnny le désigne d'un signe de la tête. Évidemment, il est au courant de l'aveu de Diane. Elle fait la une des infos. Et Connie lui a dit qu'elle se cache avec moi.

– Selon elle, il vaut mieux que j'ignore où se trouve votre planque. Je suppose qu'elle a raison. T'imagines sa tête si elle apprenait que tu es ici ?

Je préfère ne pas y penser. Je prends une autre Salem.

– Je sais. Mais j'ai promis à Diane de te donner cette lettre. Elle ne pouvait pas attendre. Elle voulait venir elle-même, mais je lui ai proposé de le faire à sa place. Je voulais qu'elle reste en sécurité.

Mon cœur s'emballe un peu quand je sors l'enveloppe de mon jean. Je suis sur le point de changer sa vie et il ne le sait pas encore.

– Ce que Diane a fait... j'arrive toujours pas à le croire, lâche-t-il, sa voix teintée d'un mélange de stupeur et de tristesse.

– Elle voulait me protéger.

– Ça ne m'étonne pas. Cette fille a un courage incroyable.

Et il ne connaît même pas toute la vérité.

– Tiens, dis-je en lui tendant la lettre d'une main tremblante. Diane a voulu que je la lise. C'est...

Je m'interromps, incapable de trouver les mots.

– Diane veut que tu saches, dis-je alors simplement.

Johnny l'attrape, impatient. Il déplie la feuille et je me fige sur le canapé, même si je devrais probablement lui laisser un peu d'espace. Ou bien sortir de chez lui. Dommage qu'on n'ait pas anticipé cette partie du plan avec Diane.

Je regarde ses yeux parcourir l'écriture régulière de Diane, s'ouvrir grand et revenir en arrière pour recommencer. J'ai la bouche sèche. Je n'arrive pas à me détourner de son visage. J'ai l'impression de lui voler son moment.

On ne dit pas un mot. Johnny finit par poser les mains sur ses genoux, la lettre de Diane toujours entre les doigts.

– *Oh, Diane...* lâche-t-il alors sur un ton déchirant.

Voir Johnny Treadway les larmes aux yeux est pratiquement aussi inconcevable que ce qui les cause. Et pourtant...

Il renifle, se ressaisit, et je baisse le regard pour lui offrir un peu d'intimité.

– Il faut que je la voie ! déclare-t-il. Il faut que je la voie maintenant. Dis-moi où elle est.

Je n'ai pas le temps de réagir qu'il se dirige déjà vers la porte de derrière.

De nouveau, mon cœur menace de transpercer ma poitrine. Johnny se fige brusquement.

– Attends ! s'exclame-t-il, pour moi ou pour lui-même. C'est trop risqué.

Il me dévisage, évalue la situation. Il fait clairement un millier de calculs dans sa tête, conscient du danger.

– Vous vous cachez tout près d'ici, n'est-ce pas ? demande-t-il, les sourcils froncés.

– Oui. Dans une maison abandonnée que Connie a trouvée.

Je trahis ma parole en parlant de notre refuge, mais le contexte est particulier. La question n'est plus d'impressionner mes copines en leur témoignant une loyauté aveugle et en étant capable de garder un secret. Il s'agit d'aider Diane. C'est tout ce qui compte désormais.

Revenu s'asseoir sur la chaise à bascule, il agite les jambes, exactement comme le fait sa sœur. Il s'allume une autre clope.

– Ce soir, dit-il. J'irai ce soir, quand il fera nuit. À 20 heures, ce sera plus sûr. Ça me tue d'attendre, mais les flics me surveillent peut-être. C'est pas parce qu'ils m'ont relâché qu'ils ont arrêté de me soupçonner. Et s'ils me suivent, je les mènerai droit à elle.

Il ferme les yeux, pose sa tête sur ses mains.

– Diane…

De nouveau bouleversée par sa voix, je ne sais pas quoi lui dire.

– Tu devrais peut-être aussi rester ici, lance-t-il soudain en me regardant droit dans les yeux. Bon sang, pour toi aussi, c'est dangereux, Evie. Diane n'aurait jamais dû t'envoyer. Mais… je suis content qu'elle l'ait fait.

De frustration, il pousse un juron et se redresse, la main appuyée sur son front, sa cigarette allumée à quelques centimètres de ses cheveux. Je me sens bête de m'inquiéter pour ça avec tout ce qui nous arrive.

– Non, je ferais mieux de partir, je pense. Diane m'attend. Si je ne reviens pas, elle va partir à ma recherche.

Toujours hésitant, il écrase sa cigarette et passe une main dans ses cheveux. L'entaille au-dessus de son œil ressort plus encore. C'est une sacrée coupure, toujours rouge vif.

– Comment tu t'es fait ça ?

– À ton avis ? C'est les flics quand j'étais au trou. Ils voulaient que j'avoue, gronde-t-il, furieux.

Je recule, apeurée.

– Pardon, Evie ! s'excuse-t-il aussitôt. J'ai pas à me défouler sur toi comme ça. Désolé, c'est juste que…

Il renonce à trouver les mots. Je le comprends mais ça ne m'empêche pas de retenir mes larmes à grand-peine.

– Pas grave.

Il me gratifie d'un sourire compatissant.

– Écoute, Evie, tout ira bien. Excuse-moi.

Il s'adosse à la chaise, adoptant l'attitude de quelqu'un qui maîtrise la situation. Quelqu'un qui n'a pas peur. Le Johnny Treadway que j'ai toujours connu et peut-être aussi un peu craint.

– Voilà ce qu'on va faire, commence-t-il lentement. Avant de partir, tu vas me dire où est cette maison, et tu vas y retourner en faisant attention de ne pas te faire prendre. Comme à l'aller. Tu vas retourner auprès de Diane et tu lui dis que je viendrai à 20 heures pétantes. Et tu vas lui dire qu'elle me manque et que bientôt tout ira mieux. Dis-lui que c'est une promesse. Que je le jure devant Dieu. Dis-le-lui.

Il s'interrompt et me regarde de nouveau droit dans les yeux.

– Dis-lui qu'elle règne sur mon cœur. Dis-lui ces mots précisément.

Je les grave dans mon esprit, pour que Diane puisse les graver dans son cœur. Alors que je me lève pour partir, inquiète pour le trajet, Johnny m'arrête et file vers sa chambre. Après quelques minutes, il me tend une feuille à carreaux.

– Est-ce que tu peux lui donner ça ?

– Bien sûr.

– Et ne le lis pas, s'il te plaît, demande-t-il d'une voix plus tendre, presque timide. C'est juste pour Diane.

– Je ne lirai pas.

J'imagine que c'est plus intime que ce qu'il m'a demandé de lui répéter.

– Merci Evie, t'es une nana super.

Je rougis, malgré moi, avant de lui donner l'adresse de la maison abandonnée, et de sortir par l'arrière.

Le trajet de retour me fait le même effet que celui de l'aller, même si je me sens désormais plus confiante. J'imagine déjà la joie de Diane quand je lui annoncerai la bonne nouvelle.

Alors que je remonte Elliston pour couper vers Monroe, en traversant la cour arrière d'une maison, j'entends des pas derrière moi. Je me fige et mon regard se pose sur des jouets rouillés abandonnés sur une pelouse mal entretenue. Le message de Johnny dans la main, je me retourne, effrayée de ce que je verrai. Je retiens ma respiration.

Rien. Rien du tout. Personne.

Je repars au pas de course, me persuadant que ça ne devait être qu'un chat. Dans ce quartier, ils ne manquent pas, après tout. Quand j'arrive enfin à notre cachette, quand je tends la réponse de Johnny à Diane et qu'elle me serre dans ses bras en pleurant de gratitude, je n'ai toujours pas réussi à me sortir de la tête l'impression d'avoir été épiée.

***

Une fois que Diane a lu avidement la lettre de Johnny, je lui répète mot à mot ce qu'il m'a chargée de lui dire. Ses yeux se remplissent à nouveau de larmes en entendant qu'elle règne sur son cœur et un large sourire se dessine sur ses lèvres.

– Il cite la chanson d'Irma Thomas qu'on a écoutée dans la cabine à Jive Hive, « *Ruler of my Heart* ». C'est une de nos préférées.

Et elle recommence sa lecture.

Elle relit la lettre encore et encore, lui souriant comme si c'était Johnny qu'elle avait devant elle. Et elle finit par la plier et la ranger dans la poche de son chemisier.

Je ne lui demande pas de me la lire, ni ne l'interroge sur son contenu. Je lui laisse son intimité. Diane ne propose pas de m'en parler. Ce qui est clair, c'est que ça lui a fait plaisir.

Elle me remercie, en revanche, un bon millier de fois.

– Evie, tu es la meilleure amie que j'aie jamais eue. Je suis sincère.

C'est agréable à entendre. Je souris.

– Diane, tu sais le plus drôle ?

– Quoi ?

– On s'est rencontrées il y a dix jours seulement !

Elle passe une main dans ses cheveux roux et éclate de rire.

– J'ai l'impression que ça fait dix ans.

Et soudain, elle prend un air sérieux.

– Mais d'une certaine façon, c'est bien comme ça. Tu vois ce que je veux dire ?

– Bien sûr.

J'ouvre un paquet de crackers. J'ai faim sans avoir faim. Je suis fatiguée sans être fatiguée. Je ressens plein de choses en même temps, sans savoir quoi exactement.

– Diane, je peux te poser une question ?

Une partie de moi veut repousser toutes ces émotions. Les cacher, les ignorer, les effacer… Et si je les exprimais plutôt ? Diane m'a prouvé que c'était possible.

– Évidemment, lance-t-elle en s'emparant du miroir brisé qu'on a trouvé dans la salle de bains pour examiner son reflet.

Elle grimace.

– Dommage que je n'aie pas de maquillage et une brosse à cheveux. Je veux être belle quand Johnny viendra ce soir.

– Tu es belle.

J'attends qu'elle repose le miroir doucement.

– Qu'est-ce que tu veux savoir, Evie ? demande-t-elle alors en penchant la tête sur le côté. Tu voulais me poser une question.

Je grignote un cracker dont la moitié s'émiette sur le parquet.

– Est-ce qu'on sera toujours amies quand ce sera terminé ? Je veux dire : quand Johnny et toi, vous vous remettrez ensemble et que la police t'innocentera ?

Diane fronce les sourcils, perplexe. Et soudain, un gentil sourire sur les lèvres, elle me dévisage un moment en silence.

– Evie, pourquoi tu me demandes une chose pareille ?

Je hausse les épaules et, du bout de l'index, joue avec les miettes au sol.

– Je sais pas, dis-je en grommelant, sans oser croiser son regard. Tu es plus âgée que moi. T'es presque une adulte avec tout ce que tu as traversé. Et quand tu seras de nouveau avec Johnny…

Je n'arrive pas à terminer ma phrase.

– Evie, eh, regarde-moi. Tu n'es pas n'importe qui et tu ne t'en rends même pas compte. Ton âge, on s'en moque, tu es spéciale. Vraiment spéciale.

Les mots de Diane me déstabilisent au lieu de me rassurer. Je sais bien ce que je suis : une fille qui fait peur à sa propre mère, une fille à l'avenir si réduit et si étouffant qu'elle ne sait pas comment réagir, et fait n'importe quoi, juste pour ressentir quelque chose.

– En quoi je suis si spéciale, Diane ?

À ma grande surprise, j'entends ma voix se casser. Diane s'épanche facilement, pas moi. Pour une fois, et parce que c'est elle, j'autorise mes larmes à monter.

– Oh, Evie ! s'écrie Diane, bouleversée.

Elle se penche vers moi, pose une main sur mon épaule et me secoue légèrement.

– Evie, écoute-moi ! Je vais te dire en quoi tu es spéciale ! Bon sang, tu as tenu tête à tout le monde pour moi ! Tu as tout risqué pour m'aider ! Tu es une vraie amie. Tu ne sais pas comme c'est rare ?

Elle baisse la voix.

– En tout cas, pour moi, c'est nouveau. Tu es vraiment unique.

– Diane, après tout ce que tu as fait pour moi...

Et je m'interromps de peur de mal m'exprimer, mais je m'arme de courage pour reprendre. Parce que je sais que je me sentirai mieux une fois que j'aurai dit tout ce que j'ai sur le cœur.

– Sache surtout que je ne t'ai pas aidée juste parce que j'avais une dette envers toi. De toute façon, je ne pourrai jamais te rembourser entièrement. Et je n'ai vraiment rien fait d'extraordinaire...

– Mais Evie, c'est grâce à toi si Connie m'a donné une chance, insiste Diane. Et que les autres ont pris ma défense. Tu es la première personne à qui j'ai fait assez confiance pour raconter mon histoire... pour parler de mon bébé. Et tu ne m'as pas jugée. Tu m'as écoutée. Vraiment écoutée.

Elle me regarde intensément.

– Tu n'avais pas à faire tout ça, Evie, continue-t-elle en me serrant l'épaule. Ça n'a rien à voir avec ce que tu me dois ou pas. Tu es une personne incroyable et c'est tout.

Je renifle, totalement en pleurs cette fois.

– Merci Diane, mais... je sais pas. Tout est tellement confus et horrible. Ma grand-mère est sûre que je vais finir en enfer. Ma sœur me manque terriblement et elle traverse une mauvaise passe. Ma mère doit me détester. Après notre dernier échange, elle ne voudra sans doute pas que je revienne à la maison. Je ne suis pas la fille parfaite qu'elle aurait aimé avoir. Ce qu'elle souhaite pour moi, je n'en veux pas. Même si, pour être honnête, je ne sais pas vraiment ce que je veux. Mais j'estime que j'ai le droit de le découvrir par moi-même.

En disant les mots tout haut, je suis frappée par leur pertinence. Je comprends que je refuse de vivre ma vie pour quelqu'un d'autre, quel qu'en soit le prix.

Diane lâche mon épaule et se prend les mains, comme si elle allait prier.

– Evie, je n'ai rencontré ta mère qu'une seule fois, mais tu ne pourras pas me convaincre qu'elle ne veut plus de toi.

Elle coince une mèche de cheveux derrière son oreille et me serre de nouveau les mains, si fort cette fois que ses phalanges blanchissent.

– Tu as le droit de décider ce que tu veux faire de ta vie. Ta mère ne l'a peut-être pas encore compris, et peut-être que tout n'est pas parfait chez toi, mais je ne pense pas qu'il existe de maison parfaite. Crois-moi, je sais ce que ça fait quand on ne veut pas de toi. Quand tes propres parents te rejettent.

Elle ferme les yeux, prend une profonde inspiration. Et quand elle ouvre les paupières, elle me transperce du regard.

– Evie, je parie que ta mère se fait un sang d'encre. Je peux même te le garantir.

Je pousse un soupir en revoyant ma mère venir dans ma chambre avec une assiette de bacon. Ce matin-là, elle m'a suppliée de lui dire ce qui m'arrivait. Je me rappelle nos câlins quand j'étais petite fille, avant que ma vie devienne trop compliquée…

Diane a peut-être raison. Faites qu'elle ait raison !

Sans un mot, je m'essuie le visage avec la manche de mon gilet. J'inspire et souffle de toutes mes forces sur les miettes de crackers qui s'envolent dans toutes les directions. Si seulement je pouvais souffler comme ça sur mes angoisses.

– Ma mère paniquerait complètement si elle me voyait maintenant, lance Diane. Son affreuse fille qui devient exactement ce qu'elle redoutait le plus. Une criminelle dans une cachette sordide.

Elle se désigne façon top model en train de présenter une voiture de luxe et éclate d'un rire sans joie.

– J'aurais tellement aimé qu'elle me voie maintenant.

– Je suis désolée, Diane. Je ne comprends pas pourquoi tes parents n'ont pas pu t'aimer comme tu es. Tu es géniale !

– Merci, Evie. Mais j'ai fait la paix avec tout ça, le jour où ils m'ont envoyée à Dallas. Peut-être même avant. J'ai compris que je ne serais jamais qu'une déception pour eux. Ça m'a libérée : je ne me suis plus sentie obligée de tout faire pour leur plaire.

Elle s'allonge en souriant et fixe le plafond.

– Pourquoi je ne peux pas accélérer le temps, dis-moi ? J'ai envie qu'il soit 8 heures !

Une fois que Johnny sera là, je vais tenir la chandelle. Je le réalise seulement maintenant.

– J'irai dans une des chambres, dis-je. Ou peut-être vous.

Je pique un fard. Diane le voit et éclate de rire.

– Waouh, Evie, t'es toute rouge !

– Tais-toi !

Hilare, je me couvre le visage des deux mains.

– Ne t'inquiète pas. Je veux juste lui parler. Rattraper le temps perdu. On ira peut-être s'asseoir sur les marches de la terrasse.

Et ensuite, que se passera-t-il ? La police nous croira-t-elle ? Betty arrivera-t-elle à convaincre son père ? Et les parents riches et puissants de Preston ? Ils ne chercheront pas une coupable ? Je ne partage pas mes interrogations avec Diane. Ce qui compte maintenant, c'est qu'elle est heureuse. Jamais je ne l'ai vue comme ça. Je veux la laisser rêver à sa soirée avec Johnny et à une fin de conte de fées. Alors qu'on attend la tombée du jour, je m'autorise aussi à croire à un avenir serein, même si je ne sais pas à quoi il ressemblera.

Et c'est à Diane que je dois cette bouffée d'optimisme.

***

L'heure approche et Diane gigote d'impatience. Elle s'examine constamment dans le miroir en passant les doigts dans ses cheveux.

– J'ai l'air affreuse, se lamente-t-elle régulièrement.

Quand l'instant qu'elle a tant attendu arrive, elle se force à respirer calmement. Je ne peux pas m'empêcher de ressentir une partie de sa nervosité.

– Bon, je sors par derrière, annonce-t-elle. Tu pourrais…

C'est à son tour de rougir.

– Me laisser seule avec lui ? Je voudrais que notre premier baiser après tout ce temps soit dehors à l'air libre, pas à l'intérieur de cette maison qui sent le renfermé.

Elle fronce le nez.

Je souris. Pour le coup, c'est carrément digne d'une fille à papa.

– Bien sûr, je reste ici. Soyez discrets et surtout ne t'éloigne pas de la terrasse.

– Promis.

Sur le chemin vers la cuisine, elle se tourne et me gratifie d'un magnifique sourire.

– Evie, merci. Merci pour tout !

– Pas de quoi, Diane.

Adossée au mur du salon, les genoux sous le menton, j'attends. Les seuls bruits qui me parviennent sont les klaxons sur Telephone Road et les miaulements des chats de gouttière. J'imagine Johnny s'élancer sur la terrasse pour enlacer Diane. Je souris en me représentant leur baiser et en les entendant se jurer qu'ils resteront ensemble pour toujours. Et je les vois même entrer dans la maison pour me remercier. Tu es une sacrée nana, me dira Johnny. Et j'ai le cœur qui se gonfle de fierté et d'amour.

Et soudain, j'entends un cri de frayeur.

Je me lève d'un bond, la bouche sèche. Mon cerveau m'ordonne de bouger mais je suis clouée sur place.

Un autre cri suraigu.

Un hurlement de terreur.

Diane.

J'arrive enfin à courir vers la cuisine. J'ouvre grand la porte, sans me soucier d'être vue.

Je mets un moment pour comprendre la scène que j'ai devant moi : une meute composée de Ray Swanson, Dwight Hardaway, Butch Thompson et quelques autres potes de Johnny. L'un d'eux a dans la main un couteau à cran d'arrêt. Un autre, une bouteille cassée. La haine pure se lit sur leurs visages, une haine dirigée contre Diane, qui semble tétanisée.

Je ne vois pas Johnny.

– Qu'est-ce que vous voulez ? dis-je en hurlant, surprise par mon courage.

Ray a les yeux gonflés, injectés de sang. Dwight lâche un petit rire menaçant. Ils sont complètement ivres, et ils cherchent la bagarre.

– Regardez-moi qui voilà ! s'exclame Ray, hilare. La poufiasse qui a décidé de venir en aide à une poulette de River Oaks au lieu de soutenir les siens.

Diane continue à chercher Johnny du regard, clairement affolée. Tout son corps est agité de sanglots.

– Tu as trop bu, Ray, dis-je.

Il faut que je gagne du temps.

– Comment vous avez su qu'on était là ?

Butch pousse un gloussement qui me glace le sang. C'est ce bruit que j'ai entendu en revenant de chez les Treadway !

– Tu te croyais rusée, hein ? Tellement maligne que t'as pas pensé qu'on pourrait te suivre !

Diane parvient à prendre la parole entre deux hoquets.

– Vous ne comprenez pas, lance-t-elle pour les raisonner. J'aime Johnny. Je n'ai jamais voulu qu'il se retrouve accusé à ma place. C'est pour ça que j'ai tout avoué !

Je me rapproche de Diane. Pour la première fois de ma vie, je regrette de ne pas avoir un couteau.

Ray semble particulièrement amusé par ce que vient de dire Diane.

– Tu aimes Johnny ? Arrête tes conneries ! Jamais tu te rabaisserais avec un gars comme lui.

– Il s'est fait tabasser par les flics à cause de ce que t'as fait, ajoute Dwight. Tu l'as laissé pourrir dans une cellule pendant toute une semaine.

Ray s'avance, suivi par les autres.

Ils sont prêts à se jeter sur nous.

Je me tourne, cherchant désespérément Johnny, ou n'importe quel voisin. J'ai envie de hurler.

Et le reste se passe en un clin d'œil. Tellement vite que les détails ne me reviendront jamais. Je n'en garderai que des flashs. Des taches de couleurs immondes, des cris.

Diane s'enfuit à toute vitesse. Les garçons s'élancent derrière elle, furieux. Telle une vague, ils foncent vers Telephone Road, où les phares des voitures éclairent la nuit.

– Au secours ! hurle-t-elle en courant.

– Diane, Diane, arrête ! crie-je dans son dos.

Un klaxon strident.

Un groupe de garçons.

Une gentille rouquine dont le seul crime est d'avoir cru en l'amour.

Un crissement de pneus et un choc effroyable. Un bruit horrible, assourdissant et funeste.

Diane est allongée sur le bitume, son corps brisé dans le halo des phares jaunes.

Des hurlements. Une voix d'homme. Des jurons. Un claquement de portière.

Le sang fuse dans mes oreilles. Tout flotte devant mes yeux. La bile remonte dans ma bouche et je vomis en pleine rue.

Et juste avant de m'évanouir, je vois Johnny Treadway qui accourt et tombe à genoux à côté de Diane.

Et il pousse un hurlement si puissant qu'il menace de tous nous emporter avec lui dans sa douleur.

24

Il y a un drap blanc dans mon champ de vision. Si je me concentre dessus, j'aperçois les coutures. Un rail en métal. Un relent de désinfectant qui me rappelle la piscine municipale en été. De l'eau de Javel.

Je suis allongée dans un lit que je ne reconnais pas. Des bruits de pas sur le carrelage ponctuent des murmures au-dessus de moi.

Je roule sur le côté et ma mère apparaît, plus éblouissante que le soleil. Elle tend la main pour me caresser la joue. Le contact de ses doigts est frais, doux, familier. Et pourtant ça fait des années que je ne l'ai plus laissée me toucher ainsi pour me réconforter.

– Où est-ce que je suis ?

Je parle avec un petit filet de voix sec qui m'effraie.

– À l'hôpital, me répond-elle tout bas. Tu t'es évanouie et ta tête a cogné la route. Mais tout ira bien.

Je cligne des yeux une fois, puis deux. Et le souvenir de la nuit déferle sur moi comme une poussée de fièvre.

Les garçons. La voiture. La silhouette d'une fille dans des phares.

– Diane ?

Il faut que je sache.

La pause qu'elle marque avant de me répondre me suffit.

– Evelyn… lâche enfin ma mère, sa voix se brisant sur la dernière syllabe.

Je secoue la tête, grimace de douleur et ferme les yeux.

– Je ne veux plus penser à rien.

Et mon corps m'obéit, me plongeant dans un profond sommeil sans rêve.

***

Je ne reste pas longtemps à l'hôpital. On fait tout pour moi, ici. Je n'ai même pas à réfléchir ou à prendre de décisions. J'ouvre la bouche pour qu'on prenne ma température, pour ingérer de la compote liquide ou pour répondre par oui ou non aux questions faciles des médecins.

– Tu as mal à la tête ?

– Non.

– Tu arrives à dormir ?

– Oui.

Tout est tellement simple que j'en arrive à me dire que je resterais bien ici pour toujours. Quand on m'emmène vers la sortie en fauteuil roulant, deux jours après mon arrivée, le soleil de Houston m'aveugle et tout semble soudain trop réel.

Douloureusement réel.

À la maison, ma mère et ma grand-mère ont changé mes draps, et l'une des deux – sans doute ma grand-mère – a rangé et nettoyé ma chambre, au point où je ne m'y retrouve même pas. Tout est parfaitement ordonné et empilé. Ann, ma poupée de chiffon, trône sur mon lit, comme quand j'étais petite. J'enfile aussitôt une chemise de nuit blanche et me glisse sous la couverture. Je me cache le visage dans la tête d'Ann, respirant à plein nez son odeur de laine. Ma grand-mère a vraiment bien fait de la poser là. Le côté de la chambre de Cheryl est toujours aussi vide. Je me demande ce qu'on lui a raconté des évènements des derniers jours, mais je ne peux me résoudre à poser la question.

Je me réveille constamment avec le sentiment d'être dans la maison abandonnée, jusqu'à ce que je sorte un peu des limbes pour y replonger rapidement. Après avoir appelé Diane à cor et à cri, quand ma mère accourt dans ma chambre, mon esprit s'éclaircit et je me rappelle où je suis. Je ne pleure pas. J'arrête juste de l'appeler et tourne les yeux vers la fenêtre.

Je ne veux pas penser à Diane.

Je ne veux pas penser.

Ma mère et ma grand-mère veillent sur moi, m'apportent des plateaux-repas, me supplient de m'alimenter. J'essaie, mais rien n'a de goût. Je me force à prendre trois bouchées de tout, afin de leur faire plaisir. Elles ne m'interrogent pas. Elles ne parlent pas de ce qui s'est passé dans la maison abandonnée avant qu'on s'enfuie avec Diane. *Tu as faim ? Tu as froid ? Tu es fatiguée ?* C'est tout ce qu'elles me demandent. Jamais aucun commentaire, aucune question sur des sujets importants. *Il va pleuvoir aujourd'hui. Les Carter ont une nouvelle Chevrolet. Je ne retrouve pas mon manteau, où est-ce que j'ai bien pu le mettre ?*

Même si les docteurs à l'hôpital leur ont dit que j'étais en état de retrouver une vie normale, elles semblent toutes les deux heureuses de me maintenir au fond de mon lit, où elles peuvent me surveiller plus facilement. Plusieurs jours passent sans que j'aille au lycée, sans que j'aide à la maison… Et ça me va. C'est presque comme à l'hôpital. J'accepte volontiers de n'être plus qu'un corps anesthésié et quasi inerte. Je ne m'aventure pas plus loin que le salon, où je regarde la télévision à longueur de temps, sans rire ni pleurer. Que ce soit drôle ou triste, je fixe simplement le poste, sans réagir. Je laisse les émissions défiler. Ça me fait un bruit de fond. Un jour, ma mère m'a trouvée devant l'écran bien après la fin des programmes.

Cheryl m'a appelée, le premier dimanche soir après l'évènement qui a fait la une des journaux de l'État. Je m'en doute, même si je les ai évités. Et ma mère lui a tout raconté.

– Ma petite sœur chérie, comment ça va ?

Elle me paraît à des années-lumière, comme si sa voix inquiète n'arrivait pas à m'atteindre.

– Je vais bien.

– Tu me manques tellement. Je n'avais aucune idée de tout ce que tu traversais.

– Tu me manques aussi.

Je suis épuisée. Parler me fait mal. Je voudrais lui demander comment elle va, si les choses s'arrangent avec Dennis. Mais je n'y arrive pas. Et de toute façon, on ne peut pas rester trop longtemps au bout du fil.

Le même jour, je reçois la visite de Juanita, Connie et Sunny. C'est ma mère qui entre prudemment dans ma chambre pour me l'annoncer.

– Pas maintenant, dis-je sur un ton sans relief qui m'effraie encore plus que ma voix de malade à l'hôpital.

Ma mère s'apprête à protester, mais je vois qu'elle se ravise, l'air triste. Elle sort et referme derrière elle.

Une semaine environ après mon retour, deux hommes se présentent chez nous pendant que ma mère est au travail. Grand-mère a laissé la porte de devant ouverte pour aérer et je les examine à travers la moustiquaire, depuis le canapé du salon.

– Grand-mère !

Je ne les quitte pas des yeux, mon cœur battant la chamade. Un étrange rappel que je suis toujours en vie.

Ils lui expliquent qu'ils sont officiers de police. Dans leurs uniformes, ils pourraient aussi bien avoir vingt ans que cinquante. Ce qui est sûr, en tout cas, c'est que ce sont des flics et qu'ils veulent m'interroger. Je ne pourrai pas m'en débarrasser comme j'ai envoyé paître mes amies.

Grand-mère leur apporte du café et ils s'installent, mal à l'aise, sur notre mobilier d'occasion. Celui qui perd ses cheveux scrute soigneusement les lieux. Il se fait déjà son idée sur nous.

– Que souhaitez-vous demander à ma petite-fille ? les interroge ma grand-mère, poliment. Elle est souffrante donc je préférerais que ça ne prenne pas trop longtemps, si je peux me permettre.

Je lui adresse un regard reconnaissant, auquel elle répond par un sourire crispé. Elle est nerveuse, elle aussi.

– Nous voudrions simplement lui poser quelques questions au sujet de l'affaire Diane Farris, répond celui qui ne perd pas ses cheveux.

Il a des yeux un peu plus chaleureux que l'autre et sa façon de me regarder me fait penser qu'il doit avoir des enfants.

– On a encore besoin de quelques éléments.

– D'accord. Mais faites vite, s'il vous plaît.

Elle dévisage les officiers en s'asseyant à son tour, clairement pas rassurée.

Les agents commencent doucement, prenant des nouvelles du coup que j'ai pris sur la tête, de la durée de mon séjour à l'hôpital. Ils ont des petits carnets et des crayons, mais ne prennent pas de notes. C'est juste un échauffement.

– Peux-tu nous raconter comment tu as connu Diane Farris ? demande le dégarni en se penchant sur sa chaise, enfin intéressé par la réponse.

Ma gorge se serre, mon cœur s'emballe.

– On s'est rencontrées au drive-in de Winkler.

Connie m'a toujours conseillé de ne jamais dire aux flics plus qu'ils n'en demandent.

– Quand ?

– Ça fait un moment.

– La nuit du 10 octobre ? insiste le moins gentil des deux. La nuit où elle a tué Preston Fowler ?

Je baisse la tête vers mes mains croisées sur mes genoux. J'ai envie de disparaître.

– Écoute, Evelyn, enchaîne le flic souriant. On sait déjà ce qui s'est passé. On a la confession écrite avec ton petit mot. On veut juste réunir les derniers détails afin de clore l'affaire.

Ils me font le coup du gentil flic et du méchant flic comme dans les films. À quoi bon ? Diane est morte. Plus besoin de la protéger.

Une digue en moi explose et je sens des larmes brûlantes piquer mes yeux, que je tente de refouler. Diane pleurait si facilement. Elle n'avait pas peur d'exprimer ses émotions. Je l'admirais pour ça, mais je ne veux pas me laisser aller devant ces flics.

– Vous bouleversez ma petite-fille !

Grand-mère me tend un mouchoir. Je m'en saisis, pleine de gratitude. De surprise aussi. Je ne m'attendais pas à ce qu'elle prenne ma défense ainsi. Je parviens à me ressaisir grâce à elle. Et soudain, je me souviens de ce que j'ai lu dans les journaux au moment où on se cachait, Diane et moi. La police voulait simplement nous interroger. Grand-mère ne sait pas ce que Preston a failli me faire subir.

– Madame, nous avons presque fini, assure le gentil, avant de se tourner vers moi. Evelyn, dans sa confession écrite et dans ce qu'elle a expliqué à Betty Howell, Diane Farris affirme avoir tué Preston Fowler pour défendre une fille qu'il était en train d'agresser... et dans le paragraphe que vous avez ajouté...

Il s'interrompt, lance un petit coup d'œil à ma grand-mère. Il cherche ses mots.

Tout à coup, grand-mère ouvre de grands yeux.

– Evelyn !

Elle a compris avant que l'officier le formule.

Je prends péniblement une inspiration et rassemble mon courage – le courage que Diane disait voir en moi. Et je plante mon regard dans celui du flic devant moi

– Preston Fowler a tenté de me violer cette nuit-là, au drive-in, dis-je d'une voix relativement ferme. Il m'a entraînée et coincée derrière les toilettes et ne me laissait plus partir. Je me suis débattue, ce qui l'a fait rire. Il m'a dit qu'il n'en aurait pas pour longtemps. Ce sont ses mots exacts. Je ne les oublierai jamais. J'étais terrorisée. On s'est battus, et je me suis évanouie. Quand j'ai repris connaissance, Diane Farris était là, un couteau à la main. Elle m'a dit qu'elle avait tué Preston, mais que ce n'était pas son intention. Et je sais que ce n'est pas ce qu'elle voulait ! Elle a essayé de l'effrayer pour me défendre. Alors qu'elle ne me connaissait même pas ! Ou si peu. J'étais une inconnue pour elle, une fille qu'elle croisait dans son cours d'anglais. Et elle n'a pas hésité à me défendre.

Les larmes brûlent de nouveau, mais je les repousse une nouvelle fois en désignant d'un signe de tête le carnet du plus gentil des deux flics.

– Pourquoi vous n'écrivez pas ce que je vous dis ? C'est pourtant ce qu'il faut que vous notiez dans votre foutu carnet. C'est ce qu'il vous faut pour compléter votre enquête à la noix ! Je n'étais rien ni personne pour Diane. Juste une fille quelconque vivant du mauvais côté de la ville. Elle aurait pu fermer les yeux ou regarder ailleurs. Mais elle m'est venue en aide parce que c'était quelqu'un de bien. Quelqu'un d'incroyable. C'était ma meilleure amie et vous n'avez pas idée à quel point elle me manque !

Mes larmes jaillissent enfin. Je me lève d'un bond, renversant une des tasses de café sur la table basse. Je l'entends se briser au sol, alors que je cours m'enfermer dans ma chambre pour sangloter sur mon lit. Je m'autorise alors à vraiment ressentir tout ce qui m'est arrivé. Tout ce qui est arrivé à Diane. Je pleure jusqu'à ce que mon corps hurle de douleur. Je pleure encore quand ma grand-mère frappe à ma porte et s'assoit à côté de moi pour me caresser le dos. Elle me supplie de lui parler, mais j'en suis incapable. Et à force de sangloter, je finis par m'endormir.

* * *

Quand j'ouvre un œil, le soleil s'est couché, mais mon réveil m'indique que l'heure du dîner est tout juste passée. Je m'assois dans mon lit, complètement paumée. Et la visite des flics me revient à l'esprit. J'ai envie de ressentir le même engourdissement qu'à l'hôpital ou quand je passe des heures à m'abrutir devant la télé. Mais j'ai les nerfs à fleur de peau.

C'est une sensation affreuse.

On frappe à ma porte.

– Evelyn ?

Ma mère.

Je suis d'abord tentée de faire semblant de dormir. Ce serait si facile de juste me taire, de fermer les yeux.

– Evelyn, ma chérie. Ma puce. S'il te plaît, ne me rejette pas.

Je renonce. Il est temps, je le sais.

– Entre.

Encore vêtue de son uniforme du Shamrock Hotel, elle s'assoit au pied du lit. Elle me masse les pieds à travers la couverture. Je la laisse faire, je n'ai rien de mieux à lui offrir.

– Ta grand-mère m'a appelée au travail.

Je hoche la tête. Je m'en doutais.

– Mon cœur, pourquoi tu ne m'as rien dit ?

Je baisse les yeux.

– Je ne sais pas, dis-je tout bas, le cœur tout aussi brisé que la voix de ma mère.

Je me surprends à croiser les doigts, je ne sais même pas pourquoi. Pour me donner du courage ? De la chance ?

– Je… n'ai pas réussi. Je pensais que tu serais trop déçue par moi. Parce que tu veux que je sois une fille convenable, bonne à marier, pas une fille qui se fait coincer derrière les toilettes d'un drive-in.

Je retiens mon souffle, me préparant à sa réaction. Et soulagée, aussi, d'avoir enfin sorti ces mots qui me pesaient tant.

Ma mère semble se décomposer. Elle se blottit contre moi et m'enlace. Et je pleure sur son épaule pendant un moment. Elle pleure aussi, me caressant les cheveux comme elle le faisait quand Cheryl et moi étions enfants et qu'on venait lui faire un câlin après ses longues heures de travail. Je sens ma mâchoire se détendre légèrement.

Quand elle me libère, elle me regarde dans les yeux, à l'affût de quelque chose. Elle me prend les mains et les serre si fort qu'elles me font un peu mal. Ça m'est égal.

– Evelyn, ce que ce garçon a tenté de te faire… commence-t-elle, sa voix se perdant dans un murmure.

Elle ferme les yeux avant de reprendre.

– Ce n'était pas ta faute. Rien de tout ça ne l'était. J'espère que tu le sais.

Les filles ne me l'avaient jamais dit. Bien sûr, c'est ce qu'elles pensaient aussi, et Juanita avait essayé de me convaincre d'en parler. Mais pour elles c'était sûrement tellement évident qu'elles n'avaient pas besoin de le préciser. Seulement entendre ma mère me le dire… l'entendre prononcer ces mots tout haut… Un poids écrasant quitte mes épaules.

– Je sais, oui.

Elle me caresse la main et les cheveux, comme pour me retenir, comme si elle avait peur que je disparaisse.

– Oh, Evelyn. Je suis désolée de ce qui est arrivé. À toi… à nous.

Je revois ma mère par terre, la nuit où je l'ai poussée.

– C'est moi qui suis désolée, maman. La nuit où je me suis enfuie… je ne voulais pas te faire du mal. Je regrette tellement. J'étais perdue… et j'avais si peur.

Ma mère hoche la tête.

– Je suis désolée de t'avoir giflée, Evelyn. Jamais de la vie… Tu sais, grand-père – je ne sais pas si tu te souviens de lui –, il me frappait dès que je désobéissais. Ou même quand il pensait que j'allais désobéir. Et je m'étais promis que je ne ferais jamais la même chose à mes enfants si j'avais la chance d'en avoir.

On reste assises un moment en silence. Ma mère se relève pour ouvrir la fenêtre au pied de mon lit et un courant d'air frais s'infiltre dans la chambre. Elle se rassoit à côté de moi, me dévisage.

– Evelyn, je veux que les choses s'arrangent entre nous.

Je prends ma poupée, Ann, et la pose sur mes genoux pour caresser ses cheveux en laine.

– Quand tu étais petite, tu me disais tout, continue-t-elle. Au point parfois que j'avais envie que tu arrêtes de parler pour pouvoir réfléchir. Tu racontais tout en détail, sur tout. Ce qui s'était passé à la cantine, dans le livre que tu lisais, et ce que tes camarades te confiaient dans la cour. Et quand Cheryl est partie, brusquement, plus rien. Pourquoi as-tu arrêté de me parler ?

En soupirant, je m'appuie sur le mur derrière moi. J'approche Ann de mon visage.

– Je ne sais pas, maman. J'en sais rien. C'est juste… Après ce qui est arrivé à Cheryl, j'ai commencé à me dire…

Je m'arrête net. Réfléchis. Respire. Et j'ose enfin.

– Tu nous as toujours répété que le plus important c'était qu'on se trouve un garçon bien qui s'occuperait de nous. Un type fiable. Pas comme notre père. Je veux… que ma vie soit agréable, mais pas comme ça. Pas grâce à un gars bien. Je dis pas que je ne veux pas me marier, mais… je veux découvrir par moi-même ce que je veux.

Maman m'écoute. Elle ne répond rien. Alors je continue, incapable désormais de me retenir.

– Je veux… que ma vie ait du sens. Je veux ressentir des émotions. Vivre des aventures. Je veux vivre. Je ne veux pas de la vie de Cheryl. Je l'aime, mais c'est pas ce que je souhaite *pour moi*. Et dans ce quartier, j'ai l'impression que si tu veux vraiment aimer, et ressentir et respirer…

Le visage de Diane m'apparaît.

– Non, j'ai l'impression que si tu veux vraiment aimer, et ressentir et respirer dans cette ville, on te considère comme un délinquant. Et si tu es une fille, c'est pire. On te traite de traînée.

Ma mère passe une main dans ses cheveux, peigne en arrière une de ses mèches grises.

– Evelyn, je ne sais pas quoi répondre à *tout* ça…

Sa voix n'est qu'un mince filet, mais elle a un sourire discret aux lèvres. Elle laisse même échapper un petit rire. Et je ne peux pas m'en empêcher, je souris moi aussi.

– Je ne te demande pas d'avoir *toutes* les réponses. Mais… tu m'as demandé ce qui m'arrivait, dis-je en haussant les épaules.

J'ai des scrupules d'avoir vidé mon sac comme ça, mais je garde le sourire.

Aucune de nous ne parle pendant un moment.

– Je ne pense pas avoir toutes les réponses. Loin de là, reprend-elle. Mais à l'avenir, je t'en prie, ne me tiens pas à distance. Ne me rejette pas. N'oublie pas que moi aussi, j'ai été jeune. Et c'était il n'y a pas si longtemps, franchement ! Je veux juste ce qu'il y a de mieux pour toi, ma puce. Mais il va peut-être me falloir un peu de temps pour comprendre ce que c'est.

– Je ne te rejetterai plus, maman, dis-je tout bas. Promis.

Elle me tapote la jambe, prend une nouvelle inspiration et s'approche de moi.

– On reste un peu comme ça, d'accord ? demande-t-elle. Pas besoin de parler. On reste ensemble, simplement. Grand-mère pense sûrement qu'on continue à régler nos comptes. Pas grave, n'est-ce pas ?

– Ça me va très bien.

On profite juste l'une de l'autre, bercées par les sons de la nuit. Elle bâille sans même se couvrir la bouche. Je me surprends à regarder ses chaussettes sur mon dessus-de-lit usé et je pense aux kilomètres que ces pieds fatigués ont parcourus dans cette maison, entre autres pour le petit bébé braillard que j'étais.

25

Le lendemain de notre réconciliation est un beau dimanche ensoleillé. Je me blottis sur le canapé à ma place désormais habituelle devant la télévision. Soudain, on frappe à la porte, assez fort pour couvrir le bruit que fait ma grand-mère avec la vaisselle. Maman traverse le salon pour ouvrir, et je me surprends à espérer que ce soient les filles, revenues afin de me convaincre de sortir de la maison. Je suis prête à leur parler maintenant, mais je ne leur en voudrai pas si elles ne reviennent jamais me voir. Je les ai quand même méchamment rembarrées la dernière fois.

Mais sur le pas de la porte, dans sa jolie robe jaune clair, se tient miss Odeen, ma prof d'anglais.

Encore en pyjama, je me fige, sidérée. Je pense tout de même à me couvrir avec le plaid posé sur le dossier du canapé. Je sens que j'ai perdu l'usage de la parole.

– Bonjour, lance miss Odeen à ma mère. Je suis désolée de débarquer chez vous à l'improviste. Je suis Beverly Odeen, la professeure d'anglais d'Evie – Evelyn, pardon – à Eastside. Elle nous manque beaucoup au lycée, alors je suis passée lui dire bonjour et prendre de ses nouvelles.

Elle marque une pause à la fin de son petit discours d'introduction, un sourire rayonnant aux lèvres, et tout ce que je retiens, c'est son prénom. Marrant qu'elle se soit présentée ainsi. Ma mère passe une main dans ses cheveux, s'efforçant d'intégrer ces informations et de prendre son air accueillant. Miss Odeen ne doit pas être beaucoup plus âgée que Cheryl, mais il se dégage d'elle une telle élégance que je comprends sa réaction.

– Miss Odeen, comme c'est gentil à vous. Je suis la mère d'Evelyn, Marjorie Barnes. Entrez, je vous en prie.

– Appelez-moi Beverly, précise-t-elle en entrant. Evie, ça me fait plaisir de te voir ! me lance-t-elle.

J'esquisse un petit sourire, et juste à cet instant, grand-mère décide de sortir de la cuisine, un torchon à la main.

– Marjorie, c'était qui ? demande-t-elle avant de remarquer la présence de miss Odeen. Oh, bonjour.

– Je te présente Beverly Odeen, maman. La professeure d'anglais d'Evelyn.

– Enchantée, salue grand-mère, visiblement impressionnée par le raffinement de miss Odeen.

Les cheveux soyeux, le rouge à lèvres rose appliqué au millimètre près, et sa posture parfaite d'ancienne danseuse. Grand-mère lui propose un café et l'invite à s'asseoir sur le rocking-chair. Maman se rend alors compte que la situation est affreusement embarrassante pour moi.

– Evelyn, va donc dans ta chambre t'habiller. Je vous prie de l'excuser, elle est encore en pyjama, ajoute-t-elle en direction de miss Odeen. Après ce qu'elle a traversé, on la laisse se détendre un peu, maintenant.

– Bien sûr, réplique miss Odeen, l'air de rien.

– Excusez-moi, dis-je avant de me précipiter dans ma chambre, le rouge aux joues et le plaid toujours dans les mains.

Aussi rapidement que possible, j'enfile une robe propre, je me brosse les dents et je me débarbouille pour être présentable. Je retourne ensuite au salon, le cœur battant. Qu'est-ce que je vais bien pouvoir raconter un dimanche matin à ma prof d'anglais, dans mon salon, avec grand-mère et maman sur le dos ? Même si elles restent dans la cuisine, je suis sûre qu'elles ne perdront pas une miette de notre conversation.

Miss Odeen a dû lire dans mes pensées : quand je reviens, elle me propose d'aller nous asseoir sur la terrasse.

– Il fait bon dehors, explique-t-elle en se levant, son café dans sa main parfaitement manucurée.

– D'accord, dis-je avant d'ouvrir la porte.

Après tout ce temps à passer de ma chambre au salon, ça me fait bizarre de sortir et le soleil m'éblouit. On s'installe dans les chaises en métal blanc rouillé qui font face à la rue. Je prie pour que Juanita ne me voie pas en cette étrange compagnie. Heureusement, il n'y a personne.

– Evie, tu nous as manqué, répète miss Odeen avant de prendre une gorgée de café. Et je me suis fait du souci pour toi.

Je gigote un peu sur ma chaise.

– Tout va bien.

Miss Odeen hoche la tête comme si je venais de lui dire quelque chose de très intéressant. Elle regarde la maison de l'autre côté de la rue.

– Tu sais, quand j'étais jeune, j'ai eu des ennuis moi aussi.

Sans pouvoir m'en empêcher, je lâche un petit rire incrédule.

– Vous ? C'est difficile à croire.

Elle sourit et hausse les épaules.

– Je sais, mais je n'ai pas toujours été adulte, Evie.

Je lui demande son âge, encore une fois. Je n'arrive pas à me retenir.

– Vingt-quatre ans. Vingt-cinq en décembre.

– Oh, moi j'ai quinze ans. Mais vous le saviez déjà.

Elle me gratifie d'un large sourire.

– En effet. Et moi aussi, j'ai eu quinze ans. Sans entrer dans les détails, ça n'a pas été une période facile. Elle était même sacrément corsée.

J'essaie d'imaginer ce qu'elle a pu faire. Une fugue ? Une grosse dispute avec sa mère ? Est-ce que miss Odeen a fait tomber sa mère dans le couloir ?

Est-ce qu'elle a perdu sa meilleure amie dans les phares d'une voiture ?

Là, le souvenir me frappe en plein cœur. La mort de Diane m'accompagne à chaque instant, comme une chanson qu'on ne peut pas se sortir de la tête, mais parfois le poids de son absence m'accable au point de me faire suffoquer.

– Evie, ça va ?

Je secoue la tête, les larmes aux yeux. Je me rappelle comment Diane ne s'excusait jamais de pleurer, alors je me laisse aller devant miss Odeen.

– Tiens, dit-elle en me tendant un mouchoir brodé. Tu peux le garder.

Je m'empare du tissu, reconnaissante.

– Je pensais à Diane. Elle… me manque tellement. Ça fait trop mal.

Miss Odeen me regarde et je crois voir ses yeux s'embuer. Elle déglutit avant de parler.

– Je sais, Evie. Elle me manque aussi.

Sa voix se brise. J'ose alors lui confier le fond de ma pensée :

– Miss Oden, c'est comme si… je voudrais que la douleur s'arrête, mais en même temps, si je commence à aller mieux, j'ai tellement peur de l'oublier.

Une fois exprimée, ma terreur me paraît encore plus insoutenable. Néanmoins, je me sens soulagée de l'avoir partagée.

Miss Odeen hoche la tête, rassemble ses idées.

– Je peux te promettre que ça va s'arranger, et que jamais tu n'oublieras Diane.

J'essaie de la croire. J'ai besoin de la croire. Je serre son mouchoir. Il a des cerises brodées dans un coin. C'était vraiment très gentil de me le donner.

Après quelques minutes de silence agréable, miss Odeen me demande quand je compte retourner au lycée.

– Il n'y a que votre cours qui me manque. J'aime les gens que vous nous avez fait découvrir. Jerrie Mock, Fannie Lou Hamer…

– Je suis flattée, Evie. J'espère que d'autres partagent ton opinion, mais j'aimerais que tu reviennes à tous les cours, pas juste au mien.

– Je sais pas, dis-je en haussant les épaules. Le lycée… je crois pas que ce soit pour moi.

– Je comprends, mais le lycée t'offre des ouvertures, Evie.

– Comment ?

– L'université, pourquoi pas ? Je pense que ça te plairait beaucoup. Et avec un diplôme universitaire, tu auras plus de choix dans la vie.

– Ma mère pense que le mieux pour une fille c'est de se marier avec un gentil garçon.

Je m'interromps, repensant à la conversation que j'ai eue la veille avec ma mère. Qu'est-ce qu'elle pense vraiment, maintenant ?

– Enfin, c'est ce qu'elle m'a toujours répété. Et c'est ce qu'a fait ma grande sœur.

Miss Odeen sourit.

– Se marier, c'est bien. Je pense que ça me plairait. Un jour.

A-t-elle un petit ami ? Bien sûr, je n'oserais jamais lui poser la question. Je me demande aussi si ma mère et ma grand-mère nous espionnent par la fenêtre. Je suis tentée de vérifier.

Une voiture descend la rue, un moineau se pose sur le trottoir, picore vigoureusement et s'envole. Miss Odeen inspire profondément, comme si elle avait tout le temps du monde pour rester assise là, à discuter avec moi. C'est peut-être le cas.

– Je n'arrive vraiment pas à croire que vous ayez pu avoir des ennuis plus jeune, miss Odeen. Franchement je ne vois pas. Vous êtes toujours tellement… propre sur vous.

Je rougis.

Miss Odeen rit gaiement.

– Va dire ça à ma mère, réplique-t-elle sans approfondir. Evie, as-tu une heure d'étude dans ton emploi du temps ?

– Oui, en fin de journée.

Les lycéens doivent aller dans la bibliothèque ou dans l'amphi pendant cette heure, pour faire leurs devoirs, je suppose. Je la passe en général à fumer avec les filles derrière le gymnase ou à faire la sieste sur une des tables de la bibliothèque.

– Parfait ! Je n'ai pas cours à cette heure. Est-ce que tu voudrais bien être mon assistante ? Tu m'aiderais à trier mes papiers, à noter mes QCM, ce genre de choses…

Les profs choisissent souvent un terminale pour ce rôle. Je n'en connais pas qui ait déjà demandé à une seconde. Et sûrement pas aux personnes avec qui je traîne. Je m'imagine assise dans la classe nickel de miss Odeen, à empiler des rédactions, tailler des crayons, laver son bureau aussi peut-être. Je nous imagine discuter pendant qu'on travaille. Et j'imagine aussi les autres et ce qu'elles diraient si j'acceptais, mais je pense qu'elles comprendraient. Ou peut-être que je me fiche un peu de leur réaction, en fait.

– Je vais y réfléchir. Et je vous préviendrai quand je déciderai de revenir au lycée, vous pouvez compter sur moi.

– Magnifique. J'espère que ce sera bientôt.

– Oui, bientôt.

Et au moment de le dire, je sais que c'est vrai.

– Très bien, conclut-elle en se levant et en me donnant sa tasse de café. Il va falloir que je rentre. Peux-tu dire à ta mère et à ta grand-mère que je suis enchantée de les avoir rencontrées ?

– D'accord.

Je lui prends la tasse sur laquelle s'est imprimée la trace de ses lèvres.

– J'adore la couleur de votre rouge à lèvres.

– Merci. C'est « Cerises dans la neige », de Revlon. Un nom ridicule, vraiment. Surtout quand tu habites à Houston, où il ne neige quasiment jamais. Tu n'as pas ton eye-liner habituel, toi, en revanche.

– Trop fatiguée pour me maquiller... C'est mon amie Juanita qui m'a appris, dis-je en montrant d'un signe de tête la maison d'en face.

J'ai des remords d'avoir repoussé mes amies. Je n'ai aucune idée de quand je les reverrai et de comment ça se passera.

– J'adore en tout cas, me complimente-t-elle en descendant les marches. Je ne sais pas si j'aurais osé le mettre, mais toi, tu oses. Bravo !

Son enthousiasme me fait sourire. Grand-mère ne serait sûrement pas de son avis.

– Miss Odeen...

Elle se tourne pour m'adresser un autre de ses regards bienveillants.

– Merci d'être passée me voir.

– Pas de quoi, Evie. Prends soin de toi, s'il te plaît, et n'oublie pas ma proposition, d'accord ?

– Je n'oublierai pas.

26

Plus tard dans l'après-midi, alors que je regarde la télé, Juanita, Connie et Sunny se pointent sur ma terrasse. À travers la moustiquaire, elles regardent à l'intérieur.

– Ta mère a dit que t'étais en état de nous voir, alors on est là ! appelle Connie.

À cet instant, grand-mère sort de la cuisine. Elle se retient de faire des commentaires, ça se voit.

– Tu veux inviter tes amies à s'asseoir à l'intérieur ? demande-t-elle, plutôt.

Prise de court, je regarde tour à tour ma grand-mère et mes amies. Un petit sourire se dessine sur mes lèvres. Sur celles de ma grand-mère aussi.

– Ta mère est allée chez les voisins pendant que tu faisais la sieste, avant de partir faire quelques courses. Elle a dit à Juanita que tu voulais voir tes amies.

Mon sourire s'élargit et une vague de bonheur m'envahit.

– Merci, grand-mère.

Je me lève du canapé.

– Je vais rester dehors avec elles.

Une fois la porte passée, je me sens soudain gênée.

– Salut.

Même si ça ne fait qu'une semaine, j'ai pris l'habitude de rester seule avec moi-même. Et je suis désolée de les avoir rejetées. Pourtant, en les examinant toutes les trois, mon cœur se gonfle de gratitude.

Elles ne montrent aucune rancune. Elles ont simplement attendu que je sois prête.

– Hello, petite sœur, lance Connie en me donnant une tape sur l'épaule.

Son sourire radieux laisse entrevoir son incisive cassée.

– On s'est dit que peut-être tu sortirais plus jamais de chez toi !

– Moi aussi, dis-je en me frottant l'épaule, amusée.

– Tu veux qu'on aille s'asseoir sur les marches de chez moi ? propose Juanita. Loin de la surveillance de ta grand-mère ? explique-t-elle à mi-voix avec un clin d'œil.

– Bonne idée, dis-je, heureuse de me sentir légère en marchant avec mes amies. Maintenant que j'y pense, j'ai affreusement envie d'une clope.

– Je suis pas sûre que tu devrais fumer, proteste Sunny, inquiète. Tu viens de sortir de l'hôpital.

– D'accord, maman, plaisante Connie, avant de se tourner vers moi et de m'examiner. Enfin, je sais pas. Elle a peut-être pas tort. C'est peut-être pas une bonne idée, Evie.

– Quelqu'un a un stylo ? demande Sunny, sidérée. J'ai besoin de noter la date. Le jour où Connie a dit que j'avais raison. Ça ne se reproduira pas de sitôt. Pas avant qu'on ait toutes vingt-cinq ans, au moins.

Hilares, on avance vers la terrasse arrière de Juanita. On s'assoit sur les marches et allume une cigarette.

Après quelques instants, je prends la parole. Je sens qu'elles attendent que je leur parle. Je m'arme de courage, les yeux fermés.

– Je n'arrive pas à croire qu'elle est partie. Pour de bon.

Sunny hoche la tête, une tristesse infinie voilant ses yeux bleus. Juanita se rapproche de moi et pose la tête sur mon épaule. Connie reste absolument immobile.

– Je sais, dit-elle simplement. Moi aussi.

Je parviens à prendre des nouvelles de Johnny et du quartier.

– Il sort pratiquement plus de son lit. Il est dévasté, répond Connie. Je le comprends.

Elle s'interrompt pour tirer sur sa cigarette.

– Si vous voulez tout savoir, c'est la première fois de ma vie que j'ai vu mon frère pleurer.

Je le revois l'après-midi où je suis venue lui apporter la lettre de Diane, sa douleur, ses yeux emplis de larmes. Tant mieux s'il les laisse couler parfois.

– Connie, je sais que Johnny a la lettre de Diane. Celle où elle lui parle du bébé. Tu es au courant, n'est-ce pas ?

– Oui, il m'a laissée la lire. Il la garde sous son oreiller.

– Sacrément romantique ! s'écrie Sunny. Et tellement triste !

– Oui, vraiment, dis-je, ma gorge se serrant soudain. Écoutez, je sais pas si ça l'aidera de l'entendre, mais je pense qu'il devrait le savoir... Les heures que Diane a passées à l'attendre, elle était tout excitée et heureuse. Elle est sortie de la maison pour l'embrasser sous la lune et pas dans cette maison délabrée.

Connie allume une autre cigarette.

– Je lui dirai, promet-elle sur un ton d'une douceur inhabituelle. Ça lui fera du bien, j'en suis sûre, pas vous ? Ou peut-être qu'il se sentira encore pire ? En fait, je sais pas trop.

On se dévisage, incapables de trouver une réponse.

– Je pense que tu devrais le lui dire, déclare Juanita sur un ton ferme. Ça lui fera mal d'abord, mais il sera heureux de le savoir.

Sunny semble du même avis.

– Dommage que les flics ne lui aient pas rendu sa lettre de réponse, ajoute Connie.

– Je me demande ce qu'il lui a écrit, dis-je.

Il avait griffonné ce petit mot si rapidement, sans savoir que ce serait son dernier échange avec la fille qu'il aimait.

– Il ne me le dira jamais, je pense, réplique Connie. Et il a bien raison. C'était juste pour elle.

Je pense encore une fois, et ce ne sera sûrement pas la dernière, au petit bébé quelque part dans ce monde qui est un mélange de Johnny et de Diane. Et je fais le serment qu'un jour, Johnny regardera sa fille et verra sur son visage celui de Diane.

– C'est super qu'elle lui ait écrit cette lettre, dis-je. Elle avait des étoiles dans les yeux avant de se mettre à écrire.

– Je le dirai aussi à Johnny, lance Connie, et nos regards se croisent un instant.

– Et Ray et les autres gars ? Qu'est-ce qui leur est arrivé à eux ?

Je suis prête à l'apprendre, désormais. J'ai tout fait jusque-là pour éviter les journaux et les infos, et ma mère et ma grand-mère m'ont bien protégée, mais maintenant je suis curieuse.

Les filles échangent des regards. C'est Juanita qui me répond.

– On n'était pas là pour le voir, mais il paraît que Johnny s'est rué sur eux et les a tabassés jusqu'à l'arrivée des flics.

– Il a bien fait, ajoute Connie.

– Et la voiture qui…

– Le conducteur n'a pas été inculpé, répond Sunny. Il n'aurait pas pu s'arrêter à temps. Tout était la faute des gars, mais il ne va rien leur arriver, parce que la police n'a pas assez de preuves.

– Les flics veulent juste classer l'affaire, dis-je. Ils peuvent dire qu'ils ont résolu le meurtre du drive-in.

Je raconte aux filles la visite des deux officiers de police.

– Pour eux, l'affaire est close.

Ce qui s'est passé au cours des dernières semaines m'a changée pour toujours. Pour moi, l'affaire est loin d'être close. Au moins, les flics n'ont pas essayé de me mettre sur le dos ce qui est arrivé à Preston. Et ils n'ont pas accusé non plus quelqu'un du quartier.

– Plus jamais je ne poserai les yeux sur la sale tronche de Ray Swanson, déclare Sunny. Qu'il crève.

On fume en silence et Juanita reprend la parole.

– Je me demande... si les parents de Diane ont essayé de... faire quelque chose, vous voyez ? Ils sont de River Oaks. Ils connaissent des gens haut placés. Vous croyez pas qu'ils auraient pu faire condamner Ray et Butch et les autres s'ils l'avaient vraiment voulu ?

Ma discussion avec Diane à la lueur de la bougie dans la maison abandonnée me revient. La déception de ses parents, la catastrophe qu'elle représentait pour eux. Elle se sentait comme une poupée à leur merci.

– Difficile à imaginer, dis-je. Mais ils sont peut-être soulagés qu'elle soit partie pour de bon. Ils n'ont plus à la confier à une tante ou à l'envoyer à Dallas pour la cacher à leurs amis de la haute.

Juanita et Sunny hochent la tête.

– C'est quand même pas si difficile à imaginer, en vrai, s'énerve Connie.

Et on plonge de nouveau dans le silence.

– Evie ? appelle ma grand-mère depuis la maison. Evie, tu auras faim pour le dîner ? Ta mère revient bientôt.

– J'arrive dans une minute, grand-mère !

Et je me tourne vers mes amies. Mes meilleures amies. Il en manque une, mais les autres sont là. Plus jamais je ne les laisserai tomber.

Comme si elle lisait dans mes pensées, Connie intervient.

– J'aimerais dire, au cas où il y aurait un doute, que Diane était l'une des nôtres.

Elle écrase sa cigarette par terre.

– Je ne l'oublierai jamais. Je le jure devant Dieu.

– Pareil, acquiesce Sunny.

– Pareil, lance Juanita.

– Je le jure aussi, dis-je.

On se blottit les unes contre les autres sans avoir besoin de parler. On n'en a même pas envie. Au bout d'un moment, ma grand-mère sort de la maison pour m'appeler une nouvelle fois.

ÉPILOGUE

Magnifique et verdoyant, même à la mi-décembre, avec ses chênes et ses pins, le cimetière de Glenwood est niché en surplomb de la rivière Buffalo Bayou. C'est là que sont inhumées les familles les plus riches de Houston. Ma meilleure amie, Diane Farris, n'a pas eu de funérailles publiques. C'est par les journaux que maman a découvert qu'elle reposait là. Peu de temps après notre conversation à cœur ouvert, elle est venue s'asseoir au pied de mon lit, le *Houston Post* dans les mains, m'a parlé de la petite cérémonie privée. Et elle m'a laissée pleurer dans ses bras un moment infini jusqu'à ce que son chemisier soit complètement trempé.

– Je suis désolée, ma puce, répétait ma mère en me caressant les cheveux, comme pour chasser le chagrin de ma tête.

Et tout ce à quoi je pouvais penser, c'est que Diane n'avait jamais eu une mère comme la mienne. Quelle injustice !

Je pleure toujours pour Diane, plusieurs nuits par semaine, et parfois au lycée aussi, devant miss Odeen, qui a en permanence une boîte de mouchoirs sur son bureau et toujours le temps de m'écouter quand j'ai besoin de parler. Je me suis laissée aller une fois, je ne peux plus fermer le robinet. Depuis la mort de Diane, deux mois plus tôt, mes crises de larmes se sont espacées, mais miss Odeen avait raison : je n'ai pas oublié Diane et jamais je ne l'oublierai. Ce serait comme oublier mon propre nom. Impossible.

Miss Odeen ne m'a toujours pas révélé pourquoi elle avait eu des ennuis, plus jeune. Elle le fera peut-être un jour. Ce ne sont pas les occasions qui manquent, maintenant que je l'aide dans sa classe. Connie et les autres se moquent gentiment de moi, parce que je suis devenue la chouchoute d'une prof. Ce sont toujours mes meilleures amies, même si je ne sèche pas les cours autant qu'avant.

Ça m'aide aussi d'avoir Cheryl à la maison. Un mois environ après la mort de Diane, elle nous a surprises en débarquant chez nous, avec une valise pleine à craquer et des cheveux brun foncé plus courts que jamais. J'ai poussé un hurlement strident avant de l'enlacer sur notre terrasse.

– J'ai dit à Dennis que j'avais besoin d'un peu de temps pour réfléchir, a-t-elle expliqué quand je l'ai enfin libérée.

Maman a ouvert grand la bouche et l'a refermée.

– Prends tout le temps dont tu as besoin, a-t-elle fini par répondre.

À présent, Cheryl travaille comme caissière dans un magasin et envisage de suivre des cours à l'université de Houston. Elle lit aussi un livre qui vient de sortir : *La Femme mystifiée*. Ça me paraît affreusement barbant, mais Cheryl a l'air de le trouver intéressant. Elle en souligne régulièrement des passages.

La première nuit de son retour, j'étais la plus heureuse du monde. Je n'avais pas ressenti un tel bonheur depuis la mort de Diane. À l'heure de se coucher, Cheryl s'est blottie contre moi, dans mon lit.

– Je suis tellement contente d'être rentrée, a-t-elle lancé en se glissant sous la couverture.

Ses pieds étaient glacés, mais je m'en fichais complètement.

– Je suis tellement contente que tu sois rentrée.

Elle sentait la crème Noxzema comme avant et ça m'a fait chaud au cœur.

– Tu veux savoir un truc choquant ? a-t-elle demandé.

Évidemment que oui.

– C'est grand-mère qui m'a envoyé le billet pour le bus, a- t-elle murmuré dans mon oreille. Elle l'a glissé dans une enveloppe avec un petit mot qui disait « au cas où ». Mais ne le dis pas à maman, d'accord ?

Je n'en reviens pas, mais souris à pleines dents de l'apprendre.

– Tu sais, je pense vraiment que maman comprendrait, dis-je.

– Les choses ont changé ici, on dirait, a commenté Cheryl.

– T'imagines même pas.

Et on a discuté jusqu'à 2 heures du matin, nos voix s'entremêlant comme si elles aussi s'étaient languies l'une de l'autre.

***

Le jour où je décide que je suis enfin prête à me recueillir sur la tombe de Diane, je prends le bus jusqu'à Washington Avenue. J'en parle à ma mère, mais pas aux filles. Un jour, peut-être, elles voudront m'accompagner. En fait, je sais qu'elles aimeraient beaucoup. Surtout Connie.

Mais la première fois, j'ai envie d'être seule.

J'entre directement dans la petite cabane du gardien, perdue au milieu d'arbres énormes et des statues d'anges, parmi les allées sinueuses et les haies soigneusement taillées. Quand je lui demande de m'indiquer la tombe de Diane Farris, il penche légèrement la tête, m'inspecte avec ses yeux chassieux et esquisse un petit sourire. Il sort avec moi de sa cabane pour me montrer le chemin. Seule sur le sentier, je regarde chacun de mes souffles se dessiner devant moi. J'ai envie de ne jamais atteindre ma destination, et en même temps, je sais que je finirai bien par la trouver.

En effet, j'arrive sur la tombe de Diane.

La stèle est modeste et dépouillée, comme le souhaiterait Diane. *Comme elle l'aurait souhaité.* Je grimace de chagrin.

Diane Amelia Farris

1947-1964

À notre fille bien-aimée

Mes poings se serrent, mes ongles s'enfoncent dans ma paume. Comment ont-ils osé ? Quel mensonge ! Jusqu'au bout, ils ont continué leur mascarade.

À mon amie bien-aimée ! C'est ce qu'il aurait dû y avoir écrit. C'est la seule vérité. *À mon amie bien-aimée.*

Il fait frais, mais j'ai soudain très chaud et la tête qui tourne. Je m'écroule à genoux sur la pelouse. Les sanglots montent du plus profond de moi-même et jaillissent sans que je puisse les arrêter. Jamais je n'ai pleuré aussi fort, aussi désespérément.

Diane, la fille qui m'a sauvé la vie. Diane, la fille que son bébé ne connaîtra jamais. Diane, la fille qui croyait en l'amour.

Diane, la fille que je ne verrai plus jamais, si ce n'est dans mes rêves avec un peu de chance.

J'ignore combien de temps j'ai pleuré, mais je finis par me calmer suffisamment pour entendre des pas derrière moi, des brindilles qui se cassent. Je sursaute.

C'est Betty Howell, vêtue d'une jupe grise et d'un pull rose avec un gilet assorti. Elle tient dans la main un bouquet de géraniums rouges.

– Evie, lance Betty en s'approchant de moi. Je t'ai fait peur ? Désolée.

Je m'essuie le nez avec le dos de ma manche, sans me soucier des bonnes manières. Betty me tend un mouchoir blanc bordé d'un trait rose. Je me lève pour le prendre.

– Non, ça va, dis-je en reniflant et en me tamponnant les yeux.

Betty pose ses fleurs et fait quelques pas vers moi. Le visage impassible, elle examine la stèle.

– Bon sang, lâche-t-elle.

Je tourne la tête vers elle et nos regards se croisent.

– Je sais. C'est nul, ce qu'ils ont écrit.

– C'est nul, mais ça ne m'étonne pas, déclare Betty, les sourcils froncés. Et ils n'ont laissé personne assister à la cérémonie. Ils ont tenu à la cacher jusqu'à la fin.

On se tait et je pense à Diane sous nos pieds, son corps d'adolescente enterré dans le froid, figé à seize ans, alors que Betty et moi, on respire toujours, on grandit encore. Et je pense à ce que dit grand-mère sur Jésus et le ciel et les bonnes âmes récompensées. J'ai envie de croire que c'est ce qui attend Diane, parce qu'elle avait une âme et un cœur en or. J'ai envie de croire qu'elle rayonne dans les nuages. Mais je ne suis pas sûre d'y arriver, et pas sûre non plus que ça me console. Je n'ai pas la même foi que grand-mère. Mais je crois en mon amitié avec Diane et c'est précieux.

Je jette un coup d'œil à Betty. En silence, des larmes coulent sur ses joues, alors je lui rends son mouchoir, mais elle refuse. Elle n'essaie même pas de s'arrêter, elle laisse simplement s'exprimer l'immensité de son chagrin.

– C'est ma faute, murmure-t-elle. Je n'aurais pas dû lui conseiller de rester cachée. C'est ma faute.

– Non, dis-je d'une voix pressante. Non, Betty, tu n'as pas le droit de dire ça. Tu n'as pas le droit.

Je lui prends les mains, sans me soucier qu'elle puisse trouver mon geste incongru. Et au contraire, elle me serre les mains.

– Betty, je sais ce que tu ressens. Parce que moi aussi, je l'ai ressenti. Et ça m'arrive encore parfois. Je me suis reproché des milliers de fois mon manque de prudence quand je suis revenue de chez Johnny. Si ce gars ne m'avait pas entendue ! S'il ne m'avait pas suivie ! Si je n'étais pas allée aux toilettes seule au drive-in ! Si, si, si… Mais Betty, on voulait juste faire pour le mieux. Le mieux pour Diane. Tu l'aimais. Et moi aussi. Et ça restera toujours vrai. Quoi qu'il soit arrivé, quoi qu'il arrive. Ce sera *toujours* vrai.

Elle hoche la tête, toujours en pleurs. Je la connais à peine, et pourtant, je la prends dans mes bras et sens son visage mouillé dans mon cou.

Ce qui me fait l'enlacer et la consoler, c'est Diane.

Et Connie.

Et Juanita.

Et Sunny.

C'est l'amitié. Parce que Betty était prête à tout par amitié.

Alors Betty est mon amie, à moi aussi.

Je la serre contre moi jusqu'à ce qu'elle ne pleure plus. Elle se dégage alors.

– Tu sais, commence-t-elle, le visage barbouillé de mascara. Je suis triste, mais je suis aussi en colère. Je suis furieuse que Diane n'ait pas eu le droit… d'être elle-même, simplement. Je suis furieuse parce qu'elle ne méritait pas ça. Furieuse parce que c'est le lot de toutes les filles !

Ses joues s'empourprent encore plus.

– Evie, j'en ai tellement assez de vivre dans un monde où une fille est considérée comme sale simplement parce qu'elle aime quelqu'un. Parce qu'elle s'attire des ennuis. Parce qu'elle ne présente pas parfaitement bien, ne fait pas tout exactement comme il faut. Parce qu'elle veut autre chose. Parce qu'elle n'est pas toujours *sage*.

Elle serre le poing.

Et soudain, quelque chose s'allume en moi.

– Les *bad girls* ne baissent jamais les bras !

– Quoi ? demande Betty, confuse.

– C'est mon amie Connie qui nous l'a dit, une fois. Tu l'as vue, le soir où tu nous as reconduites dans notre quartier, Diane et moi. Ce monde veut que les filles se comportent bien tout le temps. Je sais pas ce que ça veut dire et je m'en fiche. Ça m'est égal si on me voit comme une *bad girl*, parce que les *bad girls* ne baissent jamais les bras ! Elles ne laissent jamais tomber. Qu'on nous traite de vilaines, de mauvaises filles, de traînées. De *bad girls*. J'en ai plus rien à carrer !

Betty me dévisage et acquiesce. Elle se tourne pour reprendre ses géraniums rouges et les déposer sur la tombe de Diane, de façon qu'ils cachent le mensonge que ses parents ont osé faire graver. Elle caresse du bout des doigts le haut de la tombe et s'éloigne lentement. On reste un moment silencieuses.

– J'aime bien ce que Connie a dit, lâche-t-elle enfin.

– Moi aussi.

– Ça me ferait plaisir de la revoir.

Nos regards se croisent et je lui souris.

– Je pense que ça lui ferait plaisir aussi. J'en suis sûre.

Le soleil de décembre filtre à travers les feuilles des chênes. Une légère brise nous chatouille l'arrière des jambes. J'entends un froissement dans un buisson tout près. Peut-être un lézard ou un lapin.

Diane est dans nos cœurs. Betty et moi, on est bien vivantes. On va rester encore un peu devant la tombe de notre amie, et quand on partira, on partira ensemble.

REMERCIEMENTS

Ce livre n'aurait pas vu le jour sans la générosité des hommes et des femmes qui m'ont offert leur temps pour se rappeler leur adolescence à Houston. Nos conversations chez eux, autour d'un bon déjeuner, restera pour moi la meilleure partie du processus d'écriture de ce roman. Merci à Sheila Harrison, Kay Waddell Laycock, Anne Sloan, Anna Wirt, Juan Lira, Marilyn et George Frank, Linda et Bob Cook, Biff et Frances Reed, James H. Ford Jr et Doris E. Thomas Ford, et les merveilleuses dames du Clayton Homes – Juanita Vallejo, Eloise Chavez Buenrosgro, Virginia Arce et Martha Castro. Linda Cook mérite une mention spéciale pour les nombreux messages auxquels elle a répondu ! Et Doris Sanders a bien voulu relire une première ébauche et me donner son avis.

Des milliers de mercis aux universitaires et mordus d'histoire de Houston qui m'ont fourni de précieuses informations dans tous les domaines, de la vie lycéenne aux maternités en passant par la musique. J'en ai appris plus sur le Houston des années 1960 que je ne pouvais en mettre dans un seul roman. Je vais donc devoir en écrire un autre. Merci à Lisa Gray, Kirk Farris,

Carlos Calbillo, et aux professeurs James Schafer, Roger Wood, Kristen Contos Krueger et Alex LaRotta.

Merci aux adorables bibliothécaires du Houston Metropolitan Research Center, qui fait partie de la bibliothèque publique de Houston. Merci à la professeure Debbie Harwell, pour son exposé extraordinaire et ses nombreux articles dans le magazine *Houston History*, en plus de ses souvenirs détaillés du système des bus au début des années 1960 !

À ma chère amie Kate Jacobs, sans qui ce livre n'aurait pas existé. Tu crois toujours en moi quand je n'y arrive plus. Tu n'imagines pas ce que ça représente pour moi.

À mon amour d'éditrice, Kate Metzer. Merci pour ta patience et tes conseils qui m'ont aidée à mettre en forme ce livre. *Surtout* la patience.

À tous ceux chez Macmillan qui m'ont aidée à trouver mes mots, en particulier Johanna Kirby Allen, Mary Van Akin et toute l'équipe de MCPG. Grâce à vous, je continue à réaliser mon rêve d'enfant.

À mon incroyable agente, Kerry Sparks, qui peut marcher en parlant au téléphone comme personne. Un million de mercis. Avec ton équipe de Levine Greenberg Rostan, tu me fais toujours me sentir aimée.

Merci à ceux qui m'aident pour tout ce qui est technique, et parmi eux, Nancy Tellez, Dave Roach, Andy Smith et Belinda Rey.

Merci à Jeff Zentner et L. Scott Sherman pour leurs réponses sur le système juridique et pénal du Texas au début des années 1960.

À mes amis de la librairie Blue Window, je vous aime. À ma communauté littéraire, ici et partout dans le monde, je vous adore. On lit et on écrit seule, mais on survit dans l'édition grâce à des coups de fil passionnés et des textos. Vous vous reconnaîtrez.

À ma première famille en Virginie et en Californie, merci ! À ma deuxième famille au lycée de Bellaire, merci ! Je suis tellement fière.

Ce roman a été écrit en musique, avec l'accompagnement de plusieurs artistes d'hier et d'aujourd'hui, mais le plus souvent sur les notes des chansons d'Elyse Weinberg (merci Mike Higgins) et des Alvvays (merci Jeff Waller – et merci aussi pour les cartes !).

Et enfin, mille mercis à l'homme qui me fait rire depuis vingt ans, celui qui a les clés de mon cœur, mon mari Kevin. J'avais besoin de rire pour ce roman, en particulier, et tu ne m'as pas déçue. Un amour grand comme le Texas pour Elliot et toi, pour toujours.